モンスターがあふれる世界になったので、好きに生きたいと思います
6
Author よっしゃあっ!
Illustrator こるせ

じゃあ、本題に入りましょう。
まずアナタたちは、この世界——
カオス・フロンティアについて
どれだけ知っているのかしら？

異世界人リベルが告げる『世界の真実』――
それはあまりにも残酷で……。

ーザザザザザザザザザザ

ザザザザザザザザザザザザザザザザ
「……なんだ、あれ？」
——終わりは突然に訪れた。

CONTENTS

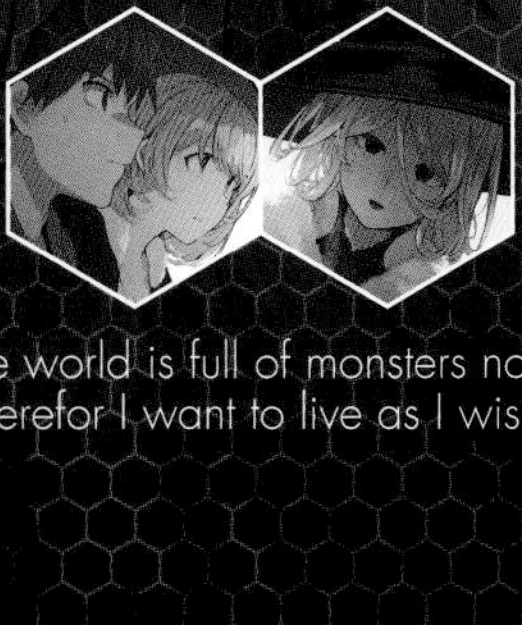

The world is full of monsters now,
therefor I want to live as I wish.

モンスターがあふれる
世界になったので、
好きに生きたいと思います
6
Author よっしゃあっ!
Illustrator こるせ

序章

――昏《くら》い闇《やみ》が広がっていた。

足元には血だまり。周囲には仲間の屍《しかばね》の山。俺《おれ》はボロボロになって立ちすくんでいた。

「なんで……どういう事だよ、これは……？」

「■■■■■……」

俺の目の前には黒い巨大な『何か』が居た。

『何か』は言葉なのか、ただの音なのか分からない奇声を発しながら、周囲を破壊してゆく。

町が、山が、森が、海が、ありとあらゆる全てが『何か』によって壊され、無に帰してゆく。

それは怪獣映画のような光景とはまったく違っていた。

怪獣はただ建物や町を破壊するだけだ。だが『何か』に破壊されたモノはそのまま崩れて消滅する。そう、消えていくのだ。何もかも。全てが。

「……めろ」

「■■■■■■■■■」

俺は『何か』に向けて攻撃を放つ。ダメージは……ない。

『何か』は俺には目もくれず、ひたすらに周囲を破壊し、かき消してゆく。

『諦《あきら》めるな！　まだ俺たちは負けていないっ！』

『そうだね！　こんな所で私たちは終わらないってーのっ！』

すると誰かが声を上げ、『何か』に立ち向かっていく。

西野《にしの》君と六花《りっか》ちゃんだ。生き残っていた。なんで逃げなかったんだ？

二人は死力を振り絞って『何か』に攻撃を仕掛ける。最後まで笑っていた。まるで絶望に抗《あらが》うかのように。そして彼らはひき肉のように潰《つぶ》れて死んだ。

「……止めろ」

「■■■■■■■■■■■■■■■■■■～～～～～!!」

必死に懇願するも、『何か』は止まらない。

『行くよ、クロッ！』

『ワォォオオンッ！』

『我らも続け！　絶対に諦めるな！』

また仲間が向かってゆく。

泣いている者も、怒りに身を任せる者も、誰もが絶望し、勝てないと分かっているのに向かっていく。サヤちゃんが、クロが、市長が、藤田《ふじた》さんが、二条《にじょう》が、清水《しみず》チーフが、五十嵐《いがらし》さんが、知り合った仲間が次々に殺されてゆく。

「止めろ……止めろおおおおおおおおッ！」

俺は黒い『何か』へ向かってゆく。全てのスキルを、『英雄賛歌』を発動し、『何か』を壊そうと必死に足掻《あが》く。それでも――駄目だった。

『――カズトさん、私は――』

『――わぉおん……』

一之瀬《いちのせ》さんが、モモが、アカが、キキが、シロが、ソラが、全てが黒い『何か』に飲み込まれ、切り刻まれ、捻《ひね》り潰され、物言わぬ肉塊《にくかい》に変わってゆく。

だがそれもほんの一瞬だ。

次の瞬間には、その肉塊は全て消えて、欠片《かけら》も残らなかった。

「止めろ……止めろ、止めろ、やめろ。お願いだ！　もうもう止めてくれええええええええっ！」

必死に叫ぶが、『何か』による殺戮《さつりく》は、破壊は終わらない。

安全地帯が、町が、周囲の景色が、全て黒い『何か』によって、壊され、無に帰してゆく。

「――ああ、やっぱり、駄目だったわね……」

「あ……」

その光景を、俺は最後まで生き残ったもう一人の人物と共に見つめていた。

『彼女』は悲しげな表情を浮かべ、ゆっくりと俺の方へと手をかざし――

「――ぅわあああああああああああああっ⁉」

叫び声と共に、俺は布団《ふとん》から起き上がった。

「ハア、ハア、ハア、ハア、ハア、ハア………」

じっとりと背中には汗が浮かび、心臓は全力で走り回った後のように早鐘を打っていた。

首だけ動かして周囲を確認すると、そこには見慣れた光景が広がっていた。

『安全地帯』として活動の拠点としている自衛隊基地。その中に俺たちの私室としてあてがわれた一室だ。

先ほどまでの地獄のような光景はどこにもなかった。

「じゃあ、今のは……夢？」

なんちゅー夢だ。本当に死んだかと思う程にリアリティ満載な夢だった。

「……くぅーん？」

「……きゅー？」

するとモモとキキが布団の中から顔を出して心配そうな瞳《ひとみ》で見つめてくる。

「ご、ごめんな。なんでもないよ？」

「……くぅーん？」

本当？ と見つめてくるモモとキキを俺はモフモフする。ああ、癒《い》やされる。本当に悪い夢だった。

すると隣の部屋からぱたぱたと足音を鳴らして、一之瀬さんもやってきた。どうやら起こしてしまったらしい。彼女も心配そうな瞳で俺を見つめてくる。

「クーーあ、カ、カズトさん、大丈夫ですか……？ なんか、凄《すご》い叫び声が聞こえましたけど？」

「イチノーーあ、いや、奈津《なつ》さん、すいません。起こしてしまいましたね。どうも悪夢を見たようです」

俺はアイテムボックスからペットボトルに入った水を取り出すと、一息に飲み干した。

もう一本取り出し、一之瀬さんにも渡す。ついでにエサ皿も取り出して、モモたちにも飲ませた。

「きっと疲れてたんですよ。今日は、その……色々ありましたから」

「……そうですね。というか、奈津さん、今俺の事、普通に名字で呼びそうになったでしょう？」

「ふふ、それはカズトさんだって同じじゃないですか。お互いまだ全然慣れませんね」

「そうですね、ははっ」

そんな風に会話をしていると、ようやく気分が落ち着いてきた。

名前呼びって中々慣れないよなぁ……。

アロガンツとの戦いの後、俺と一之瀬さんはチームメイトなんだし、お互いに名前で呼び合おうって事になった。

それでもずっと一之瀬さんと呼んでいたせいか、まだ全然慣れない。こんな風に頭の中で考えるときには、未《いま》だに名前じゃなくてつい名字で呼んでしまう程だ。慣れってホント難しいよな。

いや、でも直していかないとな。奈津さん、奈津さん、奈津さん……よし、直した。

「そう言えば、お互い名前で呼び合おうって言った、そのすぐ後でしたよね。彼女が俺たちの前に現れたのは」

「ですです。なんというか、私は未だに実感がないです。いや、こんな世界になったんだし、居てもおかしくないだろうなーって思ってはいましたけど、まさかあんな突然現れるなんて」

「ええ……突然すぎますよ。モンスターどころか、異世界人だなんて」

俺は数時間前の事を思い出した。

第一章　異世界人、現る

「私の名はリベル――リベル・レーベンヘルツ。レーベンヘルツ家現当主にして、当代の『死王』。そして、私という存在を貴方《あなた》たちの言葉で分かりやすく言い表すならば――『異世界人』」

突然現れた女性は自分の事をそう呼んだ。

――異世界人。

その存在を気にしていなかったと言えば嘘《うそ》になる。

カオス・フロンティアでユキに質問した際には、この世界は二つの世界が融合した新たな世界だと説明されていたし、ショッピングモールに在ったあの遺跡や、市役所の地下に在った墳墓、ペオニーの記憶やアロガンツの言動から、向こう側の世界――モンスターたちが居た世界にも『人間』が居る可能性は十分にあると考えていた。

でも、まさかそれがこうも唐突に現れるとは思わなかった。

白いローブに捻《ね》じれた杖《つえ》を持ついかにもファンタジー世界の魔術師然とした服装。

銀色の髪に紅《あか》い瞳《ひとみ》、おおよそ人間離れした美貌《びぼう》を持つ彼女の容姿は確かに『異世界人』という表現がしっくり合う。

唐突に何の前触れもなく姿を現した彼女に俺《おれ》は動揺を隠せなかった。

「どうしたの？　そんなに見つめて？」

「ッ……！」

じっとこちらを見つめる彼女に、俺は怯《おび》える一之瀬《いちのせ》さんを背中に庇《かば》いながらゆっくりと後ずさる。

彼女からは敵意も殺意も微塵《みじん》も感じないのに、まるで本能が目の前の存在を恐れているかのようだ。そんな俺に彼女は苦笑して、

「……そう、警戒してるのね。大丈夫よ、別に取って食う訳じゃないし。安心して頂戴」

そう言うと、彼女の手に持っていた杖が消えた。そして無警戒にこちらに近づいてくる。

すると足元の影が広がり、モモとキキが姿を現した。

「わんっ！　がるるるる」

「きゅー！　きゅぃぃー！」

『……んー？　なになにー？』

更にフードの中で寝ていたシロも目を覚ます。

「あら、可愛《かわい》いワンちゃんね。見たことない犬種だけど、こっちの世界にはこんな可愛いのがいるのね。それにカーバンクルに、ホワイトドラゴンか……。どっちも滅茶苦茶《めちゃくちゃ》珍しい希少種じゃないの。生存個体を見るのは初めてだわ。良い仲間が居るのね」

彼女はモモたちを興味深そうに見つめる。

少し前かがみになり、おいでおいでと手招きするが、モモたちは俺のそばから離れようとしない。

それどころか、逆にますます警戒を強めたようだ。

「むぅ……ちょっとくらい撫《な》でさせてくれてもいいじゃないの」

滅茶苦茶残念そうな口調だった。もしかしてモフモフが好きなのか？　そこはちょっとだけシンパシー。モフモフ好きに悪い人はいない。もしかしてこの人、いい人なのでは？

「……くぅーん」「きゅー……」「……（ぷるぷる）」

呆《あき》れたような視線がモモたちから突き刺さる。ごめん、冗談だって。

「私って昔から動物に嫌われるのよねー……。私は動物めっちゃ好きなのに……」

「そ、そうですか……」

「まあ、いいわ。とりあえずそのワンちゃんたちには後で撫でさせてもらうとして……」

「撫でるのは決定なんですね……」

「当然でしょ。え？　駄目なの……？」

「モモたちが許すのであれば構いませんよ」

「うぅー……」

だがモモたちは嫌だ、嫌だと首を横に振る。目の前の女性――リベルさんはとても悲しそうな表情を浮かべた。とてもショックだったようだ。ちょっと涙目になってる。

「……ま、まあいいわ。私の事も含めて、色々話す事があるの。ここじゃなんだし、どこか場所を用意してもらえるかしら？」

「分かりました。ではこちらに――」

そう言いかけた――次の瞬間だった。

ゴゥッ！　と、上空から巨大な炎の塊《かたまり》が彼女に向かって放たれたのだ。

「なっ⁉　何やってんだアイツ！」

俺は咄嗟《とっさ》にスキルを発動させようとした。だがリベルさんは顔色一つ変えない。

「なにいきなり？」

そんな軽い口調と共にジャンプして、片手で迫りくる巨大な炎弾をあっさりと止めた。

「よいしょっと」

そしてぐっと手に力を込めると、炎を『摑《つか》んで消して』しまったのである。

「──は？」

あまりの衝撃に、俺はその場で呆然《ぼうぜん》となった。一之瀬さんやモモたちも事態を飲み込めずポカンとしていた。そしてようやく上空から、今しがたの攻撃の犯人が現れた。

「おい、ソラッ！　どういうつもりだお前！」

「……竜《ドラゴン》？」

空を見上げると、そこにはソラが居た。凄《すさ》まじい威圧感を放ちながら、リベルさんを睨《にら》み付けている。

『カズト！　その女は何者だ？　死人の──アンデッドの気配がするぞ！　あのスケルトンの仲間か⁉』

どうやらソラはリベルさんがあのスケルトン──アロガンツの仲間だと勘違いしたようだ。確かにそう勘違いしても仕方ないかもしれないけど、俺や一之瀬さんたちも居る状況で攻撃すんなよ。

一方でリベルさんは顎《あご》に手を当てて、ソラの事をじっと見つめている。

「その青い鱗《うろこ》……それにさっきの攻撃……。ねえ、アンタもしかして――」

『質問に答えろカズト！　答えないのならそのアンデッドは敵と認定する！　せっかく我が気持ちよく昼寝をしていたのに、いきなりソイツの気配で目覚めてしまってイライラしているのだ！』

お前、そんな理由で攻撃したのかよ……。まあここは『安全地帯』の中だから、ソラの攻撃はある程度、威力は落ちているとはいえ、それにしたって喧嘩《けんか》っ早《ぱや》いにも程がある。

『グォォオオオオオオオオオオ、死ねえええええええええええ！』

ソラは再び攻撃を放った。

今度は炎弾ではなく、爪《つめ》を使った斬撃攻撃だ。空中でソラが爪を振るうと、それが巨大な無数の斬撃となって敵に襲い掛かるのである。……おい、俺たちも攻撃範囲に入ってんだけど。

「一之瀬さん、ちょっとこちらに」

「へ……うわっ」

俺はぐいっと一之瀬さんを引っ張る。先ほどまで俺たちが居た場所に巨大な爪痕《つめあと》が刻まれた。

「へぇ、面白《おもしろ》い」

一方でリベルさんは再び片手を前にかざして、再びソラの攻撃を握り潰《つぶ》した。

『ヌゥ……ッ！』

二度も攻撃を難なく防がれ、ソラはますます苛立《いらだ》つ。

「……まったく。彼とは違ってずいぶん短気ね。しょうがない。少し大人しくしてもらおうかしら」

リベルさんは再び手を上に掲げる。すると何もない虚空から、先ほどの捻じれた杖が現れた。それを握りしめ、リベルさんはジャンプし、一気に加速。ソラへと急接近する。その速度は、俺でもギリギリ目で追うのがやっとだった。

「あ、あれ？　あの人、消え……？」

現に隣に居た一之瀬さんは、リベルさんの動きがまったく見えていなかった。

「見せてあげるわ。これが私の世界においてただ一本しかない伝説の最上級魔道具『カドゥケウス』の力よっ！」

『な、なにィィーーーーーッ！　グアアアアアアアアアアアッ！』

リベルさんは杖の先の球体でソラを思いっきりぶん殴った。

どっからどう見てもただの殴打だ。スキルでもなんでもない完全な物理攻撃だ。

フルスイングで顔面をぶっ叩《たた》かれたソラは汚い悲鳴を上げながら地面へと落下。地面にひびが入り、気絶した。

「――って、スキル使わないのかよ⁉」

最上級魔道具のくだり必要だった？　ただ鈍器として使っただけじゃねーか！　いや、ソラを殴る直前に一瞬、杖が光ったような気がしたけど……。

はぁっと彼女はため息をつく。やれやれといった感じだ。

「分かってないわね。極限まで魔術を極めたからこそ、派手な攻撃じゃなくて、ただの殴打が最強の一撃となる。……ロマンがあると思わない」

「いや、思いませんよ。普通にスキル使った方がいいと思います」

レベルを上げて物理で殴るじゃないんだから。

「……ロマンが無いわね」

若干《じゃっかん》、残念そうな表情になるリベルさん。

奈津《なっ》さんは隣で「なるほど」と頷《うなず》いている。同意しないで。一方で、倒れたソラの周りを、シロが心配そうに飛び回っている。

『おかーさん、だいじょうぶー？』

『うぅ……シロちゃんが心配してくれてる、嬉《うれ》しい、ガクッ……』

あ、気絶した。まあ、あの感じなら大丈夫だろう。

「さて、邪魔者も居なくなったし、案内して頂戴」

「あ、はい……」

とりあえず皆にメールして、集合場所は基地の会議室でいいか。

俺が皆に連絡を取っていると、リベルさんは俺の方を見て、何かを思い出したかのように手を叩いた。

「あ、そうだ。一つ確認しておきたいんだけど。『早熟』の所有者ってアナタで合ってるわよね」

「ッ……!?」

どうして『早熟』の事を知って――いや、鑑定か？　そう思った後で、俺はハッとなる。俺の反応だけで彼女は察したのだろう。俺の対応はあまりにも迂闊《うかつ》だった。

「その表情だけで十分だわ。そう、持ってるのね。なら、きちんと説明しましょう」

「……何をですか？」

「私の作った『四大スキル』についてよ。『早熟』、『共鳴』、『検索』、『合成』――この四つのスキルは四大スキルと呼ばれ、私が創ったスキルなの」

「なっ――!?」

俺と奈津さんは絶句した。スキルを創っただと？　それってサヤちゃんの持っているあのスキルと同じ……？

「言っておくけど『強欲』みたいなスキルを創るスキルとは違うわよ？　あれはリスクと引き換えに保有者の望むスキルを一時的に創るだけ。勿論《もちろん》、『英雄賛歌』のような仲間に固有スキルを与えるスキルとも違う。正真正銘、システム――カオス・フロンティア中央サーバーに登録されるスキルとして一から創ったって事。その反応を見るに、『早熟』以外にも四大スキルを持ってそうね」

「ッ……」

今度は表情に出さなかった。彼女の言葉が本当ならば、モモの持つ『共鳴』も彼女によって創られたスキル。でも俺が『早熟』の保有者だと分からなかった辺り、それを確認する方法――鑑定のようなスキルは持っていないのだろう。あくまで多分、だけど。

「とまあ、その辺も含めて話したいことがいっぱいあるの。時間、貰《もら》うわよ？」

にっこりと笑みを浮かべる彼女に、俺と奈津さんは息を呑《の》んだ。

場所は変わって基地内にある会議室。話し合いの場としては一番大きな会議室だ。

と言っても、室内に居る人数は少数。

俺、奈津さん、西野《にしの》君、六花《りつか》ちゃん、柴田《しばた》君、上杉《うえすぎ》市長、藤田《ふじた》さん、清水《しみず》チーフ、十和田《とわだ》さん。

自衛隊の人たちが部屋の外の廊下に、窓の外にはソラが、俺の『影』にはモモたちと五十嵐《いがらし》さん、サヤちゃんが、西野君の『影』には大野《おおの》君や他《ほか》のメンバーが、それぞれ待機している。何かあれば、すぐに対応できるようにだ。

「――準備はできたかしら?」

お互いに自己紹介を済ませ、誰もが緊張した面持《おもも》ちの中、彼女――リベルさんを見つめている。対して、彼女はテーブルに置かれたコーヒーを興味深そうに見つめている。香りを嗅《か》ぎ、優雅な所作で口に含むと、驚いたように目を丸くした。

「ねえ、これってコヒィルよね? 色といい香りといい、ずいぶんいいものなんじゃない? こんなの出してくれるなんて、歓迎されてると思っていいのかしら?」

「コヒィル? コーヒーの事か?」

「コーヒー? へぇ、こっちの世界ではそう発音するのね」

どうやら彼女の居た世界にも似たような飲み物があるらしい。俺はちらりとコーヒーを出した二条《にじょう》の方を見る。俺の視線に気付くと二条は嬉しそうに笑みを浮かべた。すると隣に座っている一之瀬さんから不機嫌な気配が伝わってくる。何故《なぜ》に？

美味《おい》しそうにコーヒーを飲むリベルさんに追従するように、俺たちもコーヒーを飲む。

なんというか、これアレだな。怪しいモノは入ってませんよってアピールしてるみたいだ。その理屈で言えば、リベルさんじゃなく、俺たちの誰かが先にコーヒーを飲むべきだったんだけど。

（それにしても確かに美味《うま》いな、これ。でも多分、インスタントだよなぁ……）

最近のコーヒーってインスタントでも十分美味しいよね。ぶっちゃけ俺、そこまで細かい味の違いなんて分からないし。

でも奈津さんや数名の住民の持つ『ネット通販』のスキルによって、安全地帯の食糧事情は大幅に改善された。こういった嗜好品《しこう》も、以前の世界と変わらず味わう事ができるのには感謝だな。

「コーヒー、コヒィル……。一応、私の口にしている言葉は、スキルを介してこちらの世界の言葉に翻訳されてるけど、類似品や向こう独自の単語の場合は、微妙に発音やニュアンスが異なるみたいね。違和感を覚えたら遠慮なく言ってちょうだい。あと敬語も要らないわ。その方がスムーズだわ」

「分かった」

手に持ったカップを置くと、俺は上杉市長の方を見る。進行役は俺じゃなく上杉市長だ。

上杉市長はこくりと頷くとリベルさんの方を向いた。

「それで……リベル・レーベンヘルツ殿」

「リベルでいいわ」

「そうか。ではリベル殿。アナタは自分の事を『異世界人』と言ったが、それはつまり我々とは異なる世界から来た人間――という認識で間違いないのかね？」

「ええ。でも証拠を見せろなんてつまらない質問はやめてね。それはアナタたちがこの世界の人間だと、どうやって証明するのかと言っているのと同じ。お互い無駄は省きたいわ」

「ふむ……では、そうしよう。儂《わし》らもお主が異世界人だという前提で話を進める。それでいいのだな？」

「理解が早くて助かるわ」

あっさりと了承した市長に他のメンバーがざわめく。足元の『影』からもその気配が伝わってくる。すると皆の想《おも》いを代弁するように、上杉市長の隣に居た清水チーフが声を上げる。

「市長、いいのですか？」

「構わん。重要なのは、彼女が何者なのかではなく、何をしにここへきたかだ。違うかね？」

「ッ……分かりました」

相変わらずの市長の対応力は凄《すご》いな。分からない状況であっても、まったく動揺していない。

「良いわね。話の分かる男は好きよ」

「お褒《ほ》め頂き光栄だ」

「じゃあ、本題に入りましょう。でも、その前にいくつか確認したいわ。まずアナタたちは、この世界――カオス・フロンティアについてどれだけ知っているのかしら？」

そこでリベルさんは一旦《いったん》、俺の方を見た。俺に答えろと言っているのだろう。俺は一旦、市長の方を見ると、彼はこくりと頷いた。全て、正直に話すべきだろう。

「俺たちがこの世界について知っていることは――」

俺は『質問権』やユキに教えてもらった事、そしてアロガンツとの戦いを通して知った事をリベルさんに全て話した。俺の話を聞いている間、リベルさんは黙って聞いていた。そして全てを話し終えた後で一言、「なるほど」とだけ呟《つぶや》いた。

「じゃあ、まずどうして二つの世界は融合したのか。そこから話すとしましょう。私がここに居る理由も、アナタたちがこれから戦うべき『敵』の存在も、全てそこから繫《つな》がっているのだから」

そう言って、彼女は語り始めた。

俺たちにとってあまりに残酷な、この世界の真実を。

●

「まず世界の在り方について説明しましょう」

コーヒーカップを片手に、リベルさんはそう切り出した。

「まず『世界』ってのは一つだけじゃない。私たちの居た世界、アナタたちの居る世界、そしてほかにも様々な世界が存在する。それらは隣り合い、重なり合い、それこそ無限に存在している。これはアナタたちも知っているわね？」

するとと西野君が手を上げる。

「複数の世界……、それは並行世界――パラレルワールドとは違うのですか？」

「それはあくまで一つの世界が枝分かれしたものにすぎないわ。その大本は同じ。異世界とは、並行世界とはまったく違う別の世界のこと。そうね……例えるなら、一人の人間が成長する過程で生じる様々な可能性が並行世界。自分とは違う赤の他人が異世界、とでもいえばいいのかしら」

「なるほど……」

「あー、そう言われると、なんか分かるかも」

顎に手を当てて頷く西野君と、納得した感じの六花ちゃん。

次に市長が口を開く。

「ふむ、多元宇宙理論のようなものか？」

「市長、なんですかそれ？」

「理論物理学における論説の一つだ。噛《か》み砕いて説明すれば、儂らが考える全ての可能性に対し、その答えとなる世界が存在するといったものだな。無限の可能性とは、すなわち無限の世界の証明であるという事だ」

「は、はぁ……？」

藤田さんはいまいちピンと来てない様子だが、リベルさんはほぅと息を漏《も》らす。

「中々面白い論説ね。それ、後で詳しく聞きたいわ」

「これが終わってからでよければいくらでもいいぞ」

「良いわね。約束よ。まあ、難しく考える必要はないわよ。要するに世界はいくつもある。それだけ」

「そういう事だ」

わざわざ難しく例えたのは市長やリベルさんだろうに、というツッコミは入れないでおこう……。

「世界は複数存在している。それらの世界は、本来干渉し合う事はないし、その存在に気付く事も無い。……ただ一つの例外を除いてね」

「例外……？」

「そう。それが二つの世界が融合した『本当の理由』。世界には寿命があるの。生物と同じようにね」

「寿命……？　命が存在するって事か？」

「生物のそれとはかなり異なるけどね。要は人の命に限りがあるように、世界にも限りがあるの。文字通り『世界の終わり』というやつね。世界の終わりが近くなれば、他の世界の存在に気付く事ができるみたいなの。何故かは分からないけどね」

その言葉に、周囲がざわめく中、六花ちゃんが手を上げる。

「その……世界が寿命を迎えるとどうなるの？」

「当然、消滅するわ。その中に在る命、大陸、全てを道連れにしてね」

ざわめきが大きくなる。

「それが今回の一端。あ、お代わり貰っていい？」

「あ、はい」

すぐに二条が新しいカップにコーヒーを注《つ》ぎ、リベルさんの空いているカップと取り換える。

どうやら彼女はコッチの世界のコーヒーがいたく気に入ったようだ。一口飲んで満足そうに吐息を吐く。

「……私たちの世界は寿命を迎えていたの。本来ならば消滅し、無に帰すはずだった。でも、その消滅を回避する方法を見つけたの。……ある人物のおかげでね」

少しだけリベルさんはどこか懐《なつ》かしそうな表情を浮かべた。

「その人は私たちの世界の寿命が近い事、そして自分たちの世界以外にも、別の世界がある事に気付いたわ。そして彼女はその方法を見つけた。自分たちの世界を救う唯一の方法を」

「……まさか」

誰もがごくりと息を呑む。なんとなく彼女が言わんとすることが予想できた。

「そう――それが、別の世界との融合。彼女はアナタたちの世界と自分たちの世界を融合させ、世界の延命を図ろうとしたの」

「――」

言葉が出なかった。誰もが信じられないと言った表情を浮かべている。

「とんでもない話に思えるでしょう？　実際、私も信じられなかったわ。異世界？　世界の終わり？　はは、荒唐無稽《こうとうむけい》すぎて意味不明よね」

でも、とリベルさんは続ける。

「……それが嘘じゃない。本当の話だって知った時、私は恐怖で震えたわ。死にたくない。消えたくないって、心の底から思った」

カタカタとカップを持つ手が震えていた。息を整え、彼女は再び口を開く。

「だから――先《ま》ずは謝罪を。私たちの世界の事情に、アナタたちの世界を巻き込んでしまいました。……本当にごめんなさい」

そう言って、彼女は深々と頭を下げた。

会議室に静寂が満ちる。誰もが困惑した表情を浮かべ、頭を下げる彼女を見つめていた。

ようやくと言った体で、西野君が口を開く。

「つまり俺たちの世界は、あんたらの勝手な都合に巻き込まれただけってことですか？」

「……その通りね。たまたま私たちの世界の近くにあった世界が選ばれた。アナタたちの住むこの世界がね」

ガタッ！　と彼は立ち上がり、リベルさんに近づくと、その胸ぐらを掴み上げた。

「ふざけるな！　その勝手な都合に巻き込まれて、俺たちが……六花や大野がどんな目に遭ったと思ってるんだッ！」

「……返す言葉もないわね」

普段の冷静さはなりをひそめ、怒りに震えながら西野君は叫ぶ。

対して、リベルさんは本当に申し訳なさそうに顔を伏せた。

「でもね……仕方なかったのよ。私たちにとってはそうするしか方法が無かった。生き延びるためにはね。それとも黙って死を受け入れろと？　世界が滅ぶんだから、お前たちは勝手に死ねとそう言いたいの？　助かるかもしれない方法があるのに？」

「でもっ！　そのために――」

「……そう、そのために私たちは『選んだ』の。アナタたちの世界を巻き込んで、自分たちが生き延びるための選択をしたのよ」

「ッ……！」

西野君は何とも言えない表情を浮かべながら手を離す。

「……アナタたちには本当に申し訳なく思うわ」

「……いいえ、こちらこそ熱くなって申し訳ない」

西野君は席に戻る。いつもの西野君らしくない行動だけど、それだけショックが大きかったのだろう。

（……正直、俺も状況を飲み込むだけで精一杯だ）

……隣に座る奈津さんも「あわわわ……」って言いながら、ずっとスプーンで砂糖もミルクも入っていないコーヒーをかき混ぜているし、足元の『影』からも動揺の気配が伝わってくる。

「……一つ、聞かせてほしい」

市長が手を上げる。

「その……世界の異変に気付いた人物とは誰なんだ？　彼女――と言っていたが、もしや……？」

全員の視線がリベルさんに集中する。だが彼女は首を横に振った。

「……いいえ、私じゃないわ」

「では誰が？」

「私のおか――お師匠様よ」

「師匠？」

「ええ。お師匠様は私のいた世界では知らない人はいない程の素晴らしい人物だったわ。世界の寿命も、異世界との融合方法も、全て師匠が見つけ出し、考案し、作り上げた。当時、弟子だった私も多少は手伝わされたけどね。正直、何をどうすればこんなシステムを思いつくのか、さっぱり分からなかったわ。本当に、紛れもない天才よ、あの人は……」

「そうか……」

「お師匠様のシステムは完璧《かんぺき》だった。二世界間の境界が歪《ゆが》むことなく、最初からそうであったかのように融合させることを可能にしたし、混乱が起きないよう、世界が混ざり合う前に、互いにコンタクトが取れるようにもした。環境や様々な法則にも矛盾が生じぬように私たちの世界も、この世界の人たちもどちらも共存できるように全て整えた……はずだった」

そこでリベルさんは唇を噛んだ。淡々と語っていたその表情が初めて歪んだ。

「でも——失敗した。何が原因だったかはお師匠様にも分からなかった。完璧だったはずのシステムはバグを発生させ、融合するはずの二つの世界は、歪み、酷《ひど》く歪《いびつ》で中途半端《はんぱ》な形で繋《つな》がってしまった」

「なっ……!?」

会議室がざわめく。リベルさんの言葉に、誰もが表情を変えた。

「それがこの世界にモンスターが現れ、アナタたちがスキルや職業と言った『力』を手に入れた理由」

かつてユキから教えてもらったこの世界の成り立ち。

そして今、リベルさんの口から、その成り立ちの裏側、その全てが明かされた。

話を聞いて、上杉市長は大きく息を吐くと、目元を押さえ、天を仰《あお》ぐようなしぐさをする。

会議室全体がざわめいていた。誰もが困惑した表情を浮かべている。

「正直、これまでのことがなければ、ただの妄言だと切り捨てていただろうな……」

「同感です。話の規模が大きすぎます」

藤田さんも追従するように頷く。俺も内心ではかなり動揺していた。

今までのモンスターと戦ってきた状況や、アロガンツの一件の時とは規模が違う。文字通りの世界崩壊の危機だ。敵がモンスターだけだったならどんなに良かったか。

「……意外ね。正直、こんなにすんなり信じてくれるとは思わなかったわ」

「事が事だからな。それに嘘を言っているようには見えん」

「へぇ……」

リベルさんは感心したように市長を見つめる。藤田さんが手を上げた。

「あの……よろしいですか？」

「何かしら？」

「モンスターがこの世界に現れた経緯については理解できました。では、この後はどうなるんですか？　アナタは二つの世界の融合は失敗したと言った。では、この世界にこれから何が起こるのか、知っているのでは？」

「……当然の疑問ね。そうね、知ってるわ」

リベルさんは妙に重たい口調で答える。嫌な予感がした。

「結論から言えば、この世界もいずれ滅ぶ。私たちの世界を取り込んだことでね。人間で言えばそう——異世界というウイルスを取り込んだ結果、この世界は病気を発症したって感じかしらね。それも最悪の致命的な病を」

「なっ……⁉　じゃあ、我々はいずれ死ぬと？　この世界は滅ぶと言うんですか？」

「……具体的にはどの程度、時間が残されている？　まさか今日、明日で滅ぶわけではあるまい？」

動揺する藤田さんとは対照的に、上杉市長は冷静に質問する。

「ええ、残された時間は……およそ半年と言ったところかしら。それがこの世界の寿命」

具体的な数字を上げられて、会議室は更にざわめく。

「半年……？」「嘘だろ、それっぽっちしか残ってないのか？」「なんでそんな……」「たった半年で何ができるって言うんだよ？」「じょ、冗談でしょ……？」

皆、口々にあり得ないと呟く、嘘だと思いたいと。だが、彼女が嘘を言っていないと言う事は、なんとなく分かってしまった。

「最悪だな……」

市長は再びため息をつく。すると今度は六花ちゃんが手を上げた。

「ねぇねぇ、ちょっといい？」

「何かしら？」

「世界がすっごいヤバい状態なのは良く分かったけどさー、それならそのリベルさんが言ってた、お師匠様って人に何とかしてもらえばいいんじゃないの？　だって世界の融合とか、システムとか全部その人が創ったんでしょ？　ならその人ならどうにかできるんじゃない？」

「あ、確かに……」

六花ちゃんの言う通りだ。

ある意味、全ての元凶と言える人物だが、それだけにこの状況をどうにかすることもできるはず。

リベルさんの口ぶりからして、今の状態は、その師匠も望んだものじゃなさそうだし。

「どうなんですか、リベルさん？」

「……」

リベルさんは答えない。だがやや沈黙したのちに、

「……無理よ」

「え？」

「師匠は……もう死んでるの。システムを作る代償に、師匠はその身と命を捧《ささ》げた。だから――もう、この世に居ないのよ」

「は……？」

その言葉に俺たちは唖然《あぜん》となる。システムを作った人間がもう居ないだと？

「……二つの世界を融合させるには莫大《ばくだい》なエネルギーが必要だったらしいわ。そのエネルギーを、

師匠はたった一人で肩代わりした。師匠は頭脳だけでなく魔術師としても規格外の存在だったからね」

「……だったらどうしろと？　俺たちはこのまま滅ぶのを待つだけなんですか？」

「そんな訳ないでしょ。その為に私が来た。この世界を終わらせないために」

一転して、リベルさんは明るい口調になる。

「この世界を救う方法はある。その為に力を貸してほしいの。……いえ、お願いします。どうか力を貸して下さい」

口調を改め、リベルさんは頭を下げる。

「勝手な都合で巻き込んでしまった事は本当に申し訳ないと思っています。でもだからこそ、私は最後の責任を果たすためにこの世界に来たのです。お願いします、どうか……」

言葉を遮《さえぎ》って、俺は彼女の手を摑んだ。

「——当たり前だ。諦《あきら》めるなんてできない」

「わ、私もです！」『私もー』『俺もだ』『ぼ、僕だって……』『ったりめーだろうが』

俺の言葉に続くように、奈津さん、六花ちゃん、西野君、大野君、柴田君が声を上げる。

「……当然、ただ滅びを座して待つなど、到底受け入れられまい」

「そうですね……。はぁー、本当にとんでもない事になっちまったなぁー」

「でも仕方ないですよ。やるしかありません」

「わ、私もカズト先輩の力になりますっ！」

「我々も市民を守るために全力を尽くすのみだ」

市長、藤田さん、清水チーフ、二条、十和田さんも同意する。

「……わん」「……（ふるふる）」「……きゅー」と、影の中からモモ、アカ、キキも。

「当然ね。ただ黙ってるなんて意味のない事だわ」

「私もカズ兄や、とお姉と同じ気持ちだよっ。絶対にあきらめないから」

同じく影の中から五十嵐さんとサヤちゃんも同意する。

誰もが同じ気持ちだった。当然だ。これまでも何度も俺たちは生きる為に頑張ってきたんだ。

「……ありがとう。そして敬意を。私は貴方たちに会えて、心の底から誇りに思います」

リベルさんは再び頭を下げた。

●

気づけば時計の時刻は既《すで》に昼の十二時を回っていた。

話し合いは長丁場となりそうだったので、ここで一旦昼休憩をとることになった。と言っても、食欲なんて全然わかない。

市長や藤田さんらは食堂へ向かったが、俺や奈津さんはその場に残り、軽い昼食をとることにした。アイテムボックスから適当に菓子パンやクッキー、飲み物を取り出す。

（あー、ジャムパンの甘さが脳に染《し》みる……）

菓子パンってたまに無性に食いたくなるよね。牛乳が合うんだよなぁ。

「……」

隣に座る一之瀬さんはコロッケパンを頬張《ほおば》っている。半分ほど食べ、一息ついたところで彼女は口を開いた。

「とんでもない話でしたねー」

「ですね……」

「ク、カズトさんはどう思いましたか？　あの人の話を聞いて」

「……とりあえず嘘は言っていないと思います」

「わんっ」

モモもドッグフードを食べながら頷く。

リベルさんは今ここには居ない。ソラと話がしたかったらしく、今は外にある広場の一角でソラと話をしている。その様子はこの会議室からも見る事ができる。

最初は彼女を拘束すべきだという意見も出たが、市長の一声でそれはなくなった。

あくまで平等な客人としての対応をしたいというこちらの申し出を、彼女は快く受け入れてくれた。

「それにこうして武器も、俺たちに預けてくれましたし」

俺はアイテムボックスから彼女の持っていた武器――『カドゥケウス』を取り出す。武器を預けると言うのは、彼女なりの信頼の証《あかし》なのだろう。

「……ただこの杖、アイテムボックスだと『賢者の杖』って表示されるんですよね」

「名前が違うって事ですか？」

「ええ。試しに『質問権』で『賢者の杖』の方を検索してみたんですが、これがとんでもない効果の武器でして……」

「どんなですか？」

「まず装備している間、『ＭＰ』が＋１０００、『器用』、『魔力』、『対魔力』がそれぞれ＋５００上がりますね」

「……は？」

「更に武器の効果として『スキル威力超向上』、『ＭＰ消費極限削減』、『ステータス強化バフ継続時間超向上』、『中級魔術スキル反射』、『ＨＰ自動高速回復』、『ＭＰ自動高速回復』がついてます」

「ち、チート武器です！　これショップで売れば１Ｇにしかならないタイプの超チート武器です！」

うん、俺もそう思う。これとんでもねぇや。俺が作れる超級忍具の性能なんて足元にも及ばない。

アカでもコピー不可能な代物だ。

「ただ『カドゥケウス』の方だと、質問権で調べても何も出てこなかったんですよね」

「……もしかして同じ見た目の武器がもう一本あるとか？」

「……考えたくないですね」

もしそうだとしたら、彼女がこれを俺に預けた意味がまったく変わってくる。

「……（ふるふる）」しょぼーん
俺たちがじっと武器を見ていると、擬態したアカから落ち込む気配が伝わってくる。

「残念がるなよ、アカ。流石《さすが》にこれは無理だって」

「！　……（ふるふる）っ」ムフー
でも逆にアカは気合が入ったようだ。いつか絶対コピーしてやると意気込んでいる気配が伝わってくる。

「とりあえず先にこれ、食べちゃいましょう」

「ですね」

アイテムボックスに杖を収納し、パンを頬張る。

窓の外に目を向ければ、ソラがべしべしと尻尾《しっぽ》を地面に叩きつけている。アレは機嫌がいい時の叩き方だ。リベルさんとの会話はそこそこ弾《はず》んでいるらしい。

すると足元の影が広がる。五十嵐さんとサヤちゃん、ついでにクロも姿を現した。

「ふぅ、ずっと影の中に居るのは疲れますね」

「真っ暗だったもんねー。あ、カズ兄ー、私もジャムパン食べたいよー」

「お疲れ様。勿論、ちゃんととってあるよ。ほら」

俺は彼女たちとクロの分のご飯を渡す。食べながら、俺は五十嵐さんに質問した。

「それで……スキルの『鑑定《かんてい》』、できましたか？」

「できました。というよりも、隠すつもりがなかったように思えますね。もしくは見られたところで問題ないと思っていたのかもしれません」

それも彼女なりの誠意なのだろうな。そもそも影の中に皆が潜《ひそ》んでたこともバレバレだったみたいだし。

俺は五十嵐さんから、リベルさんのステータスが書かれたメモを貰う。影の暗闇《くらやみ》の中でよくこれだけきれいな字で書けるな。そう言えば五十嵐さんって『速筆』ってスキルを持ってたっけ？　それの効果だろうか？　そんな事を考えつつ、俺はリベルさんのステータスを見てぎょっとした。

思わず五十嵐さんの方へ視線を向けると、彼女は頷いた。

「とんでもないですね、これは……」

「どんな感じなんですか。えーっと……はへぇ？　なんですか、このふざけたステータスは⁉」

隣から覗《のぞ》き見してきた奈津さんも驚きの声を上げる。

リベル　レーベンヘルツ
超越者レベル44
HP3800／1800
MP52500／52500
力520　耐久890　敏捷900
器用4550 魔力9900 対魔力8200
SP0　JP0

職業

固有スキル
死王、
神聖領域、神威

スキル
高速演算ＬＶ10、集中ＬＶ10、
並列思考ＬＶ10、高速詠唱ＬＶ10、
詠唱強化ＬＶ10、魔術威力上昇ＬＶ10、
魔力強化ＬＶ10、魔力大強化ＬＶ10、
魔力超絶強化ＬＶ10、対魔力強化ＬＶ10、
対魔力大強化ＬＶ10、
対魔力超絶強化ＬＶ10、
火炎魔術ＬＶ10、氷結魔術ＬＶ10、
大地魔術ＬＶ10、豪風魔術ＬＶ10、
暗黒魔術ＬＶ10、聖光魔術ＬＶ10、
結界ＬＶ10、召喚ＬＶ10、
妨害ＬＶ10、空間魔術ＬＶ10、
ＨＰ自動回復ＬＶ７、
ＭＰ自動回復ＬＶ10、
ＭＰ消費軽減ＬＶ10、
肉体活性ＬＶ５、打撃耐性ＬＶ８、
衝撃耐性ＬＶ９、斬撃耐性ＬＶ７、
肉体異常耐性ＬＶ８、精神苦痛耐性ＬＶ８
確率補正ＬＶ７、抵抗ＬＶ６、索敵ＬＶ６
鑑定妨害ＬＶ10

全てのステータスが高い数値を誇っているが、その中でもＭＰと魔力、対魔力が突出して高い。

五万越えなんて初めて見た。スキルも魔術関連のものが多く、その殆《ほとん》どがＬＶ10。

「固有スキルが三つもありますね……」

「これ、カズトさんの質問権で調べられないんですか？」

「やってみます」

奈津さんに言われ、俺は『質問権』でリベルさんの持つ固有スキルについて調べてみた。

『死王』

六王スキルの一角。この世で最も優れた魔術を行使する者に与えられる。魔術系のスキルを発動する際、莫大な補正が掛かる。敷かれた理に背き、運命を打ち砕く存在となるだろう。

『神聖領域』

神聖領域を作り出す。領域内では自身のステータス及び、スキルの効果が倍増する。また領域内に居る敵に複数の『弱化』を与える。弱化状態は神域内では解除できない。

『神威』

神の威光を模した剣を作り出す。その剣で斬られた対象の『スキル』をランダムで一つ使用不可能にする。重複ストック可能。使用不可能になったスキルは使用者が解除するまで使用できない。

「「なにこのチート」」

俺と奈津さんの声が完全にハモった。だってこれ、正直でたらめにも程があると思う。

どのスキルも超高性能な上、俺の『影真似《かげまね》』や『破城鎚《パイルバンカー》』と違って、リスクが殆ど無い。

加えて『賢者の杖』という破格の武器まで持っている。

異世界人ってのはどいつもこいつもこんな化け物ばかりなのだろうか？

「ん？　てゅーか、さっきから気になってたけどナッつん、おにーさんの事、名前で呼んでるね？」

「へ？」

六花ちゃんの言葉が、完全に予想外の質問だったのか、奈津さんは「しまった」という表情になる。その反応を見て、六花ちゃんは笑みを深めた。

「へぇー、ふーん、ほぉー。な～るほどね～。うんうん、ようやくナッつんも一歩前進したんだね」

「か、からかわないでよ、リッちゃんっ。こ、これはそういうんじゃなくて……」

ニマニマと笑みを崩さない六花ちゃんと、しどろもどろになる一之瀬さん。

その様子を、西野君はなにやってんだという表情を浮かべていたが、五十嵐さん、サヤちゃん、そして何故か柴田君はショックを受けているようだった。……君たち意外と余裕あるね？

「とりあえず現状、彼女を信用する、しない以前に、敵対したところでどうにもならないって事ですね。これだけ力の差があれば、俺たちが束《たば》になっても敵《かな》わない。そうですよね。クドウさん」

「ええ、西野君の言う通りです」

リベルさんは強すぎる。それが分かっただけでも収穫だ。

昼食が終わり、再び話し合いが行われる。

俺たちが生き延びるための方法を、リベルさんは話し始めた。

「まず結論から言うけど、融合してしまったこと自体を無くすることはもうできない」

開口一番、リベルさんはそう切り出した。

「融合が始まった時点で、二つの世界は新たな一つの世界として生まれ変わろうとしている。これを無理やり切り離そうとすれば、二つの世界そのものが崩壊してしまう」

切り離す事はできない、か。つまりどの道、アロガンツの願いは叶《かな》わなかった訳か。

「でもこのまま放っておいても、半年後、この世界は寿命を迎えて崩壊してしまう。では、どうすればいいか？」

リベルさんは間を空けて。

「方法は簡単。この世界にこびりついている、異世界の残滓《ざんし》を完全に消滅させる」

「異世界の残滓……？　モンスターの事か？」

「いえ、モンスターはこの新しい世界の一部。世界の崩壊にも寿命にも関係ないわ。異世界の残滓ってのは、文字通りの『残滓』、『残りカス』、別の言葉で言い換えるならば――『バグ』」

「――――ッ！」

……バグ。その言葉には聞き覚えがあるな。システムの少女ユキが、ペオニーの残した特異点に対して同じ言葉を使っていた。

「これを見て」

リベルさんは懐《ふところ》から何かを取り出した。紫色の光を放つ丸い水晶だ。だがそれがただの水晶でない事は一目で理解できる。野球ボール程度の大きさなのだが、まるで巨大なモンスターと相対したかのような威圧感がある。

「それは……？」

「システムへの干渉を行うためのマスターキー」

「なっ……！　マスターキー……⁉　じゃあ、それを使えば」

「ええ、システム――カオス・フロンティア中央サーバーへ自由にアクセスする事ができる。勿論、色々制約はあるけどね」

とんでもないアイテムだった。システムへの干渉と言えば、俺やアロガンツがユキのサポートや、固有スキルを全て駆使してようやく可能にした現象だ。

「ちょ、ちょっと、待って下さいよ。そんな便利なアイテムがあるなら、どうして――」

「どうして最初に使わなかったのか？　そう言いたいのでしょう？」

リベルさんは俺の言葉を遮って続ける。

「言ったでしょう、色々制約があるって。そう易々《やすやす》と使える代物じゃないのよ。システム一つ組み替えるだけでも膨大なエネルギーが必要になるしね。あ、うかつに触っちゃだめよ？　障壁を張ってない状態で触れれば、一瞬で生命力《エネルギー》を吸い取られてミイラになっちゃうから」

「ッ……」

冗談を言ってるわけじゃなさそうだ。今でもあの水晶に対して、スキルが警鐘を鳴らしまくっている。

「これを使って、異世界の残滓を——バグをこの世界にモンスターとして具現化させる。それをアナタたちの手で倒す。それがこの世界を崩壊から救う唯一の方法」

「それって——」

「ん？」

その方法を聞いて、俺はすぐにある事を思い出した。

——似ている。あのアロガンツとの戦いの最後の現象に。あの時も、システムのバグがこの世界に『破壊現象』として具現化し、それをアロガンツの残した固有スキル『傲慢《ごうまん》』の力を宿した大剣とユキの力を借りることで消滅させることができた。

リベルさんの言っているのは、その更に拡張版といったところか。

「……何か心当たりでもあるのかしら？」

「あ、いえ、実は——」

話しても問題ないだろう。俺はリベルさんにアロガンツとの戦いの事を話した。

「——なるほど。確かにそれは私の救済方法によく似ているわね。いえ、規模こそ違うけれどほとんど同じと言っていい。その少女ユキには会えないの？　是非、お話しをさせてほしいわ」

「いえ、今はまだ会えないと思います。力を回復させるのに相当な時間が掛かるみたいなので」

「そう、残念。じゃあ、話を続けましょう」

リベルさんは再び手の中に在る紫色の水晶『マスターキー』に視線を移す。

市長が手を上げる。

「方法は理解した。では具体的にいつ、どこで、どのような形で我々は戦うのだ？」

「半年というのもあくまで目安だから準備期間としてはあと四か月といったところかしらね。その間にレベルを上げ、仲間を集め、戦力を募ってほしいの。異世界の残滓の強さは、今まであなたたちが戦ってきたモンスターとは、文字通りレベルが違う。だから可能な限り強くなってほしい。勿論、協力は惜しまないわ。なんでもするわ」

「……分かった」

話は決まった。異世界の残滓との決戦は四か月後。

それまでに俺たちは強くならなくてはいけない。今までよりもずっと。

全員が気合を入れて立ち上がる。

やるべき事が明確になった以上、全力で取り組むだけだ。

冬の決戦までに俺たちは異世界の残滓に対抗できるだけの戦力を揃《そろ》えなくちゃいけない。

俺たち自身の力を上げ、そして世界各地で目覚めている、もしくはこれから目覚めるであろう固有スキルの所有者たちを募るのである。

第二章　準備期間

異世界の残滓《ざんし》との戦いに向けた準備が始まった。

朝一番で、俺《おれ》と奈津《なつ》さん、西野《にしの》くんのメンバー、五十嵐《いがらし》さんとサヤちゃん、クロはリベルさんに呼び出された。奈津さんと六花《りっか》ちゃんはまだ眠たそうに欠伸《あくび》をしている。

「朝早くからごめんなさいね。今日からさっそく訓練を始めようと思うの」

「訓練、ですか？　それってつまりレベル上げって事ですよね？　強そうなモンスターが居るところに向かうとか？」

「いいえ。まあ、それでもいいけど、もっと効率よくレベルを上げる方法があるの。実戦よ」

「実戦……？　それってモンスターと戦うって事じゃないんですか？」

「いいえ、相手は――私《わたし》」

「え……？」

ぽかんとする俺たちに対し、リベルさんは笑みを深くし、

「経験値を手に入れる方法ってのはモンスターを倒すだけじゃないの。強い相手と何度も戦う事でも得られるのよ」

戦うだけで経験値が得られるのか？　考えてみれば、今まで同じ相手と何度も戦うなんて事な

かったから気付かなかった。

「戦えば、殺すか殺されるか、でしたからね……」

奈津さんが物騒な事を言うが、割とそうなんだよな。というか、半殺しにして逃がしてまた戦ってを繰り返すような余裕なんてなかったし。

「……つまり使えば使う程、スキルの熟練度が上がるのと同じって事ですか？」

「その通り。見てて。――はっ！」

次の瞬間、リベルさんから凄《すさ》まじい威圧感が放たれた。

「ッ……!? これは……凄《すご》いですね」

「六王の一角『死王』であり、異世界最強の魔術師の名は伊達《だて》じゃないのよ」

体が震え、冷や汗が止まらない。確かにこれなら、戦うだけで経験値が得られそうだ。そう信じてしまう程にリベルさんから感じる力は凄まじかった。

「こりゃ凄い。死なないように頑張らないといけませんね、奈津さん」

「…………」

「……？ あれ、奈津さん？」

返事が無い。

どうしたのかと思って振り返れば、奈津さんは四つん這《ば》いになって吐き散らかし、六花ちゃんは尻《しり》もちをついて震えあがり、西野君は白目をむいて気絶していた。サヤちゃんはクロと抱き合いながらガタガタと震えている。

「ちょ、ちょっと！　皆、大丈夫か⁉」

これにはリベルさんも予想外だったようで慌《あわ》てて気配を抑える。

「いやー、ごめんごめん。ついつい張り切りすぎちゃったわ」

テヘペロッとリベルさんが頭に手を添えながら謝罪する。……あ、この人、絶対悪いと思ってないわ。

「はぁ……勘弁して下さいよ。訓練の度にこれじゃあこっちの身が持ちません」

「持たないのは体じゃなくて服の方じゃないの？」

「え？」

リベルさんの視線の先には五十嵐さんが居た。

奈津さんたちと同じように尻もちをついて震えているのだが……。

「ッ……！」

カァっと彼女の顔が赤くなる。視線を下の方に移すと……うん。これ以上は彼女の名誉の為に言わないでおこう。

「モモ、影を広げてくれ」

「わんっ」

モモが影を広げ、俺は五十嵐さんにアイテムボックスから取り出したジャージを手渡す。

「……影の中で着替えて下さい」

「ッ……ありがとうございます」

真《ま》っ赤《か》な顔をしながら、五十嵐さんは影の中に急いで消えていった。

「正直、このくらいは慣れてもらわないと困るわね。異世界の残滓との戦いじゃ、この程度の圧、耐えられないとどうにもならないもの」

それって俺たちが弱すぎるってこと？　やべぇな、この人の基準。

俺以外の人は全員、表情が強張《こわば》り冷や汗をかいている。かろうじてモモが我慢できてるか。

『んー、すぴー……すぴー……』

そして、こんな状況でも俺のフードの中でのんきに寝ているシロもある意味、耐えられているのか。……そう言えば、まだシロがまともに戦うところって見たことが無いな。

「とりあえずカズト以外は私の圧に慣れることから始めるしかないわね」

「俺は？」

「勿論《もちろん》、早速実戦を始めるわ。時間は無駄にできないもの」

トントンと、リベルさんは踵《かかと》の先で地面を叩《たた》く。屈伸や手を伸ばしたりして、何度か体の具合を確かめてから、俺の方を見た。

「――それじゃあ、カズト、死なないでね？」

次の瞬間――リベルさんの姿が消えた。

「ッ……！」

反射的に俺はアイテムボックスから忍具作成で作ったクナイを取り出し、背後に迫っていた彼女の攻撃を弾《はじ》いた。

「良い反応ね」

「ぐっ……！」

いつの間にか、彼女の手には杖《つえ》が握られていた。

以前、俺が預かっていた『カドゥケウス』に似ているが、感じる力はそれより弱い。多分、レプリカだろうか？

「自前のスキルで作った武器よ。私のステータス確認してるなら分かるでしょ？」

そう言えば、『全属性魔道具作成』っていうスキル持ってたなこの人。てか、やっぱり『鑑定《かんてい》』してたのは知ってるんだな。

「ぬぉぉおおおおおおおおおっ！」

空気が重い。息をするのも辛《つら》い。全神経を集中させ、リベルさんだけに集中しろ！　じゃないとあっという間にやられちまう！

……これ、本当に訓練だよな？　普通に殺しに来てないか？

「勿論、殺すつもりでようやく訓練よ」

こっちの心を読んだかのような言葉だった。

「読み易《やす》い、読み易い。簡単に分かるわよ、カズト分かりやすいもの」

他《ほか》の人にも言われたな。俺そんな分かりやすいのか？

リベルさんはくるりと杖を器用に片手で回転させ、クナイをいなし、次いで柄《つか》の部分で俺の足を払おうとする。反射的に俺はそれを避けようとして、

「はい、減点」

「――⁉」

　一気にリベルさんに距離を詰められ、掌底で顎《あご》を強《したた》かに撃ちつけられた。

「武器に意識を集中させ過ぎ。相手の動きの全体を視なさい」

　ぐわん、と脳が揺れる。や……ばい、意識を、足を動かさないと――。

「わんっ！」

　次の瞬間、モモが『影』を使って、リベルさんの動きを阻害しようとして、

「ふんっ」

「わぉんっ⁉」

　あっさりと『影』を引き千切られた。

「当たり前でしょ。ステータスの差を考えれば、この程度で拘束できるわけないでしょ。あと実戦形式だし、横入りは大歓迎♪　でも力の差は――」

「わ、わぉ――」

「歴然――おっと」

　そのまま、モモにカウンターを喰《く》らわせようとするが、リベルさんは地面を蹴《け》り距離を取った。

「……？」

　どういう事だ？　何故《なぜ》リベルさんは距離を取った？　絶好のチャンスだったのに。

　揺れる視界で何とかモモの方を見る。それで気付いた。モモの体が僅《わず》かに光っていたのだ。

「キキちゃんの『反射』ね。拘束を千切られ反撃される事も予想して、事前に仕込んでいた訳か。油断ならねー。……ねえ、カズト。もしかしてモモちゃんってアンタより賢い感じ？」

「……否定できない自分がいますね」

正直、モモの戦闘センスは俺よりも凄いと思う。頭も良いし、モフモフしてるし、ホント最高です、ありがとうございます。

『我も忘れてもらっては困るなっ！』

刹那《せつな》――ソラの尾がリベルさんに叩きつけられた。轟《ゴウ》ッと土煙が舞う。

『フハハハハ！　死ね！　死んでしまえーーー！』

……ソラの奴《やつ》、これが訓練だって忘れてないか？

この間のうっぷんを晴らすかのように、執拗《しつよう》にリベルさんを叩き続けている。その破壊の余波で、周囲の景色が瞬く間に変えられてゆく。

「あう……」

「ナッつん、私の後ろに隠れて！　ニッシーもしっかり摑《つか》まっててよっ」

「あ、あぁ……」

ちらりと後ろを見れば、六花ちゃんが二人を守るように構えていた。額《ひたい》には光る角が顕現《けんげん》し、褐色の肌には幾何学的な紋様が浮かび上がっている。鬼人《オニビト》に進化した六花ちゃんの固有スキル――『鬼化』だ。戦闘能力が爆発的に上昇しているはずだが、その表情は優れない。覆しがたい力の差を感じているのだろう。巻き込まれないように立ち回るだけで精一杯なのだ。

「それでいいのよ。今はまだその程度でも、その悔しさが今後のバネになる」

「うぉっ⁉」

いつの間にか隣に居たリベルさんに俺は再び驚愕《きょうがく》する。

『ヌ、何時ノ間ニ――』

「いや、そのくらい気づきなさいよ……」

とんっと地面を蹴って、空中を舞い、ソラと距離を詰めたリベルさんは、手に持った杖を大きく振りかぶり――

「えいっ」

『ゴガァァアアアアアアアアアアアアアッッ！』

空気が割れる音と共に、ソラを思いっきり殴り飛ばしたのだった。

「干し草ばっか食べて鈍ってるんじゃないの？　フランメなら簡単に避けてカウンター放ってたよ？」

『貴様が我が愛する夫の名を口にするなああああああああああああ！』

すぐさま起き上がり、大きく口を開けるソラ。

「――っておいっ！　ちょっと待て、お前⁉」

まさかここでブレスを放つつもりか⁉　冗談じゃねーぞ？　その位置だと、俺たちまで巻き込まれちまうじゃねーか。

『喰らええええええええええええええええええ！』

カッと光が瞬き、ソラの口からブレスが発射される。　だが、その直前に、

「ほい、落石」

リベルさんはソラの頭上に巨大な岩を発生させた。

それは真《ま》っ直《す》ぐ下に落下し、ソラの頭に命中し――、

『あがっ――あ……アギャアアアアアアアアアアアアアアアアアアアアアアッッ!?』

強制的にソラの口を閉じさせ、ブレスを暴発させた。ボフッと黒煙を吐き、ソラはそのまま気絶する。

「……アレ、死んでませんよね？」

「大丈夫でしょ、多分」

多分ってアンタ……。

「竜ってブレスを撃つ瞬間、体が硬直するのよ。だからその瞬間に、口を閉じさせればこんな感じに勝手に自滅してくれるの。向こうの世界じゃ、割とよく知られてる手段よ」

そうなんだ……。

「とはいえ、タイミングを見誤れば、相手のブレスを喰らって即死だからレベルの低い奴じゃ、真似《まね》したところで死ぬのが落ちよ」

「怖いですね。真似できそうにないな……」

「何言ってんのよ、アンタならこのくらい楽勝でしょ？」

「いや、無理でしょ……」

首を横に振る俺に対し、リベルさんは納得のいかないような顔をする。

「……？　この世界の人間って妙に謙虚よね？　できる事をできないように振る舞うのが美徳みたいな価値観でもあるの？」

「いや、そういうのは……ある、かも……です」

特に社会人は。なんというか、できて当たり前なんだけど、それを出しちゃいけない空気感があるっていうか……。ちょっと得意顔になればすぐにイキってるって言われるし。

まあ、俺の場合は逆に「何で三年も勤めててこんな事もできないの？」ってよく清水《しみず》チーフに怒られてたけど。仕事に対する責任感がどうとか、同じミスばっかりしてとか……あ、思い出したら悲しくなってきた。

「ふーん、まあいいけど。……でも自分の強みくらいは理解しておいた方が良いわね」

「え？」

ヒュンッという風切り音と共に、再びリベルさんが接近する。杖をクナイで弾き、影で足を絡《から》め取ろうとして――躱《かわ》された。攻撃をいなし、躱し、なんとかリベルさんの動きについていく。

「ほら、すぐ私の動きに対応できた」

「いや、ちょ――待って、はや――」

なんでこの状況で会話できる余裕があるんだよ、この人。

姿が消える。今度は真横――その次はまた背後。スキルをフル稼働していても付いていくのがやっとだ。

「余裕がなさそうね？」

「そりゃっ……ギリギリ、です……からっ！」

アイテムボックスで壁を作り、距離を取ろうとすれば、即座に回り込まれて距離を詰められる。影で動きを拘束しようともすぐに千切られるし、そもそも早すぎて当たらない。

常に接近されているからモモの叫びも封じられてる。やりにくいったらありゃしない。

（どうやって反撃すればいいいんだ……？）

相手の動き全体を見るって……そんなバトル漫画じゃないんだから、そんなすぐできる訳ないだろうに。

奈津さんたちはまだ動きについてくることもできないし、モモやキキもこの高速戦闘中じゃ、上手《うま》くサポートするのも難しいらしく、歯がゆそうな表情でこちらを見守っている。

他にはなにか手はないか？　思考を加速させ、必死に考える。

「ほら、考えろ、考えろ、考えろ。まだまだ速くなるわよ」

「ぐっ……！」

《熟練度が一定に達しました》

《集中がＬＶ８から９に上がりました》

《熟練度が一定に達しました》

《予測がＬＶ７から８に上がりました》

スキルのレベルアップを告げるアナウンスが流れる。少しだけ思考に余裕が持てるようになった。

「集中力が上がったわね。それに動きも良くなった。さあ、まだまだ行くわよ」

「え、ちょっ……ま、まって！」

「待たない。ほらほら、まだまだ動きが甘い！　せめて今日中に私に魔術《スキル》を使わせられるくらいにはなってほしいわね。それとアンタの強みと、その根底にある異常さも気づかせてあげる」

「……？」

いや、それはちょっとハードルが高すぎでは？

リベルさんの容赦《ようしゃ》のない攻めを捌《さば》くので精一杯で、結局その日はリベルさんにまともに攻撃する事もできなかった。

《――経験値が一定に達しました。クドウ　カズトのＬＶが23から24に上がりました》
《熟練度が一定に達しました》
《予測がＬＶ８から９に上がりました》
……今日一日だけでＬＶが一気に５も上った。アロガンツとの戦いでようやく16から19に上がったけど、それを上回る超ハイペースだ。
「ハァ……ハァ……、本当に格上と戦うだけでＬＶが上がるんですね」
「まあね。でもアンタたちが強くなればなるほど、ＬＶも上がりにくくなるし、最終的にはまったく上がらなくなるけどね」
「……その時は、俺たちがリベルさんに近い実力なったって事ですよね？」

「そういう事。ま、今日はこのくらいにしておきましょうか。明日はもっと激しく行くわよ」

「……了解、で……す」

まともに返事すらできず、俺は地面に倒れ込んだ。やべーなぁ……。これを毎日って……決戦前に死ぬのではなかろうか？

「わんわんっ」『きゅー！」

「あー……モモ、キキもお疲れ……」

うぅ、疲労でモモたちをモフモフする事すら、碌《ろく》にできない。

確かに短期間で強くはなれるけど、マジでキツイなコレ……。

……ちなみにその日の訓練が終わるころには、五十嵐さんはジャージから私服にもう一度着替えていた。理由は、彼女の名誉のために伏せさせてもらおう。

「っ……またこんな屈辱を……！　でも、どうしてこんなに心が……んっ」

五十嵐さんは赤面しながらなんか変な事を呟《つぶや》いてたけど、その辺は聞かなかった事にしよう。世の中には目を背けた方がいい事もあるのです、はい。

それから三日後、俺はＬＶ30に――二度目の『進化』が可能になっていた。

●

「――じゃあ、カズトは今日の訓練はお休みね」

進化が可能になった事を伝えると、リベルさんはそう言った。

「良いんですか？」

「ええ、選択肢にもよるけど、二度目の進化はどの種族も最低二日以上は時間が掛かるの。それに訓練を終えた後の疲労した状態より、万全の状態で進化した方が体への負担が少なくて済むわ」

という訳で、今日の訓練はお休み。俺は自身の進化に集中する事にした。

進化先は全部で六つ。とりあえずは質問権で調べてみた結果がこんな感じだ。


『進化先』
・超人
人間の高位上位種。既存スキルの効果を爆発的に高める。各種ステータスが大幅に上昇し、所有する既存スキルのＬＶを３上げる。見た目は普通の人間と変わらない。

・仙人
人間の高位上位種（希少）。魔法に優れている。ＨＰ、ＭＰ、魔力、耐魔力が大幅に上昇し、種族固有のスキルを得る。寿命が大幅に延び、老化も遅くなる。食事を取らなくとも、ＭＰが枯渇しない限り生活できるようになる。見た目は普通の人間と変わらない。

・始源人《オリジン》

人間の高位上位種（希少）。力、耐久に優れている。力、耐久、敏捷《びんしょう》、器用が大幅に上昇し、種族固有のスキルを得る。本来、人間には取得不可能なスキルを取得できるようになる。見た目は普通の人間と変わらない。

・高位森人《ハイエルフ》

人間の高位上位種。魔法に優れている。MP、魔力、耐魔力が大幅に増加し、種族固有のスキルを複数得る。魔法系スキルの取得が容易《たやす》くなり、熟練度も早く上がる。耳がとがり、見た目が非常に麗《うるわ》しくなる。寿命が大幅に伸び、老化も大幅に遅くなる。

・高位影人《ハイシャドウ》

人間の高位上位種（希少）。五感、身体能力が大幅に強化され、種族固有のスキルを複数取得する。MP、力、器用、敏捷、魔力、耐魔力が大幅に増加する。影や闇《やみ》がある限りその肉体は滅ぶことはない。

・半神人《デミ・ゴッド》

人間の高位上位種（超希少）。全ステータスが大幅に上昇し、所有するスキルの効果が大幅に上昇する。寿命が大幅に延び、老化も遅くなる。種族固有のスキルを複数取得する。あらゆる病気、毒、呪《のろ》いを完全無効化する。本来、人間には取得不可能なレアスキルを取得できるようになる。見た目は普通の人間と変わらない。

うーむ、流石《さすが》新しい進化先だな。どれもぶっ壊れ性能である。

中でも半神人《デミ・ゴッド》が頭一つ抜けてる印象だな。超希少、固有スキルに、人間には取得不可能なレアスキルが取得できるって部分が気になる。他の種族も気になる部分が多い。

すると奈津さんがひょこっと顔を覗《のぞ》かせる。

「カズトさん、何を見てるんですか？　あ、もしかして新しい進化先ってやつですか？」

「ええ、まずはどんな種族があるのか確認してました。というか、訓練はいいんですか？」

「今は、藤田《ふじた》さんや市役所の人たちがやってます。私たちは午後からですね」

見れば、奈津さんだけでなく、西野くんや六花ちゃんも居た。

「それで、それで、カズトさんの進化先ってどんなのがあったんですか？」

「興味津々《しんしん》ですね。とりあえず候補は六つで、まず――」

俺は奈津さんや、みんなに進化先について説明した。

「……チートや、チート種族がおる」

で、奈津さんの第一声がこれである。いや、俺も否定しないけどさ。

「あー、なんかカズトさんがどんどん遠い所に行く気がします……」

「いや、奈津さんももうすぐ進化できるじゃないですか。今、ＬＶ27ですよね？」

「それはそれ。これはこれなんです。……むぅ、どんどん先に行かれます」

俺に遅れること一日、奈津さんたちもリベルさんとの実戦訓練を行ってきた。

その結果、奈津さんは昨日の訓練でLVを27まで上げた。中々のハイペースである。

奈津さんは口をとがらせながらモモをモフモフしだした。あ、ちょっと、取らないで。俺だってモフモフしたいのに。

「はぁー、私もようやく追いついたと思ったのに、また引き離されちゃったなぁー。頑張んないと」

そう言う六花ちゃんは現在、鬼人《オニビト》LV17。確かに差はあるが、それでもここ数日でペースを急速に上げてるし、本当に強くなった。多分、スキルを用いない単純な接近戦なら俺でも厳しいかもしれない。

「それを言うなら俺なんてまだ進化してないんだぞ?」

西野君はため息をつく。

「でもニッシーもLV上ったし、確か今、29じゃん。もうすぐだよ」

「そうですよ。それに進化先、次第では相当なパワーアップができるでしょう?」

六花ちゃんの言葉を俺も肯定するが、西野君はまだ渋い顔をする。

「だとしても、差が付きすぎてます。周回遅れも良い所ですよ。これじゃあ、進化してもしばらくは足手まといだ。俺の所為《せい》で作戦が失敗したなんてことには絶対にしたくないんです」

本当に凄いな、西野君は。

「あ、ところで訓練を見てて思ったんですけど、ひょっとしてクドウさん、スキルポイント使ってないんですか?」

「……良く気付きましたね」

「LVは上がってるはずなのに、使えるスキルの威力があまり変わってなかったのでもしかしたらと思いまして。どうしてそんな事を？」

本当に良く見ているな、西野君は。観察力、半端《はんぱ》ない。

そう、アロガンツ戦以降、大量にたまったSP《スキルポイント》とJP《ジョブポイント》を俺はまだ1ポイントも使っていなかった。

「理由はいくつかありますが、一つは訓練でスキル自体の熟練度も上げられるからですね。それに訓練や今回の進化で得られる新しいスキルを見てから使った方がいいと思いまして」

今までのような、その時、その瞬間の選択が生死に直結するような状況ではない。

じっくり考えて、選べる時間があるのだ。

「なるほど、そう言う事ですか」

「そういう事です。さて、そろそろ進化先を決めましょうかね」

やはりというか、最有力候補は『半神人《デミ・ゴッド》』だな。次点で『高位影人《ハイシャドウ》』と『始源人』か。

「まあ、この中じゃ半神人《デミ・ゴッド》が一番強力でしょうね。高位影人《ハイシャドウ》と違って、特にデメリットも無いし」

「え？　高位影人《ハイシャドウ》って何が駄目なの？　影や闇があれば不死身ってめっちゃ強力じゃん」

六花ちゃんが首を傾《かし》げる。

「逆に言えば、影や闇を無くしてしまえばあっさり消滅してしまう可能性があるんですよ。光で周囲の影を全て消してしまえば、それで終わり。相性次第では簡単にやられてしまうんです」

「ああ、なるほど、言われてみれば確かにそうだね」

俺の説明に、六花ちゃんはうんうんと頷《うなず》く。

それを補える固有スキルでも手に入るなら、候補としてはかなり魅力的だが、『質問権』で調べたところ、高位影人《ハイシャドウ》で手に入る固有スキルにはそう言ったスキルは無かった。

「あの、半神人《デミ・ゴッド》って確かに強力ですけど、弱点は無いんですか？　神殺しの武器とかスキルって、この手のゲームや漫画ではお約束じゃないですか。ほら、神性が高いほど解けなくなる鎖とか」

「あー、あの『友の名を冠した神すら解けぬ鎖』とか有名だよねー。私、あのキャラ好き」

それって多分、あの運命的なゲームだよな……？　六花ちゃん、意外とゲーム詳しいのか？

「中学時代にナッつんからいろいろ教えてもらったもんねー♪　私、三つ目の天のお皿ルートが一番好きだったなー。ヒロインの為だけの正義の味方になるってかっこいいし。金ぴかが速攻アレしたのはちょっと残念だったけど」

「私は無限の槍蔵《そうぞう》ルートが一番好きでしたね。あれは漢《おとこ》のロマンがあります」

エロゲ談議で盛り上がる二人。逆に西野君はよく分からないようで頭に「？」を浮かべている。

「あの……お二人がプレイしてるのってあの超有名なエロゲですよね？　その、年齢制限とか……」

「あれちゃんと全年齢版出てますよ。だから問題ないです」

「そうそう。中学生でもプレイできる安心版だから。その手のシーンは変わってるから」

本当かー？　本当に大丈夫かー。なんでその手のシーンが修正してあるって知ってるんだー？

「まあ、それは置いておいて、神殺し――というか、聖属性への特攻武器やスキルなら、質問権でいくつか出てきましたが、それと半神人《デミ・ゴッド》はまったく別物のようです。だから安心して下さい」

何度も調べてみたが、その手の弱点となる武器やスキルは見つからなかった。
「じゃあ……」と奈津さんがこちらを見てくる。俺は頷きながら、
「はい。新しい進化先は『半神人《デミ・ゴッド》』にしようと思います。今回は進化に二日以上掛かるみたいなので、その間はよろしくお願いします」
「分かりました。進化ついでにゆっくり休んでくさいね。私ももう少しレベルを上げれば進化できますから、待っててください」
「おー、ナッつん気合入ってるねー。私も頑張らないと」
気合を入れる奈津さんと六花ちゃん。その後ろで西野君も頑張らねばと息巻いている。
「それじゃあ、進化しますね。あとはよろしくお願いします」
俺はステータスプレートを開き、進化の項目をタップする。
《クドウ　カズトの種族を『新人《アラビト》』から『半神人《デミ・ゴッド》』へと進化させます。よろしいですか？》
勿論、イエス。
《これより進化を開始します》
《――接続《アクセス》――接続《アクセス》――成功》
《対象個体の肉体の再構築を開始》
《新たな種族を構築します》
《各種ステータスを上昇させます》
《進化を開始します》

以前の時と同じように、目の前の景色がぐにゃりと歪《ゆが》み――俺は意識を失った。

●

――目を覚ました。

体を起こすと、すぐに具合を確かめる。

「前回の進化の時と同じく、別に違和感はない。ずっと寝てたせいか関節バキバキだけど」

新人《アラビト》に進化した時もそうだったけど、肉体的にはそれ程変化したって感じはない。

ステータスはどんな感じだろうか？

クドウ　カズト

半神人《デミゴッド》レベル１
HP3212／3212 MP1902／1902
力1145　耐久1140　敏捷3041
器用3001　魔力435　対魔力435
SP243　JP120

職業

忍神LV10、追跡者ＬＶ6、漆黒奏者L6
修行僧ＬＶ6、黙劇者ＬＶ4

種族固有スキル

早熟
英雄賛歌、勤勉

スキル

超級忍術ＬＶ10、超級忍具作成ＬＶ10、
落日領域ＬＶ10、疾風走破ＬＶ10、
上級忍術ＬＶ10、ＨＰ変換ＬＶ10、
ＭＰ消費削減ＬＶ10、忍具作成ＬＶ10、
投擲ＬＶ６、無臭ＬＶ７、無音動作ＬＶ８
隠蔽ＬＶ７、暗視ＬＶ５、急所突きＬＶ５
気配遮断ＬＶ７、鑑定妨害ＬＶ４、
望遠ＬＶ３、追跡ＬＶ７、地形把握ＬＶ９
広範囲索敵ＬＶ９、敏捷強化ＬＶ８、
器用強化ＬＶ５、観察ＬＶ10、
聞き耳ＬＶ４、絶影ＬＶ８、
影真似ＬＶ８、影檻ＬＶ８、
身体能力向上ＬＶ７、剣術ＬＶ８、
ＨＰ自動回復ＬＶ５、危機回避ＬＶ５、
交渉術ＬＶ１、逃走ＬＶ４、
防衛本能ＬＶ２、アイテムボックスＬＶ10
メールＬＶ２、集中ＬＶ９、予測ＬＶ９、
騎乗ＬＶ４、激怒ＬＶ３、属性付与ＬＶ６
演算加速ＬＶ３、忍耐ＬＶ６、渾身ＬＶ６
ＭＰ自動回復ＬＶ５、黙劇ＬＶ８

パーティーメンバー

モモ　暗黒犬　LV29
アカ　クリエイトスライムLV24
イチノセ・ナツ　新人LV29
キキ　ハイ・カーバンクルLV3
ソラ　エンシェントドラゴンＬＶ10
シロ　スモール・ホワイトドラゴンＬＶ８

「…………マジか？」

そのステータスを見て、俺は思わず呆《ほう》けてしまう。

ステータスの上り幅がエグイ。リベルさんとの特訓でコツコツステータスやスキルのレベルも上がってきたけど、進化してそれが更に爆上がりしている。単純な力、耐久、敏捷の数値だけならリベルさんよりも上だ。それに固有スキルの下に種族固有スキルって欄が新たに追加されている。

新たに取得したのは『神力解放』、『呪毒無効』、それに『下位神眼』の三つ。

『呪毒無効』ってのは何となく字面《じづら》で分かるな。進化先の説明欄にも、病気、毒、呪いを完全無効化するって書いてあったし、スキルの欄から耐性系のスキルが全て消えてる。おそらく統合されたのだろう。残りの二つはどんなスキルなんだろう？

『神力解放』

戦闘中、敵に与えるダメージが100％増加し、敵から受けるダメージが50％軽減する。更にステータス及びスキルの効果が35％増加し、反応速度、思考速度、反射速度が増加する。

『下位神眼』

対象のステータス、スキル効果を見る事ができる。妨害無効。死角がなくなり、あらゆる角度から対象を『視る』事ができる。更に今まで見えなかった様々なモノを『視る』事ができる。

……どちらもとんでもない効果だった。

『神力解放』は『英雄賛歌』の効果に似てるけど、こっちは個人特化って感じだな
『英雄賛歌』がパーティーメンバー全員を強化するのに対し、『神力解放』は俺個人をより強力する。でも使い分けもできるし、併用も可能だからかなり便利なスキルだな。

『下位神眼』は鑑定の上位互換って感じか。死角が無くなるってのはかなり便利だけど、今まで見えなかったものが見えるってのはどういう事だろう？　詳しい部分は後で実践してみるしかないか。

今まで鑑定が手に入らなくて苦心してたけど、それを上回るスキルを手に入れる事ができたのは上々だ。

「あ、何気にキキとシロが進化してる……」

キキはカーバンクルからハイ・カーバンクルに、シロはリトル・ホワイトドラゴンからスモール・ホワイトドラゴンにそれぞれ進化していた。……リトルとスモールの違いってなんだろう？　後で調べておこう。それと奈津さんやモモももうすぐ進化可能だ。

「皆、頑張ってるんだな」

さて、それじゃあポイントの振り分けだな。訓練中——というか、アロガンツと戦った後からずっとポイント振り分けてなかったから久々だ。リベルさんにも進化してからポイント振り分けた方がいいって言われて溜《た》めてたからな。その量、なんとSP《スキルポイント》243ポイント、JP《ジョブポイント》124ポイントである。

まずスキルの追跡をLV9に上げて、その次に職業の追跡者と漆黒奏者をLV10に上げる。それぞれの付随スキルはLV9で止めてたから、これで職業のレベルアップに付随してそれぞれのスキ

ルの方もＬＶ10に上がる。
《追跡者及び漆黒奏者のＬＶが上限に達しました。上位職及び派生職が選択可能です》
《上位職『監視者』が解放されました》
《上位職『復讐《ふくしゅう》者』が解放されました》
《上位職『熟練追跡者』が解放されました》
《複合上位職『影の支配者』が解放されました》
《複合上位職『影の支配者』を取得する場合、『漆黒奏者』及び『追跡者』は統合されます》
《派生職『死体愛好家』が解放されました》
《派生職『召喚者』が解放されました》
《派生職『激情家』が解放されました》
お、なんか今までとは違うアナウンスが流れたぞ？
「『影』の支配者……？　『漆黒奏者』の上位職か？」
いや、でも確か『漆黒奏者』に上位職はなかったはずだ。複合上位職って表示されてるし『漆黒奏者』と『追跡者』をＬＶ10にすることが条件だったとか？　二つの職業を統合することで取得する上位職なんて初めてだ。
「どう考えても『影の支配者』一択だな」
それにこれを取得すれば、今までフルだった職業欄が一つ空く。つまり新たな職業も取得する事ができるのだ。質問権で調べてみたが、『忍神』にも匹敵《ひってき》する程の強力な職業だ。というか、これで最上級職じゃなく、まだ『先』があるのなら、選ばない理由はない。しかもＪＰ《ジョブポイント》の消費もなし。
という訳で、『影の支配者』を選択する。
《『漆黒奏者』及び『追跡者』が上位職『影の支配者』となり統合されました》
《スキル『影支配』を取得しました。スキル『影の瞳《ひとみ》』を取得しました。スキル『広範囲探知』を取得しました》
《スキル『隠蔽』、『無音動作』、『絶影』、『影真似』、『影檻』は『影支配』に統合されます》
《スキル『影支配』がＬＶ１から３に上がりました》
《スキル『暗視』、『望遠』、『聞き耳』は『影の瞳』に統合されます》
《スキル『影の瞳』がＬＶ１から３に上がりました》
《スキル『追跡』、『地形把握』、『広範囲索敵』は『広域探知』に統合されます》
《スキル『広域探知』がＬＶ１から３に上がりました》
お、かなり色んなスキルが統合されたな。
『影支配』は文字通り、今まで使ってきた影のスキルの上位拡張版って感じだな。やれることが増えて、より強力になった。
『影の瞳』は俺の索敵範囲内で『影』が発生する場所を自在に見る事ができるスキル。しかも『下位神眼』の効果とも併用すればもはや死角どころか戦場のほぼ全てを見通す事ができる。
『広範囲探知』は統合されたそれぞれのスキルの上位複合版だな。『影の瞳』や『下位神眼』の要となるスキルだ。

「さて、これで職業欄が一つ空いたから、また新たな職業も取得できるな。いや、それとも先に『影の支配者』のレベルを上げるべきか……？」

ＪＰ《ジョブポイント》は残り52ポイントだ。ギリギリ『影の支配者』をＬＶ10にするには届かない。とはいえ、これからまたレベル上げすればポイントは手に入るし、とりあえず『影の支配者』をＬＶ９に上げ、残ったポイントは温存しておくか。新たな職業については奈津さんたちやリベルさんの意見も聞きたいし。

あ、職業をＬ９まで上げるんなら、先に付随スキルの方も上げておかないとな。ポイントの節約になるし。『影支配』、『影の瞳』、『広範囲探知』をそれぞれＬＶ７まで上げる。次にＪＰ《ジョブポイント》で『影の支配者』をＬＶ９まで上げる。

残りのＳＰ《スキルポイント》で、まずは『身体能力向上』、『急所突き』、『剣術』、『演算加速』をＬＶ10まで上げる。今のステータスやスキルを考えれば、これらのスキルは戦闘に直結するからね。

《スキル『身体能力向上』、『急所突き』、『剣術』、『演算加速』のＬＶが上限に達しました》
《条件を満たしました》
《スキル『身体能力超向上』を取得しました。スキル『一撃必殺』を取得しました。スキル『黒剣術』を取得しました。スキル『高速並列思考』を取得しました》
《スキル『身体能力向上』は『身体能力超向上』に統合されます》
《スキル『身体能力超向上』がＬＶ１から３に上がりました》
《スキル『急所突き』は『一撃必殺』に統合されます》

《スキル『一撃必殺』がLV1から3に上がりました》
《スキル『剣術』は『黒剣術』に統合されます》
《スキル『黒剣術』がLV1から3に上がりました》
《スキル『演算加速』は『高速並列思考』に統合されました》
《スキル『高速並列思考』がLV1から3に上がりました》
それぞれの上位スキルが解放される。『黒剣術』ってのは俺の『影』のスキルと併せて使う剣術らしい。どうやら『剣術』はLV10まで上げると、本人の戦闘スタイルに合わせて様々な上位剣術になるようだ。質問権で調べたら他にも『豪剣術』とか『聖剣術』とか色々あった。
『高速並列思考』はその名の通り、複数の思考を同時にこなす事ができる。多彩なスキルや索敵スキルを使った戦場の把握もこれでよりスムーズになるだろう。
『身体能力超向上』と『一撃必殺』はそれまでのスキルの強化版だな。単純な効果だけどありがたい。あとは『激怒』をLV6に、『属性付与』をLV7に上げる。これでステ振り完了だ。
「さて、奈津さんたちの所へ行くか……」
今頃《いまごろ》はレベル上げの最中だろうし、俺は気配のする方へと向かった。

●

「うわぁー……」

最初にその光景を見て、俺は思わずそう呟いてしまった。

奈津さん、六花ちゃん、西野君、柴田《しばた》君を始め、学生メンバーや市役所メンバーのほぼ全員が屍《しかばね》のように倒れている。全員もれなく傷だらけ。

「あら、目が覚めたのね、カズト。ちょっと待ってて頂戴。もうすぐ終わるから」

こちらに気付いたリベルさんが手を振る。戦っているのは……モモとサヤちゃん、クロ、それに五十嵐さんか。

「どうやら私たち以外は全滅したみたいね！」

「とお姉！　風の精霊お願い！　モモちゃんは叫びを！　クロはこのまま全力でリベルさんに突っこんで！」

「了解したわ。召喚《サモン》、ウインド・マント・エレメンタル！」

「ガルォォオオオオオオオオオオンッ！」

五十嵐さんのサポートによって速度を増したクロ。

「わぉぉおおおおおおおおおおおおんっ！」

更に倒れている者たちを傷つけないようにモモの叫びが木霊《こだま》し、モンスター化したクロの触手が四方八方からリベルさんに襲い掛かる！

「甘いっ！」

だがリベルさんはモモの叫びに耐え、スキルを使わずに杖をくるくると回転させるだけでクロの触手を弾いてしまった。

「わぉ――」「ガルル――」

「――遅い」

リベルさんは超スピードで移動すると、あっさりと『叫び』を使おうとしたモモとクロを無効化、気絶させてしまう。犬は人よりも広い視野を持っているっていうけど、あのスピードじゃ反応できないだろうな。

「クロ――きゃっ⁉」「あうっ⁉」

更にクロがバランスを崩したことで背中に乗っていたサヤちゃん、五十嵐さんも転倒。リベルさんに杖でポカッと叩かれ気絶してしまう、勝負ありだ。

「ふぅ、お待たせ」

「これ……訓練、ですよね？　三日前よりもかなり激しくなってませんか？」

もはや完全に紛争地域みたいな光景になってる。

「皆、かなりやる気になってるのよね。一時間、一分、一秒でどんどん強くなっていくのよ。楽しくて楽しくて、私もつい張り切っちゃってるわけ」

「張り切り過ぎでしょう……」

「何言ってんのよ？　発破かけたのはアンタでしょうが。皆、アンタに追いつきたくてこんなに頑張ってるのよ」

「ッ……！」

そうだったのか。そう言われると、なんか嬉《うれ》しいな。

「それにしても……ふぅん、なるほど、なるほど」

リベルさんは俺をじろじろと見つめながら、何やら嬉しそうに笑みを浮かべる。

「凄い。驚くほどに力が上がってるじゃないの。このレベルだと、今までと同じ訓練じゃもう経験値は得られそうにないわね。もうちょっと本気を出せそう」

リベルさんはラスボスみたいな発言をする。ちょっと怖いです。威圧しないで。

「ていうか、ちょっと待って下さい。あれでもまだ本気じゃなかったんですか？」

「当たり前じゃない。精々、一割か二割程度かしらねー。でも次からは半分くらいは本気出せそう。ああ、予定よりもかなり良いペースだわ。ちょっと楽しみね♪」

単純なステータスでは俺の方が上なのに、まったく勝てる気がしない。この人、どんだけ強いんだよ。

「しかしそうなってくると、このままじゃちょっとまずいわね。訓練で拠点を壊すわけにもいかないし……あ、そうだ」

何かを思いついたようにリベルさんは手をポンと叩く。

「カズト、アレ出して頂戴。これからの訓練に必要だから」

「アレ……？　ああ、あの武器ですか？」

俺はアイテムボックスからリベルさんから預かっていた武器『カドゥケウス』を取り出し、手渡す。するとリベルさんはハッと表情を変えた。

「ッ……あー、ごめん、それじゃないのよ。ごめんなさい。私の勘違いだったわ」

「……？　これじゃないんですか？」

リベルさんは何かを考え込んだ後、俺の方を見る。

「そうね、次の訓練にはどちらも必要になるし、先にアイツの方に行こうかしら。とりあえず今日の訓練はここまでにしましょう。召喚《サモン》、アクア・ヒール・ハイエレメンタル」

リベルさんが杖をかざすと水の球体が現れ、雨のように倒れている人々に降りかかった。すると、それまでの傷が嘘《うそ》のように回復していった。

「これは精霊召喚ですか。……それも五十嵐さんの上位版」

「……うぅ」

俺がそう言うと、倒れていた五十嵐さんが少し悔しそうに声を上げた。

「あぁ、すいません。別にそう言うつもりで言ったわけじゃありませんからっ」

慌ててフォローすると、五十嵐さんは不機嫌そうに顔を逸《そ》らした。怒らせてしまったらしい。

「むぅ……」

すると何故か奈津さんも不機嫌そうな表情でこちらを睨《にら》んでくる。いや、何で？

「ねえ、カズト、少し時間を貰《もら》える？　ちょっと行きたいところがあるの」

「別に構いませんが、どこですか？」

「仲間に加えたい奴がいるの」

一体誰だろうか？　でも彼女がわざわざ仲間にしたいって言うからには相当な強者なのだろう。

「仲間にしたい……？　固有スキルの保有者ですか？」

「いえ、人じゃなくてモンスターよ。私と同じ六王の一角であり、世界最強のモンスター『海王』シュラム」

「え、モ、モンスターですか？　一体どんな奴なんです？　それに『海王』？」

なんか物々しい名前だな。するとリベルさんは一瞬、何かを思い出すように視線を逸らし、

「……へ？」と、少し間を空けてから首を傾げた。

「ん？　何か今、おかしな事言いましたか？」

俺の問いにリベルさんはきょとんとした表情を浮かべる。

「何言ってるのよ？　アンタたちはもうとっくに『海王』に会ってるでしょうが？」

「は……？」

その言葉に、今度は俺の方がきょとんとなる。俺たちが既《すで》に『海王』と会ってる？

一体いつ、どこで出会ったというのか？　そんなヤバいモンスター、出会っていたらまず忘れるはずなんてないと思うけど？

疑問符を浮かべる俺を見て、リベルさんはどこか納得したような表情を浮かべた。

「ああ、なるほど……そういう事ね。そうとは知らずに戦ってたってわけか。なら、その反応も納得だわ」

「戦ってた？　ちょ、ちょっと待って下さいっ。どういう事ですか？」

ますます混乱する俺たちに対し、リベルさんは、

「『海王』シュラム。彼はあるモンスターの原種であり、そのモンスターは全て『海王』から生ま

れたと言われているの」

「生まれた……？」

「そう、そのモンスターには全て『海王』シュラムの力が流れている。とはいえ、末端になればなるほど力は弱くなるし、色も薄くなる。でもたまにね、先祖返りを起こして、シュラムと『同じ色』になる個体がいるの。透き通るような綺麗《きれい》な赤色にね」

赤色……？　モンスター？　心当たりがあるのは……、

「——まさかっ」

俺の頭に一体のモンスターが浮かび上がる。

モモがその力を見抜き、仲間となってからはその絶対的な防御力で俺たちを助けてくれた心強い味方。リベルさんはこくりと、頷いて
「その通り。『海王』シュラムの正体は——スライムよ」

ふるふると、ジャケットに擬態したアカが震えた。

●

場所は変わって海。俺たちは何度もスライムを捕獲したあの浜辺に居た。

「良い景色ね」

潮風になびく髪を撫《な》でながら、リベルさんはのんびりした様子で沖合を見つめている。

「久しぶりに来ましたね」

「ですです。最初に来た時が懐《なつ》かしいですね。あの時は確か、ティタンから必死に逃げてるうちにこの浜辺に辿《たど》り着いたんですよね」

「あー、そう言えばそうでしたね。少し前の事なのに、ずいぶん昔に感じます」

奈津さんの言葉に俺は相槌《あいづち》を打つ。

出発する前、奈津さんも一緒に行きたいと言ってきたのだ。修行で疲れてるだろうし、無理しなくても良いと言ったのだが、彼女は絶対に行くと言って聞かなかった。……妙なところで頑固だなぁ……。

「……だって一緒に行かないとリベルさんと二人きりですし……」

「いや、モモやキキたちも一緒ですよ？」

「そういう意味じゃないです。ホントにもう……」

な、なんなんだろうか？　俺、何か変な事言った？

モモたちに視線を向けると、「ホントにどうしようもないねー」という呆《あき》れた感じの視線をされた。

え、俺が悪いの？

「さて、それじゃあシュラムを呼ぼうかしらね」

そんな俺たちの事などまったく気にせず、リベルさんは準備に取り掛かっていた。

『海王』シュラム――その正体は年月を重ねたスライムの上位種だという。ちなみに『海王』や『死王』というのはリベルさんの世界では六体の最強モンスターが関するスキルであり、総じて六王と呼ばれているらしい。

「種族名は『カオス・イア・ウーズ』。スライムの最上位種族で、同じ種の個体は私たちの世界でもシュラム以外に確認されていない。正真正銘のユニークモンスターと言えるわね」

「カオス・イア・ウーズ……」

なんかクトゥルフっぽい名称だな。隣で奈津さんが「イアイア」ってなんか手を合わせながら呟いてる。やだぁ、凄く不審者。

「……海王がスライムだってのは分かりましたけど、俺たちがもう戦ってるってのはどういう意味です？　スライムの原種が海王なら、その辺に居るスライムも——それこそアカも海王の一部って事ですか？」

そういう意味なら確かに戦ったって意味合いにも取れるけど……なんか違くないか？

するとリベルさんはポリポリと頭を掻《か》いて、

「あー、言い方がちょっと紛らわしかったわね。確かに全てのスライムは海王から生まれたって言ったけど、正確には海王から分裂した個体が進化して、更に別の個体を生み出して、それを繰り返してって感じだから、どちらかと言えば超遠縁の親戚ってとこかしら」

「ああ、そういうことですか……」

まあ、それなら確かに全てのスライムは海王から生まれたと言えなくもないか。

「でも、それらのスライムとは別に明確に海王の一部と言われる個体も存在するの。アナタたちが以前海で戦ったって言ってたスライムクラゲ——あれがそうよ」

「ッ……アレが？」

脳裏に浜辺で戦ったスライムクラゲの姿が蘇《よみがえ》る。アレが海王の一部？

「ええ、アレは海王の末端みたいな存在なの。情報収集の為に海王が大量に放っているセンサー。実際、実力は普通のスライムとは一線を画してたでしょ？」

……確かに、あのスライムクラゲの強さは通常のスライムとは比べ物にならなかった。俺はてっきり海で進化したスライムかと思ったけど海王の分裂体だったのか……。思い返してみれば、あの時沖合からとんでもない気配がしてたけど、あれが海王の気配だったのか。

「アンタら、アカちゃんを回復させるために海でスライムを乱獲しまくってたんでしょ？　そりゃ海王だって不審に思うわよ。運が良かったわね。下手したら、そのまま海王との戦闘になってこの辺り一帯が海に沈んでたかもしれないわよ」

「アレってそんな危機的な状況だったんですか⁉」

今更語られる超重要事実。マジかよ……。

「……今更ですけど、私たちってホント綱渡りしてますね……。選択間違えれば、即バッドエンドとか昔のエロゲみたいですね」

「ですね。……ん？　ちょっと待って下さい。奈津さん、アナタ全年齢版やってたっていってましたよね？」

「……あ」

しまったという表情で奈津さんは顔を逸らした。どうやら間抜けは見つかったようだな。

「ひゅ……ひゅーひゅひゅぷぴー」

奈津さんは吹けもしない口笛を吹いて明後日《あさって》の方角を向く。ご、誤魔化《ごまか》し方がベタな上に下手過ぎる……。まあ、いいか。にしても俺としてはただの漁業のつもりだったのに、まさか町一つ潰《つぶ》しかけてたなんて。

「ま、運が良かったって言うよりかは、アカちゃんのおかげでしょうけどね」

「アカの……?」

「ええ。多分、その子、スライムクラゲを倒して吸収した時に、海王と交信したんでしょうよ。そうじゃない?」

「……? (ふるふる)」

リベルさんはじっと俺の足元でプルプルしてるアカを見る。アカはうにょーんと体を伸ばして、プルプル震えた。「よくわかんない」と言ってるらしい。

(でもそう言えば確かにアカはスライムクラゲを倒した時、何か会話をしていたように見えた……)

今思えば確かに違和感のある行動だった。アレが海王との交信だったのだろうか?

そんな風に考えていると、リベルさんの準備が終わったらしい。

リベルさんは複雑な魔術陣のようなモノを砂浜に杖を使って描き終えた。

「そんじゃ、呼びましょうか。シュラムー、ちょっとここまで来てくんなーい?」

そう言ってリベルさんは杖をかざすと砂浜に掛かれた魔術陣が光る。すると波が急に勢いを増し、リベルさんの描いた魔術陣をかき消した。

――変化はすぐに現れた。

「な、なんですかこの気配……？　な、何かに見られてる……？　うっぷ……」

「ウゥ……グルルル……」

探知系のスキルを持たない一之瀬《いちのせ》さんですら、その異変を感じ取っていた。口元を押さえ、今にも吐きそうなのを必死にこらえている。

モモも毛を逆立て、警戒態勢で水平線の向こうを睨み付けている。

かくいう俺も先ほどから寒気が止まらなかった。ピリピリと肌を刺すような焦燥感《しょうそうかん》。

こんなの今まで感じたことが無かった。

「リベルさん、これは……？」

「ええ、モモちゃんの『影渡り』を使ってここへ来た瞬間、もう向こうも気付いたんでしょうよ。私たちが――いや、『死王《ワタシ》』がここへ来たことに。だから、こうして明確に意識を飛ばしてる」

「ッ……」

つまりこれが海王の気配って事か。進化して強くなった今だからこそ分かる。

この気配の主は――海王は紛れもない化け物だ。それもハイ・オークとも、ダーク・ウルフとも、ティタンとも、ペオニーともまったく違う。霧のように掴みどころがなく、それでいてセメントよりも濃くて重い矛盾を孕《はら》んだ気配。……本当にこれがアカと同じスライムなのか？

『……これが海王か……』

その気配を感じ取ったのか、ソラも影から出てきて沖合を見つめた。

「ソラも知ってるのか?」

『会ったことはない。だが、我が夫は何度も会っていたから話だけなら聞いたことがある。一度だけ喧嘩《けんか》をした事があるらしいが、二度と戦いたくない相手だと、愚痴っていたな』

「マジか……」

「まあ、六王の中じゃ最古参だしね。正直、私もアレと戦うのだけは勘弁願いたいわ」

どうやら海王はソラの旦那さんだけでなく、リベルさんまでも戦いたくないと評価する程の相手らしい。そんな奴どうやって仲間にするんだ? 擬態を解き、俺の足元に寄り添うアカを見つめる。

「……(ふるふるー)?」

アカは「なにー?」と見つめてきた。ぷるぷるかわいい。

……本当にアカが鍵《かぎ》になるのだろうか? そんな事を思っていると、気配が一段と濃くなった。

「――来るわよ」

リベルさんがそう言った瞬間、『ソレ』は起こった。

「「「「~~~~~~~~~~~~~~~~~~~~~~ッッ!!!!」」」」

白波を立て、沖合から大量のスライムクラゲが姿を現したのだ。それもあの時遭遇した個体より も遥《はる》かに大きい。加えて、体色も無色透明ではなく赤に近い桃色をしていた。

『――たまにね、先祖返りを起こして、シュラムと『同じ色』になる個体がいるの。透き通るような綺麗な赤色にね』

リベルさんはそう言っていた。海王に近い個体ほど、鮮《あざ》やかな赤色になるのだと。

だとすれば、あの無数のスライムクラゲたちは、より海王に近い力を持っているという事だ。感じる強さは以前戦ったスライムクラゲとはまったくの別物。俺たちが戦ったのは本当に末端も末端だったのだと今更ながら思い知る。

確かに今出現したアイツらならば海王の分身と言っても納得できる。

（それがあれだけ大量に……）

一体何百体居るのか、数えるのも馬鹿馬鹿《ばかばか》しい程の大軍だ。

目の前の光景に絶句する俺と一之瀬さんであったが、まだ終わらない。

それらは隊列を成し、まるで軍隊のように進軍を始めた。それは一分の狂いもない完璧《かんぺき》な統制のとれた動き。無数のスライムクラゲはやがて中央から左右に分かれ、十メートル程の間隔が開き、一本の道ができあがった。

「……ッ」

ごくりと、唾を飲む。これは文字通り彼らの王が通るための道なのだろう。

やがて水平線の向こうから何かが現れる。ゆっくりと水面にできた道を進むのは一体のスライムクラゲだった。体は周囲のスライムクラゲよりも更に一回り大きく、その色合いは濃い赤色をしていた。

「アレが海王、なんでしょうか……？」

「いえ、違います……」

奈津さんの呟きを俺は否定する。よく見れば、赤色のスライムクラゲの触手が何かを抱いている。

それは周囲のスライムクラゲやソイツに比べればあまりに小さかった。初めて出会った頃のアカと同じくらいの大きさだろう。だがその色は、アカよりも更に澄んだルビーを思わせる赤色だ。

その小さな身から感じる気配は、周囲のスライムクラゲとは比べ物にならない程、濃くて重い。

「アレがスライムの原種にして最古の六王——海王シュラムよ」

「アレが……」

やがて赤いスライムクラゲに抱かれた海王シュラムは俺たちの居る浜辺へと辿り着く。

間近で見れば、やはりそう思わざるを得ない。

——コイツ、アカにそっくりだ。

いや、逆だ。海王がアカに似てるんじゃない。アカが海王に似てるのだ。

「久しぶりね、海王シュラム。元気にしてた？」

唖然《あぜん》とする俺を尻目に、リベルさんは昔ながらの友人に話しかけるように気軽に挨拶《あいさつ》をする。

『……』

海王シュラムは答えない。

いや、そもそもスライムは喋《しゃべ》れないか。でも何やらプルプルと震えている。

「……知り合いなんですか？」

「ええ、海王、竜王とは向こうの世界でも交流があったわ。向こうでも何度も協力してもらってるし、六王の中では割と仲良いのよ、私たち」

「へぇ……」

それでさっきからこの調子なのか。リベルさんは気軽い足取りで海王へ近づいてゆく。

『……』

「いやぁー、悪いわね。休んでるところを無理やりおこしちゃって。実はまたアンタに手伝ってもらいたいことがあって――ぺぎゃっ」

するると、海王の体の一部が鞭《むち》のように変化し、リベルさんを叩きつけた。

パァンッ！　と小気味良い音が周囲に響く。

リベルさんはぐるぐると回転しながら数十メートル程吹き飛ばされ、頭から砂浜に顔を突っ込んでようやく静止した。

「…………え？」

え、ちょっと待って、リベルさん？　アンタら仲良いんじゃなかったの？

砂浜に物干し竿《ざお》のように突き刺さったリベルさんはピクリともしない。

刹那、俺たちにも追撃が来るかと思ったが、その気配はない。

海王は砂浜に刺さったリベルさんを見て、満足そうに体を震わせている。

「……（ふるふる）」

すると足元に居たアカが裾《すそ》を引っ張りながら、なにやら伝えてきた。

「カ、カカカカ、カズトさんさん、アカちゃんはなんと？」

「……えーっと、その……『事情は把握している。協力してやってもいいが、代わりにそのクソ女を殺させろ』って言ってます」

「……はい？」

良く分からないけど、海王様激おこだった。

●

はてさて、これは一体どういう状況なのだろう？

砂浜に突き刺さったままのリベルさんと、それを満足げに見つめる海王にして原初のスライム──『海王』シュラム。意味不明過ぎて、誰かこの状況を説明してほしい。

でもぷんすこ怒っている海王様が、なんか昔のアカみたいでちょっと可愛《かわい》いと思ったのは内緒だ。

すると俺の後ろに控えていたソラが前に出て、海王とリベルさんを交互に見る。

『ふむ……』

なにやら頷いた後、海王へ尻尾《しっぽ》を伸ばした。敵意は感じない。

「……（ふるふる）」

海王の方も体の一部を伸ばすと、差し出されたソラの尻尾を軽く弾く。

人がハイタッチをするような仕草《しぐさ》だ。へーい♪って効果音が付く感じのやつ。

『よくやってくれた。胸がすく思いだ』

「……♪（ふるふる）」

上機嫌なソラに海王は気にするなとばかりに震えた。

バシーン
ヒュー

「いたた……。ひ、久々の再会なのにずいぶんな挨拶ね……ぺっ」

リベルさんが復活した。口の中に砂が入ったのか、手から水を出して口をゆすいでいる。凄くスキルの無駄遣《づか》い。

「リベルさん大丈夫ですか？」

「問題ないわ。首の骨が折れただけよ」

大問題じゃないか。

「私はアンデッドよ。首が折れた程度じゃ死なない。あーもう、ローブが砂まみれじゃない。これお気に入りなのに……」

青ざめる俺たちに対し、リベルさんは本当に大したことないように振る舞う。

そんなリベルさんを海王は冷ややかな視線を向ける。いや、アカと同じで目は無いんだけど、なんかそんな気配が伝わってきた。

「な、何よ？　そんな目で見て……？」

思わずたじろぐリベルさんに対し、海王様はため息をつくように体を震わせた。あれって呆れているのか？

『――まず私に謝る事があるのではないのか？』

すると頭の中に声が響いた。静かで重く威厳のある声音。

「か、カズトさん、この声……？」

奈津さんにも聞こえたようだ。

「ええ、これはおそらく――」

俺たちは海王様に視線を向ける。すると海王も肯定するように体を震わせた。

『無論、私だ』

「言葉が話せるんですね……。いや、すいません。別に馬鹿にしているわけではありません。ちょっと驚いただけで……」

というか、ここ最近意思疎通ができるモンスターに結構遭遇してるからな。ソラにシロ、それにアロガンツと。

『人と意思疎通ができるモンスターは稀《まれ》だ。それにこれはそちらのドラゴンが使っているのと同じ、思念による会話だ。そもそも我々の種族は発声器官が無い。故《ゆえ》に他種族とコミュニケーションを取るには思念による対話を行う以外にないのだよ』

「た、確かにそうですね……。ん？　その理屈で言うと、アカ――って言っても伝わらないか。この子も思念による会話が可能なんですか？」

「……（ふるふる）」

俺は擬態を解いたアカを抱える。

『可能だ。ただその子の場合、スキルのレベルが低いため、君たちとはっきりとした意思疎通を行う事は難しいだろう』

……そう言えば、アカの取得してたスキルに『意思疎通』ってのがあったな。モモやキキのスキル欄にもあった。レベルは確か1か2程度だったはずだ。アレが上がればモモたちとも、ソラや海王と同じように会話ができるって事か。

『それに念話、意思疎通と言った他者とコミュニケーションを取るためのスキルは誰でもできるわけではない。極一部だけだ。元々高い知性や理性が無ければ取得する事すらできない』

「そうなんですね……」

あれ？　てことは生まれてすぐに『念話』が使えたシロってもしかしてかなり凄い？

『──で、脱線してしまったがリベルよ？　私に謝らなければいけない事があるだろう？』

「えーっと、何の事かしら──あぶっ」

海王にぺちんされ再びリベルさんが宙を舞う。

『無自覚ならばそれでもよい。この際だ、きちんと自覚させてやろう』

「だ、だからなんの──ぶべらっ!?」

『まず貴様が！　前の世界で私や我が同胞を廃棄物処理のゴミ箱扱いした事！』

「へぶっ！　ごふっ！」

『鳥王の羽を獲《と》りに行くと嫌がる私を無理やり連れだし、あまつさえ山脈に置き去りにした事！』

「おえぎゃぁ！」

『実験に必要だからと事あるごとに私の体を千切って持って行った事！』

「ひでぶっ！」

何度も何度もリベルさんは海王に叩きつけられ痛めつけられる。

「うわぁー……」

流石にちょっとドン引きである。無論、海王の方じゃなくリベルさんの方だ。何となく予想は付いてたけど、あの人、異世界で結構エグいことやってたんだなぁ。

「……無自覚に人を煽《あお》ったり、巻き込んだりする悪癖《あくへき》があるなんて、ちょっと人として駄目ですよねー」

「……」

「な、なんですかその眼は？」

……いえ、奈津さんも人の事言えないのではと思っただけです。まあ、俺もだけどさ。

「てか、あれ止めなくてもいいんですか？」

奈津さんが心配そうな顔を浮かべるが、俺は首を横に振る。

「大丈夫でしょう。海王はちゃんと手加減してると思いますし、本当にヤバかったらリベルさんも反撃してるでしょう。そうしないって事は、そう言う事なんだと思いますよ」

「……海王が殴る度に、なんか空気が割れる音が響いてますよ。アレ、ソニックブームって言うんじゃなかったでしたっけ？」

「ダイジョウブ……でしょう」

「カズトさん、語尾が小さくなってますよ」

まあ、大丈夫だろう。多分、きっと。

『そうだ！　やれやれー！　もっとボコボコにしてしまえー！』

唯一、ソラだけがノリノリで海王を応援している。お前さぁ……。

何度も何度も海王様に殴られ、リベルさんはちょっと女性がしちゃいけない顔になっていた。

そろそろダメージがきつくなってきたのか、足元がふらついている。

「ちょっ……タンマ……これ以上はマジ死ぬって……」

『まだだ。まだ肝心な事が残っている』

海王の触手がリベルさんの胸ぐらを掴んで引き寄せる。

「な、なによ……まだなにかあるっていうの？」

『ここまで殴られてもまだ分からないか？　私が何に一番腹を立てているのかを？』

「……？」

リベルさんは本気で困惑した様子だ。その態度に、海王様から恐ろしい程の怒気が発せられる。

怖い。正直、今すぐここから逃げ出したいほどだ。

「モモちゃん、影を広げて――」

「ちょっと待って下さい。なに一人だけ、逃げようとしてるんですか？」

一人、モモの影の中に避難しようとした奈津さんの首根っこを掴んでその場にとどまらせる。

一方で、リベルさんは殴られながらも未《いま》だに困惑顔。

「な、なによ……一体何にそんなに怒って――」

『今回の件、貴様が私に何も相談しなかった事だ！』

「ッ……！」

その言葉に、リベルさんは明確に表情を変えた。

『何故だ？　何故、私やフランメに相談しなかった……？　何故、我々を頼ってくれなかったのだ？』

「そ、それは……」

『種族は違えど、我らは貴様の事を友だと思っていた。それは我らの思い違いであったのか……？』

「……」

『貴様が師の事で思い悩んでいたのは知っている。この方法以外に、我らの世界が生き延びる手段が無かったのも理解している。それでも……我らは貴様の力に成れると思っていた』

「……」

『貴様は我らを巻き込まなかった。こういう時だけ、貴様はいつも一人で抱え込む。それが私は堪《たま》らなく悔しいのだ』

その言葉に力なくリベルさんはその場にへたり込む。

「……ごめんなさい」

ややあって、絞り出すように呟いたその言葉に、今度こそ海王様は満足そうに震えるのだった。

どうやら怒りは収まったらしい。

「はふぅ……」

緊張の糸が切れたのか、俺にしがみついていた奈津さんがその場にへたり込む。

「大丈夫ですか？」

「は、はは……腰が抜けちゃいました」

「仕方ないですよ。俺も怖かったですから」

耐性スキルの少ないでは奈津さんの感じるプレッシャーは相当なモノだっただろう。

正直、良く耐えたと思う。

「……てか、フランメって誰だ？」

『我が最愛の夫の名だ。当時の狼王《ろうおう》ナハトと並び、最強のモンスターと言われた存在だった』

「なるほど、説明ありがとうございます」

そしてさりげなくのろけるソラ。てか、竜王にも名前があったんだな。

まあ、六王だしネームドでもおかしくないか。それにしてもフランメにナハトか……。

――ペオニー。それがあのモンスターの名前です。ドイツ語で牡丹《ぼたん》という意味です。

――ねえ、これってコヒィルよね？　色といい香りといい、ずいぶんいいものなんじゃない？

以前、五十嵐さんはそんな事を言っていた。リベルさんはコーヒーの事をそう言っていた。

以前、俺が感じた疑問の色がより強くなる。

――リベルさんたちの居た異世界と、俺たちの居た世界の言語はあまりに共通点がありすぎる。

リベルさんは似たような単語はそう発音されると言っていたが、それだけで済む事だろうか？

後でもう一度、確認しておいた方が良さそうだな。おっと、思考が脱線してしまったな。

「ともかく海王の怒りも収まったようですし、ようやく本題に入れますね」

『ふむ……』

海王様は俺たちの方を一瞥《いちべつ》すると、ゆっくりと此方《こちら》に近づいてくる。

俺と一之瀬さんはごくりと、唾を飲んだ。アカだけはのんびりした様子だけど。

『海王シュラムという。貴様ら、名は何という？』

「……クドウカズトです……」

「い、いいいい一之瀬、な、なな奈津です」

『クドウカズトにイッィイイイチノセナッナナナツだな。良き名だ』

海王様違います。この子、緊張してろれつが回ってないだけです。もしかして天然なのだろうか？

奈津さんはぼそぼそと「ちぎゃぅ……ちぎゃぅ……」と呟いている。彼女の代わりに、俺がきちんとした名前を伝える。

『……なんだ良き名かと思ったが、緊張していただけか』

がっかりされた。どうやら本気で褒《ほ》めていたらしい。なんか、こういうところ、凄くアカっぽい。

流石、原種。

「……（ふるふる）？」

足元のアカが「なぁにー？」と震える。可愛い。

『先ほどから気になっていたが、その個体』

「……（ふるふる）？」

海王様がアカの方を見る。どうやら自分と同じ色のアカに興味を持ったらしい。

『……ほほう、ここまで透き通る色は久方ぶりだな』

ぷにぷに、つんつん。

海王様がアカに触れると、くすぐったかったのか、アカがもどかしそうに震えた。

足元で行われるそのやり取りを俺は緊張した様子で見守る。

傍目《はため》には二匹のスライムが可愛くじゃれ合ってる風にしか見えないが、足元に居るのはリベルさんと同格のとんでもないモンスターだ。正直、生きた心地がしない。

『なるほど、良く分かった』

ぷにぷに終わり、海王様がアカから離れる。

『クドウカズト、この子に名はあるのか？』

「え……？　あ、ああ……アカって名だ」

『…………安直だな』

がっかりされた。でもイッイイイイチノセナッナナナツよりかは良い名前だと思います。

『まだ幼いがその分、伸び代は十分にある。気に入った。クドウカズトよ、提案がある。この子を
——アカを私に預けろ』

「……どういう意味ですか？」

『言葉の通りの意味だ。この子を我が後継として育てる。次世代の海王はこの子だ』

「なっ……⁉」

爆弾発言が飛び出した。アカを……海王にするだって？

その発言に今まで沈黙していたスライムクラゲたちが一斉にざわつき始めた。彼らにとっても海

王様の言葉は予想外だったらしい。

「……（ふるふる）？」

一方で、当人であるアカは良く分からずに首を傾げていた。いや、首ないんだけどさ。

『この子はまだ幼いが、私の力を濃く受け継いでいる。本来、私から離れた個体ほど、色は薄く力は弱まるのだが、極稀にこの子のような個体が現れることもある』

海王様はもう一度、アカをぷにぷにと突く。くすぐったいのか、アカがぴょんっと跳ねて、俺の足元へ戻ってきた。

『とはいえ、これ程に鮮やかな色を取り戻した個体は見たことが無い。直系であるこの子ですらここまでが限界だった』

「……（ふるふる）」

海王様の言葉に、彼を抱えていた赤いスライムクラゲが悔しそうに震えた。赤いスライムクラゲ――長いな、赤クラゲでいいか。確かに赤クラゲの色は周囲のスライムクラゲに比べて濃い赤色をしている。でもアカや海王様と見比べると、

「……ちょっと濁ってるな」

「～～～～ッ！（ブルブル）」

「あ……」

思わず口に出してしまったその言葉に、赤クラゲはめっちゃ悔しそうに触手を震わせた。

べちん、べちんと触手が砂浜に叩きつけられ砂埃《すなぼこり》が舞う。

『止さないか、みっともない』

「ッ……！　……（ふるふる）」

海王様に窘《たしな》められ、赤クラゲはしゅんとなる。それでもまだ納得はしていないのか、若干《じゃっかん》ぷるぷると震えていた。

『――で、話を戻そうか』

「え、ああ、はい」

足元の海王様に視線を戻す。

「あの……その前に座っても良いですか？」

『……？　別に構わんが？』

「ありがとうございます」

なんかこの状態だと、海王様を見下ろしてる感じがして辛いんだよな。主に赤クラゲから発せられる威圧感のせいで。人間如《ごと》きが海王様を見下ろしてんじゃねーぞ的な気配をビンビンに感じる。

アイテムボックスからシートを取り出し、その上に座る。

奈津さんが隣に座り、モモが膝《ひざ》の上に収まり、キキが肩の上に留まる。もはや定位置だな。ちなみにシロは未だにフードの中でお昼寝中だ。

「くぅーん♪」

こんな状況でもモモは撫でられてご機嫌である。らぶりー。癒《い》やされるわー。

「それで、アカを預けるって話ですけど、具体的にはどうするんですか？」

正直、この状況でアカを手放す事はしたくない。

今すぐにパワーアップできるのであれば大歓迎だが、何か月もかかるのであれば考えてしまう。

もはやアカは俺たちにとってなくてはならない存在なのだ。戦闘面だけでなく、大切な仲間としても手放したくない。

「……♪（ふるふる）」

俺がぎゅっとアカを抱きしめると、アカも嬉しそうに体を震わせた。

『預けると言ってもその子をそのまま預けろと言っているのではない。分身体で良い。その子の分身体に私の力を少しずつ注《そそ》ぎ込み、今度はその分身体をその子に再吸収させる。それを繰り返し、徐々に私の力をその子へ流し込んでゆくのだ』

「凄いな……。そんな事が可能なんですね」

いや、アカも他のスライムを取り込んで分裂したり、力を増したりしてたし、おかしくはないか。

『誰でもできるわけではない。これは我々の種だからこそ可能な手段だ』

スライムの特性って訳か。改めてとんでもない種族だな。誰だよ、スライムが雑魚モンスターだって言ってた奴。……アカに出会う前の俺だわ。ごめんなさい。

「アカ」

「……（ふるふる）」

アカは了解したという感じに震えると、分身を一体生み出した。

『うむ』

海王様はアカの分身体に近づくと、ちゅるんっと飲み込んだ。もごもごと体を収縮させる様は、咀嚼《そしゃく》しているようにも見える。収縮が収まると、海王様の体内に少し色の濃いビー玉サイズの魔石が浮かんでいた。集中して気配を探ると、その魔石からアカの気配と命の脈動を感じた。

「どれくらい時間がかかるんですか？」

『……ふーむ、この感じでは凡《およ》そ三日といったところか。その後、力を蓄えた分身体をその子に返し、私の力を馴染《なじ》ませる。馴染むのには更に三日はかかるだろうな』

「合計で六日ですか。決戦までにそれを何度も繰り返すって事ですよね？　その間にアカに何か影響はあるんですか？　体調が悪くなったり、スキルが使えなくなったりとか？」

『……？　そんなもの無いぞ？　純粋に力が増し、能力の幅が広がるだけだ。そのような不具合が出るわけないだろう』

「そ、そうですか……」

まさかのデメリット無しだった。

普通こういうのって、力を受け渡してる間は能力が使えなくなるとかデメリットがあるもんだと思ってたけど……。

『何故力を得るために代償が必要だと思うのだ？　力とは己《おのれ》の一部でしかない。体を動かすのに代償など要らないだろう？　それと一緒だ』

海王様は理解できないというようにぷるぷる震える。まるでそれが当たり前のように。

「……強者の理論ですね」

それは圧倒的に強い海王様だからこそ言える理論だ。俺たちのように弱いからこそ工夫する事の意味を、きっと海王様には分からないのだろう。

「……ちなみにですが、力の受け渡しによってアカはどの程度強くなるのですか？」

『精々今の十倍から数十倍程度だろうな。まったく時間が無いのが惜しい』

インフレ！　いやいや、数十倍でも十分すぎる程のパワーアップだから！　海王様、アナタどんだけ強いんですか！

「そんなに強くなるなんて……。一体どれだけステータス上るんですかね？」

『……ステータスとはなんだ？』

奈津さんの呟きに海王様は「？」を浮かべながら反応する。

ああ、そっか。ソラもそうだったし、モンスターはステータスの事を知らなかったっけ。

「……世界を融合した時に組み込んだシステムの一つよ。分かりやすく言えば、己の力を可視化させることができるわ」

するとを覚ましたリベルさんが会話に入り込んできた。砂まみれである。

『……なるほど、お前や彼女が好きそうな仕掛けだな。発案は彼女か？　能力の可視化は彼女の夢の一つだったからな』

「ッ……」

海王様の言葉にリベルさんは複雑そうな表情を浮かべる。

『どれどれ、すてーたすおーぷん？　これで良いのか……おぉ、確かに見えるな。ふーむ、これは実に興味深いな』
　海王様はしばらく自分のステータスを眺めた後、惜しむことなく俺たちに情報を開示してくれた。

シュラム

カオス・イア・ウーズ　レベル78
HP99990／99990
MP4500／4500
力1　耐久78000　敏捷1
器用1　魔力1300　対魔力99000
SP4200

職業

固有スキル

海王、
群生領域、海宙反転

スキル

打撃無効ＬＶ10、
斬撃無効ＬＶ10、
貫通無効ＬＶ10、
魔術耐性ＬＶ10、
抵抗ＬＶ10、
守勢ＬＶ10、
堅守ＬＶ10、
再生ＬＶ10、
重装甲ＬＶ10、
忍耐ＬＶ10、金剛ＬＶ10、
迎撃ＬＶ10、軟化ＬＶ10、
鞭撃ＬＶ３、津波ＬＶ２、
海振ＬＶ４、水泳ＬＶ５、
悪食ＬＶ10、索敵無効ＬＶ10、
消臭ＬＶ10、
肉体異常耐性ＬＶ10、
精神苦痛耐性ＬＶ10、
同族吸収ＬＶ10、
分裂ＬＶ10、
認識同期ＬＶ10、
擬態ＬＶ10、
意思疎通ＬＶ10、
巨大化ＬＶ10、
対魔力強化ＬＶ10、
対魔力超絶強化ＬＶ10、
ＨＰ高速回復ＬＶ10、
ＭＰ高速回復ＬＶ10、
ＭＰ消費削減ＬＶ10、
生命力強化ＬＶ10、
戦闘続行ＬＶ10

　うん、もう色々とおかしい。

　リベルさんも大概ふざけたステータスだったけど、海王様もそれと同等以上にふざけたステータスだ。

　スキル、ステータス共に完全にアカの上位互換だ。力や敏捷は最低値の代わりにＨＰや耐久、対魔力がバグってんじゃないかってくらいに高い。スキルの構成もガッチガチだ。並の攻撃じゃダメージも入らない上、入ったとしてもあっという間に回復されてしまうだろう。

「神タンクです！　これゲームバランス壊れるレベルの神タンクですよ、クドウさん」

奈津さん大興奮だ。確かにこれなら防戦に徹すれば、他の六王全員を相手にしても戦い続ける事もできるだろう。防御系のスキルが完璧な代わりに、攻撃スキルが極端に少ないけど、それを補うスキルが彼にはある。

（……流石にこれは反則だろう……）

固有スキル欄の『海宙反転』――その効果は己のステータスの数値を入れ替えるというもの。単純だがとんでもない壊れるスキルだ。

これがあればたとえ力が1だったとしても関係ない。並外れた耐久や対魔力を、力や敏捷に置き換える事ができるのだから。まさしく最強の矛《ほこ》と盾《たて》である。

他の固有スキル『海王』や『群生領域』も質問権で調べたが凄まじいの一言だった。マジで今まで出会ったどのモンスターよりも強い。心底敵対しなくてホッとした。アカ様々だな。

「リベルさんが仲間にしたいって意味がよく分かりましたよ」

「でしょ？　私もしょーじきコイツだけは相手にしたくないし本当に助かっ――ひでぶっ」

『勘違いするな、貴様の為ではない』

あ、殴られた。再びリベルさんは砂浜に串刺しになる。

『たとえ友であっても、我々に一言も相談もしないようなバカに易々《やすやす》と力を貸すわけがなかろう。

今回、私が力を貸すのは、あくまで貴様が彼女の意思を継いでいると判断したからだ。それを忘れるな』

「……分かってるわよ」

『ならいい』

彼女って誰だろうか？　もしかしてリベルさんの師匠の事か？　二つの世界を融合させ、その礎に死んだ賢者と呼ばれた人物……女性だったのか。

『――クドウカズトよ、話がある』

「……ん？」

頭に海王様の声が響いて振り返る。

『……この会話はお前だけに送っている。他の者には聞こえないふりをしろ。頭の中で念じれば、声に出さずともお前の思念だけが私の方へ届く』

え、そうなのか？

『そうだ』

「ッ……!?」

今、俺声に出してたか？　いや、頭の中で考えただけだ。考える事がそのまま通じるってことか。

『理解が早くて助かる』

あ、はい。えっと……それでご用件はなんでしょうか？

『……リベルのことだ』

リベルさんの？

『……彼女がお前たちを助けたいと思っているのは間違いなく本心だ。彼女は亡くなった賢者の想《おも》いを遂《と》げようと足掻《あが》いている。今後も彼女はお前たちへの協力を惜しまないだろう』

ええ、それは助かります。正直、彼女が協力してくれなければ、俺たちは未だにこの世界の秘密にすら、気付く事もできませんでしたから。

『だからこそ私もお前たちへの助力は惜しまぬつもりだ。久々に面白《おもしろ》い子にも出会えたしな。……そこで本題なのだが折り入って頼みがある』

頼み？　一体何だろうか？　緊張しながら海王様の言葉を待つ。

『彼女を……リベルをもっと見てやってくれ』

え？　意外な頼みごとに俺は少々面食らう。

『気丈に振る舞ってはいるが、あれで中身は繊細な子だ。まだまだお前たちとどう接していいか図りかねているのだろう。無論、それはお前たちも同じだと思うが』

……。

『だから少しずつで良い。もっと彼女と話を重ね、もっと彼女を見てやってくれ。『死王』や『賢者の弟子』、『異世界人』といったフィルターを外してしまえば、彼女もただの人であり、親を慕う一人の娘なのだ。それを忘れないでほしい。……今後、どんなことがあろうともな』

それはまるで子を心配する親のような台詞《せりふ》だった。本当にモンスターなのかと言いたくなるほどに。でも貴方《あなた》、先ほどまでその彼女をボコボコにしてましたよね？

『それはそれ、これはこれだ』

そうですか。

『そもそも殴られるような事をした彼女の方に問題がある』

それは間違いないですね。

『その通りだ。ふっ、話は以上だ。頼んだぞ。では、これで念話を切る』

脳内会話を終えると、海王様は再び赤クラゲに抱きかかえられた。

分かってますよ、海王様。俺としても彼女とは今後も良好な関係を築きたいからね。

「それでこれからどうすんですか？　協力してくれるのはありがたいですが、海王様や彼らを『安全地帯』に連れて行くのは難しいですよ？」

モンスターが『安全地帯』に入るには誰かのパーティーメンバーに入らなければいけない。

海王様一匹だけならまだしも、これだけの数のスライムクラゲは無理だ。仮に連れて行っても『安全地帯』が大混乱になるのは火を見るより明らかだろう。。

『ああ、それならば問題ないぞ。いい方法がある』

「え？」


「――で、どうしてこうなった……」

「ッッ……!!（ふるふる）」

足元でめっちゃ不本意そうに震える赤クラゲを俺は見下ろす。浜辺の時に比べてずいぶん小さくなった。まるでタコみたいだ。

『んー……、おはよーカズトー。ん？　なにこれー？　ご飯ー？　あむっ』

「～～～～ッ⁉（ブルブルブル）」

「あ、シロ、食べちゃ駄目だって、ぺっしなさい、ぺっ」

『んー……おいしくない』

ぺっと、吐きだされた赤クラゲはゴムボールみたいに床をバウンドし、壁に当たって止まる。

その身は屈辱だと言わんばかりに震えていた。

「いや、まあ気持ちは分かるけど、仕方ないだろ。海王様の命令なんだし」

「～～～ッ！（ふるふる）」

べちん、べちん！　と赤クラゲは触手を床に叩きつける。そんな事は分かってる！　と言っているようだ。

「まさか直系のスライムを『座標《ポイント》』に指定して眷属《けんぞく》の移動ができるなんてな……。流石、アカの上位個体……」

海王様が提案した方法。

それは小さくした赤クラゲを俺たちの仲間として預けるというものだった。直系のスライムが居るところであればどこへでも移動可能らしい。

それは『安全地帯』の中であっても有効らしい。本当にでたらめな存在である。

「海王様が味方に付いてくれて本当に良かったですよ……。敵対していたらと思うとぞっとします」

「ですね……」と奈津さんも頷く。

本当に今日は一日驚かされっぱなしである。

話を聞いた西野君や六花ちゃんなんて驚きを通り越して呆れてたからな。ちなみに赤クラゲは俺のパーティーではなく藤田さんのパーティーに入った。俺のパーティーでもよかったけど、赤クラゲがそれを拒否した。なんとなくアカと一緒は嫌だったのだろう。

「まあ、パーティーが別でも、行動に支障はないし、シュラムの協力も取り付けられたし、アカちゃんもパワーアップできるし、上々の成果ね。あっはっは」

リベルさんはお菓子を摘まみながらコーヒーを飲む。実に上機嫌である。先ほどまでボコボコの砂まみれにされていた人とは思えない。あといつの間にか傷は消えていた。回復早いな。

「……」

「？　どうしたのよ、カズト？　そんなにじっと見つめて」

「いえ、別に……」

……彼女を、もっと見てやってくれ、か。俺は海王様の言っていた事を思い出す。

「……良かったですね、海王様に会えて」

「へ？　そりゃ当然でしょ？　戦力も増強できたんだもの。この調子で明日も――」

「いえ、そういう意味じゃなくてですね」

――海王を仲間にしたい。

決戦に備え、戦力を増強するためにリベルさんはそう提案した。

実際、海王様の力は正に規格外だったし、仲間にできたのはありがたい。でもひょっとしたらこの提案はもっとシンプルな理由だったのかもしれない。そう、例えば――、「こっちの世界で、向こうに居た頃の友人に会えた事がです。やっぱり、見知らぬ土地で、見知った知り合いに会えるって心強くて嬉しいですよね」

「――――」

リベルさんは一瞬、本当に虚《きょ》を突かれたという表情を浮かべ、次いでその顔が赤く染まる。

「べ、別にそんな訳ないじゃないっ！　きゅ、急に何を言い出すのかしら、カズトは！　まったく。ホントにまったくっ」

俺から顔を逸らしながら、リベルさんはお菓子を頬張《ほおば》る。素直じゃないなぁ。

（……そうだな。海王様の言う通りだ）

俺たちは今までずっとリベルさんを異世界人の協力者として接していた。その内側にある素の彼女を見ようとしていなかった。友人に会いたかったという、そんなごく当たり前の気持ちにすら気付けなかったのだ。

（――きちんと向き合わなきゃいけないな。一人の人間として、そして仲間として……）

それが俺たちができる、彼女への誠意だろう。

「さて、明日はもっと大変になるな……」

奈津さんらがリベルさんとの実戦修行をしている間、俺は別の仕事を任された。

それは他の地域に居るスキル保有者――特に固有スキル持ちを探し、彼らの協力を取り付ける事である。……うまくできるだろうか？　不安である。

●

翌日、俺はソラに乗って移動していた。

「えーっとリベルさんに言われた場所までもう少しか……」

俺はリベルさんに手渡された用紙を見る。そこには名前と所有する『固有スキル』、そしてその人物の現在地が記されていた。どうしてこんな情報を知っているのか訊《たず》ねたら、

『……知ってるから、知ってるだけよ。君ならうまくやってくれるでしょ』

と言ってはぐらかされた。まあ、システムを創った側の人間だし、もしかしたらマスターキーを使わなくても、多少の情報であれば検索できるのかもしれない。

「しかし、まさかあや姉がリストに入ってるなんてなぁ……」

リストに記された人物のうちの一人に見知った名前があって驚いた。

――九条あやめ。俺の従姉《いとこ》に当たる人物だ。

高校を卒業して、就職してからはすっかり疎遠になってしまったが、子供の頃はよく一緒に遊んでもらった。

「数年ぶりだな……。俺の事、覚えてっかなー」

連絡を取らなかったのも、仕事が忙しかっただけでなく、実は連絡先の入った携帯をうっかり落としてしまい、データが全て飛んでしまったというのもある。住所も引っ越してしまったため、連

絡手段がなく結局そのままになっていたのだ。

『忘れていても別に構わないだろう？　また出会えばいいだけの事だ。人間はずいぶんと過去にこだわるのだな』

「……いや、そうだけどさ……。てか、ソラだって結構過去にこだわってるだろ？」

『我はこだわっているのではない。忘れていないだけだ。恩も、出会いも、恨《うら》みも、怒りも全ては今の我を形作った『糧』だ。我にとって過去とはこだわるモノではなく、ただの軌跡だ』

「……達観してんなー。竜って皆、そうなのか？」

『知らん。我は夫以外の同族などどうでもいいからな』

そんな雑談を交わしながら、目的地に到着する。

日本の中枢――東京である。

ここにあや姉が――固有スキル『検索』の保有者九条あやめが居る。更に彼女の仲間には固有スキル『変換』の保有者も居るらしい。

「……絶対に失敗はできない。なんとしても、この交渉を成功させないと」

俺はソラと共に東京に降り立った。

――交渉は驚くほどスムーズに進んだ。

九条あやめ――あや姉は簡単に協力を約束してくれた。仲間も紹介してもらい、彼ら、彼女らも異世界の残滓との戦いに協力してくれることになった。

『――順調に終わったな』

「……ああ。でもまさか『変換』の固有スキルの保有者が猫だったなんてな……」

アレには本当にびっくりだよ。まさかモモ以外にも、固有スキルを持つ動物が居たなんて。

リベルさんのリストには『変換』の保有者の名前と、あや姉の仲間としか書かれてなかったから。

それにあや姉の仲間もかなりの実力者揃《ぞろ》いだった。メンバーは女性が多かったが、全員が奈津さんや六花ちゃんと同等かそれ以上。おまけにソラのような強力なモンスターまで仲間に加えていたのだ。

「多分、勢力だけで言うなら俺たちと同じくらいじゃないか？」

『馬鹿を言うな。こちらが上だ。何せ、我とシロちゃん、そしてお前が居るのだからな』

そう言う事を恥ずかしげもなく言うなよ。嬉しいけどさ。

「あと関西や九州方面はあや姉が交渉を請け負ってくれたのもありがたかったよ」

リストのメンバーにはあや姉の知り合いも何人か居たのだ。知り合いなら、俺が頼むよりも、自分の方がスムーズに進むだろうと、交渉役を引き受けてくれたのである。本当にあや姉には感謝しかない。

「お互いにメールも交換できたし、石化したアカの分身体も預けてきたし、これからはいつでも会う事ができるな」

そう言えば、アカを見た時にあや姉たちは妙に驚いていたけど、一体あれはなんだったんだろう？

気になって質問したけど、それに関しては何故か答えてくれなかったし。まあ、考えても仕方ないか。

「さて、それじゃあ次は北陸と北海道方面だな。でも今日はもう遅いし、一旦《いったん》拠点に戻ろう」

『分かった』

なんだかんだでもう日が暮れそうだ。

東京での交渉を終えた俺たちは拠点に戻るのだった。

――拠点に戻ると、ソラは長距離を飛んで疲れたのか、さっさと寝てしまった。

俺は奈津さんたちの気配のする方へ向かう。

「――さっさと立ちなさい」

すると向かった先では、リベルさんが木の枝を片手に、西野君たちを見下ろしていた。

六花ちゃんも柴田君も五所川原《ごしょがわら》さんも大野《おおの》君も、他の高校生メンバーも全員等しく地面に這いつくばっている。誰もが傷だらけで呼吸も荒く、意識を保っているのもやっとの状態に見えた。

奈津さんはどこだ……？　あ、居た。

訓練場の一番隅っこで銃を抱えたまま気絶していた。気を失っても銃を手放さないとは……。

「おー、カズト。戻ったのね」

リベルさんはこちらに気付くと手を振ってくる。

「お疲れ様です。どうですか、調子は？」

「見ての通りよ。順調すぎて怖いくらい。ホント、マジで『弱い』わね。この場に居る全員束《たば》になっても、アンタ一人の力に劣るわ。よくまあ、この程度の実力でこれまで生き延びてこられたわね」

「……そこまで言わなくても」

「レベルやステータスだけの問題じゃないの。戦いにおける実戦経験が絶望的なまでに不足しているのよね。この世界って本当に平和だったのね。それを悪いとは思わないけどさ」

羨《うらや》ましい。リベルさんはそう呟いた。彼女の居た世界は、モンスターが日常的に存在する世界だ。常にモンスターと戦っていた訳じゃないにしろ、俺たちとは比べ物にならないくらい『戦い』が日常にあったのだろう。

「ハァ……ハァ…まだまだ。もういっかい……」

すると六花ちゃんが立ち上がる。手に持った鉈《なた》を握りしめ、闘志を燃やしている。

「良い眼ね……。さあ、『イフリート』、遠慮はいらないわ。完膚なきまでにあの娘を叩きのめしなさい」

するとリベルさんの声に応じて、彼女の後ろに炎の巨人が現れる。

「ゴォォオオオオアアアアアアアアアアアアアアアアッッ！」

――炎の精霊『イフリート』

リベルさんの召喚魔法で呼び出した精霊系モンスターだ。

体長二メートルを超える浅黒い肌の巨人で、腕や足、そして背中に高熱の炎を纏《まと》っている。

スキルとしては五十嵐さんの持つ精霊召喚と同じ系統だが、呼び出すモンスターの強さは歴然たる差がある。何よりこの巨人《イフリート》には五十嵐さんの呼び出す精霊とは明確に違う点があるのだ。

「うりゃあああああああああっ！」

六花ちゃんは『狂化《バーサーク》』、『鬼化』を発動し、鉈を握りしめて突貫する。同時に鬼人《オニビト》だけが持つスキル『血装術』を発動。肌に幾何学的な紋様が浮かび上がり、身体能力と武器の威力が跳ね上がる。

その戦闘力は、あのアロガンツとの戦いで、ハイ・オークに打ち勝つまでに成長した。だが――、

「――スキルに頼り過ぎ。減点よ」

「ッ……！　きゃっ」

イフリートは六花ちゃんの攻撃を軽々と躱し、カウンターで拳《こぶし》を叩き込んできた。

六花ちゃんは吹き飛び、壁に叩きつけられる。

「『狂化《バーサーク》』は身体能力を上げてくれるけど、その分、思考も単純化して動きが直線的になるわ。判断力も鈍るし、仲間がサポートしてくれないこの状況じゃかえって命取りになるわよ」

「うぅ……痛っ……」

頭から血を流し、六花は起き上がる。

「……とは言え、回復力に関しては眼を見張るものがあるわね……」

リベルさんの召喚したイフリートの攻撃力はティタンを上回る。その攻撃をまともに受けても、あの程度で済むとは驚きだ。

「ねえ、この娘がこのグループの戦闘を一手に引き受けてたんでしょ？」

「ええ、その通りです」

元々『鬼人《オニビト》』は回復力が優れているとはいえ、六花ちゃんはまだ進化して日も浅い。余程、進化するまでに肉体を酷使し続けてきたのだろう。イフリートの炎で火傷《やけど》した肌もすぐに治ってゆく。

「今後の課題は狂化《バーサーク》と理性の同調ね。それができれば、アナタの力は飛躍的に伸びるわよ」

「んじゃ、もう一回！　次はもっと上手くやってみせる」

「良いけど、その前に先《ま》ずこれを着なさい。服がボロボロに焼けちゃってるじゃないの」

「へ……？　あ、ほんとだ」

言われて六花ちゃんはようやく自分がほぼ裸に近い状態になっているのに気付いたようだ。イフリートの炎で服が焼けてしまったのである。局部は辛《かろ》うじて隠れているが、それでもかなり扇情的な姿なのは間違いない。むしろ見えそうで見えない分、裸よりもいやらしいと思う。本人はまったく気にした様子はないけど、その……ありがとうございます。

「……年頃の女の子なんだから、もう少し恥じらいを持ちなさい」

「あー、それはよく言われるかも。前にナッつんにも注意された」

リベルさんは自分のローブを六花ちゃんに着せながらため息をつく。

「アンタを好きになる子はきっと苦労するわね」

「えー、そうかな。てかさ、毎回服燃えるんなら、今度から水着とかで戦った方が良い？」

「大丈夫よ。『血装術』のレベルも上がれば、そのうち着ている服も強化されるようになるわ。そうなれば、服も燃えなくなるわよ」

「へぇー、やっぱスキルって便利だねー。んー、ちょっとこのローブ、胸の部分がキツイかも」

「ぶっとばすわよ」

「ごめんなさい」

六花ちゃんは謝った。谷間が見えた。ごめんなさい。

「てかさ、本当に訓練だけでレベルが上がるんだね。びっくりしたよ」

「前にも説明したでしょ？　外でモンスターを倒すよりも、私の召喚したモンスターを倒す方が何倍も効率がいいって。ちゃんと信用してよ」

そう、それこそがリベルさんと五十嵐さんの召喚したモンスターとの明確な違い。

リベルさんの召喚したモンスターは倒せば経験値が手に入るのだ。それも通常のモンスターより遥かに強大であるため、入手できる経験値の量も増える。と言っても、ただ無抵抗で倒させても経験値は手に入らない。きちんと召喚したモンスターを屈服させ、負けを認めさせなければ経験値を得る事はできないのだ。

加えてこの方法は召喚したモンスターよりも相手が弱くなければ意味が無い。なのでイフリートよりも強いソラやモモが倒したとしても経験値を得る事はできないのである。あくまでも六花ちゃんたちがまだ『弱い』からこそ可能なレベル上げなのである。

「んで、交渉の方は上手くいった？」

「ええ、無事に協力を取り付ける事ができました。『メール』も取得してましたし、石化したアカの分裂体も渡してきました。いつでも連絡も取り合えますよ」

「上々。『検索』、『変換』の固有スキルはアンタの持つ『早熟』やモモちゃんの『共鳴』並みに希少な固有スキルだからね。仲間にできて良かったわ」

「それじゃあ、今日はもう遅いので、明日になったら俺は次の場所に向かいますね」

「ええ、よろしく。こっちは訓練を続けるわ」

「あ、そうだ。一つ気になった事があるんですが……」

「なに？」

「このリストに上がってる固有スキルの保有者って国内だけですよね？　海外のスキル保有者には声を掛けないんですか？　事情を話せば協力してくれると思うんですが……？」

前に質問権を使って、海外の状況を調べた事がある。結論から言えば、海外もこちらと同じような状況にあると教えてくれた。ならば、同じように強力な固有スキルの保有者が居てもおかしくはない。言語や物理的な距離の問題があるとはいえ、力に成ってくれる人はいると思ったのだが、

「止めておいた方がいいわ」

俺の考えに、リベルさんは首を横に振った。

「確かにこの国以外にも強力なスキル保有者は居るでしょうね。でもそこまで調べるとなると、私でも難しいの。それに時間が惜しい。異世界の残滓との戦いまで残り数か月しかない。私は訓練でここから離れるわけにはいかないし、海を渡れるとなるとソラか、自衛隊……だったかしら？　彼らの兵器くらいのものでしょう？　でもソラは交渉に向かないし、自衛隊の兵器も戦力として重要。そこに割く余裕はないわ」

交渉役は乗り手の俺だと思うが、ソラの存在自体が交渉として不向きって事か。確かに、見ず知

らずのモンスターを従えた外国人なんて相当警戒されるだろうな。

「アカの分身と、モモの影渡りは？」

「モモちゃんの訓練時間を、ポイントの設置に割いていいなら考えるけど？」

「……確かにその通りですね」

「九条あやめのようにすぐ出会えて、すぐに交渉できるのならそれも考えるけど、海外まで手を伸ばす場合、まずスキル保有者を探すところから始めなきゃいけない。とてもじゃないけど、現実的じゃないわね」

そう言う事か。確かにそれは厳しいかもな。

「あ、そうだ。ちょっと待って、カズト。このあと少し時間を貰えるかしら？」

「構いませんけど、どうかしましたか？」

「先にお願いしたいことがあるの。シュラムも仲間になったし、もう一体のモンスターも復活させて仲間にしようと思って」

「復活……もう一体のモンスター、ですか？」

オウム返しに訊ねる俺にリベルさんは頷く。仲間にしたいモンスター。復活……あっ。

心当たりがあった。俺はアイテムボックスからそれを取り出す。アロガンツの力が宿った大剣
――『傲慢《ごうまん》の魔剣』を。

「これですね？」

俺は自信満々にリベルさんに剣を差し出す。すると、リベルさんは首を傾げて、

「何、その剣？」

「えっ？　これじゃないんですか⁉」

「違うわよ。私が言ってるのは、『暴食の大樹』ペオニーの事。アンタたちが倒したんでしょうが」

「……………は？」

何を言ってるんだ、この人は。

「ペオニーを復活させましょう。『神樹』は私たちにとって強力な戦力になるわ」

そんなとんでもない事を言ってきた。

●

「……ペオニーを復活させる？」

「ええ」

オウム返しに呟いた俺に、リベルさんは頷く。

「元々ペオニーは私たちの世界では神樹と呼ばれ、森に恵みをもたらす存在だったの。だけど事情があって——いや、誤魔化すのはよくないわね。私たち、異世界人が神樹の力を手に入れようとして、森とあの子を傷つけた。それが原因であの子は怒りと憎しみで自我を失い暴走してしまったの」

「……」

それは俺も知っている。ペオニーとの最後の戦いの中で俺はアイツの記憶に触れた。

激しい怒りと憎しみ、悲しみ、そして後悔。元は心優しく穏やかな気性だったペオニーは、化け物になった自分にずっと苦しんでいた。もう終わりにしたい、殺してくれと俺に懇願する程に。

「……ペオニーを復活させてどうするんですか？」

「私の召喚に協力してもらうの。異世界の残滓を呼び出し、この世界に維持し続けるには、どうしてもトレントの持つ『異界固定』が不可欠なのよ」

「……トレントにそんな力が？」

「気付かなくて当然よ。トレントの認識阻害効果で鑑定してもすぐ忘れちゃうのだから。とはいえ、半神人《デミ・ゴッド》に進化した今のカズトなら忘れないでしょうけど」

呪毒無効の効果か。トレントの認識阻害や忘却にも効果があるなんて嬉しい誤算だ。

「『異界固定』の効果は文字通り、世界を固定する力。トレントたちは世界が安定するまでの楔《くさび》の役割も持っていた」

そう言えば、リベルさんと初めて会った時にも気になる事を言っていたな。

――やっぱり神樹いえ、ペオニーの影響は大きかったみたいね。ここら一帯のトレントが受け持っていたはずの『異界固定』の効果がかなり薄くなってる。おかげでようやく私もこっちに来る事ができた。

確かそんな事を言っていた気がする。

トレントが世界の融合を安定させる役割を担っているなら、俺たちが周辺のトレントやペオニーを根こそぎ駆逐したこの場所は、言うなれば『最も世界が固定されていない場所』と言えるだろう。

だからこそリベルさんは俺の前に現れた。

あれは偶然ではなく、俺たちがペオニーを倒したからこその、必然の出会いだったのだ。……というか、キャンプ場の件といい、ペオニー影響力デカすぎだろ。アイツ、本当にとんでもない存在だったんだな。

「……あの、ちょっといいですか？」

すると気絶から目覚めた西野君が会話に加わる。

「気になったのですが、どうしてトレントがそんなスキルを持っているんです？　あまりにも都合が良すぎませんか？」

当然の疑問ねと、リベルさんは頷く、

「持っている、というよりも与えられたといった方が正しいわね。二つの世界が融合し、新たな世界になった際、システムによってトレントは『異界固定』のスキルを与えられた。力の消費が激しいスキルだけど、そのエネルギー源はアナタたちも知っているでしょう？」

トレントの栄養源と聞いて、西野君は不愉快そうに顔をしかめた。

「よくそんな事が平然と言えますね？　そのせいで俺たちが……五所川原さんたちがどんな目に遭ったと思ってるんですか！」

「……ごめんなさい。無神経な発言だったわね」

「……こちらこそすいません。取り乱しました」

素直に頭を下げるリベルさんに、西野君は思わず顔を逸らした。……気持ちは分かる。

トレントは人知れず人を襲い、その記憶を奪い、存在を無かった事にしてしまう。

一体どれだけの悲劇が生まれ、そして気づかれないままになっているのか。

世界安定の為の犠牲と言えば聞こえがいいが、それはあまりに身勝手すぎる言い分だ。とはいえ、もはやどうにもならない事を、とやかく言っても仕方ない。今、重要なのはこれからどうするかだ。

「話は分かりました。……それでどうやってペオニーを復活させるんですか？　まさか生贄《いけにえ》が必要だとは言わないですよね？」

ペオニーの力の強大さは俺たちも身をもって知っている。アレを復活させるには一体どれだけの代償が必要だというのか。

「鉢植えに赤土と黒土を混ぜて、そこに神樹の種を入れて、水を与えれば復活するわよ？」

「簡単ですね⁉」

「ただの家庭菜園じゃないですか！　トマトでも育てるつもりですか⁉」

そのあまりのお手軽さに、俺も西野君も思わず突っ込んでしまった。

「ていうか、そんな簡単に復活させて危険はないんですか？」

「アナタたちが戦ったペオニーはあくまで長い年月の結晶だからね。生まれたての状態じゃ大した力はないわよ。神樹の力を取り戻すまでにはそこそこ時間がかかるけど、そこは私に任せて頂戴」

リベルさんは任せてと胸に手を当てた。

「じゃあ俺たちは何をすれば？」

「ペオニーの説得をお願いしたいの。異世界人の私じゃきっと警戒されるから」

「意思の疎通ができるんですか？　あのペオニーと？　てか、俺たちはペオニーを殺した張本人ですよ？」

「復活したペオニーは『暴食』の力も失ってるから大丈夫よ。それにペオニーはアナタたちに感謝してるはずよ。自分を止めてくれたんだからね」

確かにペオニーは倒されることを望んでいた。でも本当に大丈夫だろうか？

「それじゃあ、ペオニーの復活は頼んだわよ。私はまた訓練を再開するわ。もうすぐかもめやユウナも進化できるわよ」

へぇ、二条《にじょう》や清水チーフもいつの間にか強くなってたんだな。あ、ちなみにユウナとは清水チーフの名前だ。本名　清水優奈《シミズユウナ》　28歳独身。以上。

さてと、それじゃあペオニー復活の準備をするか。

●

大き目の植木鉢に赤土と黒土を混ぜて、神樹の種を植える。

ホームセンターで土壌用の土とか収集しといてよかった。緑色の如雨露《じょうろ》で水をかけると、なんかほのぼのとした気分になる。

「……完全に家庭菜園の絵面《えづら》だなぁ……」

「ですね。あ、私も水やりしたいです。良いですか？」

後ろから眺めていた奈津さんがひょこっと顔を出す。気絶から目覚めたばかりなのに結構元気である。西野君、六花ちゃん、五十嵐さんは訓練中なので、今は二人だけだ。

あ、キキとシロは一緒に居るぞ？　今は遊び疲れてベッドの上でお昼寝タイムだ。

「構いませんよ。どうぞ？」

俺は奈津さんに如雨露を渡す。

「ありがとうございま――あ、駄目だ。如雨露、重い……。カズトさん、手伝って下さい」

「いや、そんなに水入ってないと思いますけど？」

「うぅ、私、ライフルより重い物は持てないんです……」

「それ大抵のモノは持てますよね？　はぁー、まったく……」

「えへへ……」

如雨露を持つ手を支えてあげると、奈津さんは嬉しそうに顔をほころばせた。……もしかしてわざとですか？　可愛いからいいけど。

「そう言えば、奈津さんは進化先を『始源人《オリジン》』にしたんですよね？」

「ですです。本当はカズトさんと同じ半神人《デミ・ゴッド》が理想だったんですが、候補になかったので」

奈津さんの選んだ進化先は『始源人』だ。俺の『半神人《デミ・ゴッド》』と同じ種族固有のスキルが使え、更に本来人が取得不可能なスキルを取得する事ができる。

「モンスターが使うスキルも取得できれば、私ももっと強くなれると思うんです。とはいえ、スキルを取得するには色々と条件がありますけどね。でも必ずあのスキルを取得してみせます」

「どんなスキルなんですか？」

「それは――」

奈津さんは俺に自身の考えたスキルの組み合わせを説明する。それを聞いて、俺はかなり衝撃を受けた。それだけ奈津さんの考えた戦術は凄まじかったのだ。

「ほ、本当にそんな事が可能なんですか……？」

「はい。ただモンスターのスキルを取得する為には、そのモンスターを大量に狩らなければいけないので、明日から訓練と並行してそちらもしなきゃですけど」

「頑張ってください。もしそれが可能なら、異世界の残滓との決戦で相当な武器になるはずです」

「はい！　頑張ります」

役に立てるのが嬉しいのか、奈津さんはとびっきりの笑顔を見せてくれた。……可愛い。

そんな感じで一緒にこまめに水をやりながら、休憩も兼ねてゆっくり過ごすのであった。


次の日、俺はベランダに置いた鉢の様子を見る。

リベルさんは一日で復活するとか言ってたけど、流石にちょっと半信半疑だ。

そんなすぐにどうにかなるとは思えないけど……。

「さて、どうなってるかな」

鉢を見てみると、土の表面に小さな新芽が生えていた。それもトレントの葉によく似た形状をしている。マジか……本当に一日で復活しやがった。

「いや、でもまだ芽が出ただけだし、これから――ッ⁉」

しげしげと鉢植えを眺めていると、急に頭の中に電流が走ったような感覚があった。何かが繋《つな》がったような感覚。

この感覚は覚えがある。ソラやシロと念話で繋がった時の感覚だ。

「もしかして今のって……」

もう一度、鉢植えの方を見る。するとペオニーの新芽がかすかに揺れた。

『――お腹《なか》が空きました。何か食べ物を下さい、お父さん』

……おい、これってまさかペオニーの声か？　聞き間違いじゃないよな？

『お腹が空きました。ご飯を下さい、お父さん』

やっぱり聞こえる。聞き間違いでも空耳でもなかった。

「この声って……お前だよな？」

『お前と言うのが、僕を指しているのならその通りです、お父さん』

「……なんでお父さん？」

『種だった僕を土に植えて、水を与え、こうして命を与えてくれたのです。父親と呼称して問題ないと思いますが？』

幼稚園児っぽいちょっと舌足らずな声音の所為か、背伸びして難しい言葉を使ってるお子ちゃま感が半端ない。生まれたてだから仕方ないと言えば仕方ないのか？

「えーっと色々聞きたいことがあるが、とりあえずご飯って言われても何を与えればいいんだ？

悪いけど人なんて無理だぞ。いちおう野菜や果樹用の肥料ならあるけど」

俺はアイテムボックスからホームセンターで手に入れた肥料を取り出す。

するとペオニー（仮）から嬉しそうな気配が伝わってきた。ああ、よかった。トレントって人間を襲って栄養源にしてるし、そっちを要求されたらどうしようかと思った。

「液体と固体とあるけどどっちがいい？」

『液体の方を下さい』

「はいよ」

液体肥料をペオニー（仮）から少し離れた所に注《さ》す。ちょっと斜めにしてやると良いんだっけ？

するとペオニー（仮）は心地よさそうに揺れた。

『あー……良いです。これ、凄く良いです。ありがとうございます、お父さん』

「……どういたしまして」

……これ傍《はた》から見れば植物に話しかけてるヤバい人だな。すると後ろから人の気配がした。

「……あ」

振り返ると、奈津さんが何とも言えない表情でこちらを見ていた。

「あの……誰にも言いませんから。そ、そういう時期って誰にでもありますよね。分かります」

「分からないで下さい。ていうか、分かってて言ってますよねっ」

たまに奈津さんがネタで言ってるのか、本気で言ってるのか分からなくなるから止めてほしい。

心臓に悪い。奈津さんはくすっと笑うと、こちらへやってくる。

「もう芽が出たんですか？」

「ええ、それだけじゃなくはっきりと意思を持ってます。今しがたもお腹が空いたから肥料をくれってせがまれました」

「……シロちゃんもそうでしたけど、生まれた時からはっきりと意思疎通ができるって相当潜在能力が高くないとできないんですよね？　……一応確認ですけど、『暴食』は持ってないですよね？」

「……持ってませんね」

　下位神眼を発動し、ペオニー（仮）のステータスを見る。持っているのは他のトレントと同じようなスキルばかり。『暴食』以外にも、攻撃系やあの豊穣喰《ほうじょう》ライを生み出すような凶悪なスキルも軒並み消えていた。

「どうやら本当にペオニーだったころの記憶はなくしているようです」

　その方がコイツにとっては幸せだろうな。

　するとペオニー（仮）は奈津さんの方をじっと見て——いや、新芽だから眼とかないんだけど何となくそんな感じがした。

『おはようございます、お母さん』

「ふぇ!?　お、お母さんっ？　な、なんで？」

『一般的に産んでくれた男女をお父さん、お母さんと呼称するのでは？』

「は、はわ……か、カズトさん大変です！　私、この年でお母さんになっちゃいました！」

「なっちゃったわけないでしょう」

奈津さんは顔を真っ赤にして慌てふためく。

だが何かを決心したかのように真面目《まじめ》な表情になると、ペオニー（仮）に顔を近づけた。

「ち、ちなみにお父さんって？」

『お母さんの隣に居る男性です』

「そ、そうですか……。ふーん、へー、ほーん？」

何を確認してるんですか。そして何でなんかちょっとまんざらでもない顔してるんですか。

「つ、つまりこの子、わ、私とカズトさんのこ、ここここ、ここここここ――」

「そんな訳ないから落ち着いて下さい。なんでそんなに動揺してるんですか」

そういうの勘違いしそうになるから止めてほしい。

「はぁ。こんなところ誰かに見られたら――」

すると背後から再び気配がした。振り向けば、そこには西野君と六花ちゃんとリベルさんと五十嵐さんとサヤちゃんの姿が。

「……クドウさん、おめでとうございます」

「よ、よかったね、ナッつん。順番は逆だけど、これでおにーさんと結ばれたね」

「ほぉー、へぇー。……ぶふっｗｗｗ」

「「………………」」

若干、引いた感じの西野君。同じく頬《ほお》をひきつらせながらも笑みを浮かべる六花ちゃん。語尾に草でも付いてそうな、今にも噴き出しそうな顔のリベルさん。腹立つわぁ……。そしてエジプトの壁画みたいな瞳で無言でこちらを見つめるサヤちゃんと五十嵐さん。

「くぅーん？」「……（ふるふる）？」「きゅー？」

そしてよく分かって無さそうなモモたち、動物組。ちなみにソラは外で寝ているので居ない。なんだこのカオスな状況。

「ていうか、全員事情分かってるでしょうが！」

説明するのに凄く疲れた。あーもう、朝から最悪だよ……。

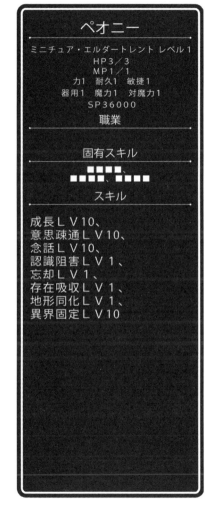

ペオニー

ミニチュア・エルダートレント　レベル１
HP３／３
MP１／１
力１　耐久１　敏捷１
器用１　魔力１　対魔力１
SP36000

職業

固有スキル

■■■■、
■■■■、■■■■

スキル

成長ＬＶ10、
意思疎通ＬＶ10、
念話ＬＶ10、
認識阻害ＬＶ１、
忘却ＬＶ１、
存在吸収ＬＶ１、
地形同化ＬＶ１、
異界固定ＬＶ10

下位神眼で調べたペオニー（仮）のステータスはこんな感じだ。

認識阻害や忘却は他のトレントや花付きも持っていたし、トレントと言う種族共通のスキルなのだろう。ステータスは軒並み低いが、SP《スキルポイント》だけが異常なほどに多い。これはもしかしてペオニーだった頃の持ち越し分なのだろうか？　更に気になるのは固有スキル欄の『[redacted]』だ。以前、モモたちにあったのと同じ表示である。

「この固有スキル欄の表示は……？」

「スキルを取得していても使用できない、もしくはスキルが完全にインストールされていない場合に表示されるやつね」

　リベルさん曰《いわ》く、この『[redacted]』は、何らかの形でスキルが完全ではない場合に表示されるものらしい。

「こういうケースは滅多《めった》にないんだけどね。でもペオニーや『早熟』を持ったアンタならあり得ない話じゃないのよ」

「というと？」

「成長が早すぎて、肉体が強すぎるスキルに適応できてないの。『早熟』の最大のメリットは大量の経験値取得とボーナスポイント。それは本来なら低レベルで取得できないはずのスキルにも手が届き、それが大きな武器になるんだけど、中には強すぎて今のままじゃ扱えないスキルもある」

「……」

「他にも限定条件下でしか発動しないスキルとかもそうね。『英雄賛歌』がいい例でしょ」

「あー、確かにモモたちの固有スキルは俺が『英雄賛歌』を発動した時のみ発現するタイプでしたね……。あれ？　でもモモたちの固有スキル表示があったのは俺が『英雄賛歌』を取得する前だった気がしますけど……？」

「それが早熟のデメリットよ。本来ならカズトが『英雄賛歌』を取得したのはおそらく『新人《アラビト》』に進化した直後だったはず。でも肉体がスキルの強さに追いついていなかったからシステムはスキル取得そのものを保留にし、連動してモモちゃんたちにも『[redacted]』という形で固有スキルを発現させた。多分、ナツにもカズトと同じ時期に固有スキルの表示が出たんじゃない？」

「あ、ですです。ソラさんを仲間に入れた時、私にも固有スキルの表示が出てました」

奈津さんは当時の事を思い出したのか、こくこくと頷く。

てことはソラの加入は別に関係なかったのか。ソラも俺のパーティーに入った際に、『英雄賛歌』の効果を受けて『青鱗竜王』を取得した。でも俺がまだスキルを完全に取得していなかったから『[redacted]』という形で表示されることになった。あれってそういう事だったのか。

「じゃあこの子の場合は……？」

「まだ生まれたてで、持っているスキルの強さに、肉体が追いついていないのでしょうね。なんのスキルかまでは分からないけど……」

「『暴食』の可能性は……？」

「いや、それだけはないわ。もし保留になってるスキルが『暴食』なら、保留状態でも影響が出る。意識が混濁して、自我を保っていられなくなるはずよ」

本当に恐ろしいスキルだな、『暴食』は……。でも違うと分かってちょっとほっとしている。あんな苦しみを、二回もペオニーに味わわせるのは酷だ。

「てことは、この子は『暴食』以外にも三つも固有スキルを持ってるって事ですか。……とんでもないですね……」

「でしょ。腐っても元神樹だもの。ま、今はこの状態だけどすぐに成長して――」

ぺしんっ。リベルさんはペオニー（仮）の新芽に手を伸ばそうとして弾かれた。

「……」

リベルさんはもう一度手を伸ばす。ペオニー（仮）はちっちゃな全身を器用に使って、再びぺしんっと弾いた。

スッ。ぺしんっ。

『近づかないで下さい。アナタは嫌いです』

「なんなのよコイツ！　なんで私の事こんなに拒絶するわけっ！」

『お父さん、お母さん、なんか分からないけど、コイツすごーく嫌いです。僕に近づけさせないでください』

あらヤダ、この子ったらリベルさんの事が嫌いなご様子。すると六花ちゃんがぽんと手を叩く。

「これってやっぱりあれじゃないの？　ナッつんとおにーさんの子供だから二人以外には懐かないとか」

「り、リッちゃんっ」

六花ちゃんがそう茶化しながらペオニー（仮）に指を近づける。……普通に触れた。

「……あれ？」

気まずそうな顔を浮かべる六花ちゃん。続いて西野君が指を近づける。普通に触れた。

「どれ……ちょっと失礼しますね」

五十嵐さんも触れてみる。普通に触れた。「私も」とサヤちゃんも手を伸ばすが触れた。

「あれ？　なんでみんな触れるの？　ちょ、ちょっと待って」

もう一度、リベルさんが触れてみる。

『……』

ぺしんっと、弾かれた。

「なんでよーーーーー！」

ちょっと涙目になるリベルさん。

「あー、ひょっとしてリベルさんは異世界人だから、当時の事を覚えていなくても本能的に拒絶してるんじゃないですか？」

「……そうかもしれないわね」

ずびっと鼻水をすするリベルさん。……アンデッドも泣いたり、鼻水出たりするんですね。

「ま、まあ！　この際、私が嫌われてるのはどうでもいいわっ。ともかく、この子が成長して『異界固定』のスキルを使いこなしてくれれば――いたっ」

見れば、ペオニー（仮）が鉢の中の小石をリベルさん目掛けて器用に飛ばしていた。

『うるさいです。僕はまだ子供なんだから近くで大きな声を張り上げないで下さい』

「この……っ」

ぷるぷると震えるリベルさん。ほら、抑えて。子供のする事でしょうが。

「……カズト、今日の訓練、覚えておきなさい……」

その日の訓練は、いつにもまして厳しかった。

ペオニー（仮）に懐かれなかったからって、俺に八つ当たりは止めてほしいなぁ……。


次の日、ペオニー（仮）は高さ三十センチほどの大きさまで成長していた。昨日までは朝顔の芽みたいな感じだったのに驚きの成長速度である。

「この大きさじゃ、この鉢だともう小さいな……。地植えにするか。どこか希望はあるか？」

『よく日が当たるところが良いです』

「了解」

という事で、ペオニー（仮）をアパートの近くにある見晴らしのいい場所に植え替える。

隣に石化したアカの分身体を置いておけば、何かあってもすぐに対処できるだろう。

やはり鉢は窮屈だったのか、ペオニー（仮）は気持ちよさそうに体を揺らした。ついでに水と肥料を上げると更にご機嫌になる。

『お父さん、ありがとうございます。こんなに良くして頂いて嬉しいです。このご恩はきっとお返しします』

「そんなに畏《かしこ》まらなくていいよ。生まれたばっかりなんだから、まずはきちんと大きく育つ事だ」

『はい。大きく育って、お父さんの役に立ちます』

「……まじめだなぁ……」

もしかしたら『暴食』に支配される前のペオニーも元々はこんな性格だったのだろうか。森に恵みを与えるから神樹って呼ばれてたみたいだし。ていうか小刻みに震える様は完全にダンシン◯フラワーだな。

『お父さん、お父さん』

「どうした？」

『今、スキルを取得しましたって頭の中に声が響きました』

「お、マジか」

やっぱり成長がかなり早いんだな。昨日の今日でもうスキルを覚えるなんて。それとも元々持っていたスキルを使えるようになったって言うのが正しいのか？　固有スキル以外にも、ペオニーや神樹時代のスキルが相当あるだろうし……。ともかく成長が早いのは良い事だな。

「おめでとう。どんなスキルを取得したんだ？」

『はい、『擬人化』ってスキルです』

……なんだって？　するとペオニー（仮）の体が淡い光に包まれる。

数秒で光は収まり、そこに居たのは――

『わぁ、自分で動けるようになりました♪』

小さな手足の生えた盆栽が居た。手の部分は枝と葉っぱで、足の部分は根っこでできてる。

あれだ。カー◯ィに出てくる木のボスモンスターみたいなやつ。とてとて歩くさまはちょっと可愛いけど、これ擬人化なのか……?

『お父さん、お父さんっ。肩車してほしいですっ』

「はい、はい」

『わーい♪』

まあ、本人が喜んでるからいいか。……いいのか?

「あ、そうだ。そう言えば、まだ名前を付けてなかったな」

『名前、ですか……?』

「ああ、これから一緒に暮らすんだし、何か名前が無いと不便だろ? 何か希望はあるか?」

『んー、お父さんが付けてくれる名前なら何でもいいです』

「そうか? それなら樹だし、キーぼ――」

『あ、それは駄目です。なんかとっても危険な気がします』

そうか……駄目か。ペオニー……は流石に不味《まず》いよな。ふとした拍子に記憶が戻るかもしれないし、これも却下だ。となれば、やっぱ今までの仲間みたいに色とかだけど、『ミドリ』だと五所川原さんの奥さんと被《かぶ》るしなぁ……。

「じゃあ、『翠《スイ》』はどうだ? 鮮やかな緑って意味なんだけど、これから成長していくお前にぴったりだと思うんだ」

『スイ、ですか。うん、良いです。僕は今日からスイですっ』

喜んでくれたようだ。

という訳で、ペオニー（仮）の新たな名前はスイに決まった。

パーティーメンバーがもう埋まっているので新たに加えられないのは残念だけど、今後の成長に期待しよう。

スイは基本的には人懐っこく、リベルさん以外の人とは割とすぐに仲良くなる。一番仲がいいのはキキとシロだ。シロの足に摑まって空を飛んだり、キキの背中に乗って地面を駆けたりしている時は本当に楽しそうで見ているこっちが癒やされた。

リベルさんは会ったら必ず石を投げられるので、なるべく近づかないようにしているらしい。……哀れだ。

日光を浴びながら、キキたちとボール遊びをしていると、不意にスイが震える。

『――あ、今『光合成』と『葉飛ばし』ってスキルを取得しました』

「おお、そうか。本当に成長早いな……」

生まれて僅か一日なのに、スイは『擬人化』、『光合成』、『葉飛ばし』と三つもスキルを取得した。

レベルを上げたり、モンスターと戦わなくても、条件さえ満たせばスキルは取得できる。

おそらくスイの場合、成長に合わせてペオニーだった頃のスキルを『思い出してる』のだろう。

少なくとも数百近いスキルを取得してたみたいだし、その中に比較的緩い条件で取得できるスキルがあってもおかしくはない。

ちなみに『光合成』は昼間のＨＰ及びＭＰ、肉体の回復効果アップ、『葉飛ばし』は自分の葉っぱを手裏剣のように飛ばすスキルだ。

どちらもペオニーだった頃に見たことがあるスキルだな。『葉飛ばし』に至っては、もはやマップ兵器レベルだったけど……。

まあ、そんな感じでスイは順調に成長を続けるのであった。

●

サヤちゃんと五十嵐さんが新人《アラビト》ＬＶ30になった。

俺、奈津さん、六花ちゃんに続き四人目と五人目の達成者だ。

サヤちゃんは『超人』、五十嵐さんは『天上人』にそれぞれ進化先を決めた。

「私は自分で戦うよりも、クロとの連携を強化した方がいいと思って」

「ワォーン♪」

「なるほど、確かにサヤちゃんの戦闘スタイルを考えればそれが良いだろうね」

『超人』は既存スキルの効果を爆発的に高める種族だ。俺の『半神人《デミ・ゴッド》』や奈津さんの『始原人』と違って、新たに何かを得る事はできないが、代わりに現在の能力をそのまま引き上げる事ができる。

「それに……その、あんまし使いたくはないけど、『強欲』のスキルとも相性がいいかなって」

「ッ……サヤちゃん、それは――」

「も、勿論、軽はずみに使うつもりはないよっ。でも、万が一、何かあった時の備えはあった方がいいかなって思って……」

『強欲』はサヤちゃんが心の底から望んだスキルを一時的に創り上げるスキルだ。確かに『超人』との相性は抜群と言えるだろう。だがその代償は一体どれほどのものになるのだろう……？　一回、二回使っただけでもあれだけ人格に影響を与えたんだ。それが更に強力になるなんてゾッとする。

「安心して、サヤちゃん。そんな事態には私とクロがさせないから。その為に、私も『天上人』を選んだんだから」

「とお姉……。うん、ありがとう」

サヤちゃんを安心させるように、五十嵐さんは手を握る。

「五十嵐さんの選んだ『天上人』ってどんな種族なんですか？」

「最初に進化した『天人』の上位種ですね。好きな既存スキルを六つ、上位スキルに変換でき、種族固有のスキルを二つ取得する事ができました」

「へぇ、どんな種族スキルなんですか？」

「それは後でお伝えしますよ。ただ間違いなく、今後の戦いに役立つとだけお伝えしておきます」

なんだよ、もったいぶるな。まあ、後で教えるって言ってるんだしいいか。

するとリベルさんも会話に入ってくる。

「そう言えば、そっちの子って職業『魔物使い』なのよね？　なんでクロちゃんの他にモンスター使役してないの？」

「へ……？」

ポカンとした表情になるサヤちゃん。考えもしてなかったって顔だ。

「魔物使いがモンスター使わないでどうすんのよ？」

「いや、でもモンスターを使役するのってリスクがあるって、カズ兄が……」

サヤちゃんは助けを求めるように俺を見てくる。

「ええ、以前『質問権』を使って調べたんですが、『魔物使い』はモンスターを従わせることができる反面、モンスター自身が成長して強くなれば、主に牙《きば》を向くとかいろいろリスクがあると」

「確かにそうだけど、だとしてもクロちゃん以外にも戦力はあった方がいいと思うのよね……」

それはそうだが、リスクが大きすぎる。かといって、弱いモンスターを使役したところで役に立つとは思えない。ソラや海王のように意思疎通ができるモンスターは本当に稀だ。ましてや、これから戦うのは、これまでとは比べ物にならないほど強大な敵——異世界の残滓だ。

今更そこそこのモンスターを従えたところでメリットがあるとは思えない。

「ちょっと待って。確か何体か、戦力になりそうな奴が居たと思うけど……」

リベルさんは地図を取り出すと、二か所にマルを付けた。

「えーっと、確かここと、ここだったはず」

「ここに何があるんですか？」

「ネームドモンスター」

「「「ッ……！」」」

その発言に、俺たちは息を呑《の》む。

「どうしてそこにネームドが居ると？　もしかして固有スキルの保有者の時に一緒に調べていたん

ですか？」

「いや、こっちはアレよ。偵察用の召喚獣使って、こっちの世界に来てからコツコツ調べてたの。正直なところ、あまり期待してなかったし、シュラムやソラが居るなら、他のモンスターが増えたところで今更かなって思っちゃって」

でも、とリベルさんは続ける。

「ネームドなら戦力として期待できるし、そっちの子がせっかく『魔物使い』の職業を持ってるなら有効活用しようかなって。ああ、勿論、カズトが言ったリスクは考慮した上でよ」

安心して、とリベルさんは断言する。

「召喚獣の報告によれば、一体は蛇のモンスターね。体長は四十メルド――あー、違うわね。こっちの世界の長さだと……四十メートルか。それくらいの長さの大型モンスター。もう一体は蜘蛛《くも》のモンスターね。こっちは二メートルくらいの大きさだけど、かなり多くの手下を連れて群れで行動してるわ。どっちも山奥を拠点にしてるから、人の被害が出てないのは幸いかしらね」

メルドってのは、リベルさんの居た世界の単位か。

それにしても蜘蛛と蛇のネームドか。そう言えば、蛇のモンスターってまだ見たことが無いな。

体長四十メートルって、完全映画に出てくるアナコンダだな。いや、それよりも大きいか。

「きゅー……」

蜘蛛のモンスターと聞いて、キキがぷるぷると震える。可愛い。

そういや、初めてキキと出会った時に戦ったのも蜘蛛のモンスターだったな。

キキが蜘蛛に捕まり、それを偶然俺と藤田さんが助けた形になり、キキが仲間に加わった。

あの時も蜘蛛のモンスターは複数いたな。蜘蛛型は基本的に群れで戦うモンスターなのだろうか？　糸が割と厄介《やっかい》なモンスターだったし、そのネームドとなると相当手強そうだ。

「大丈夫だよ、キキ。今回は、俺たちは不参加だから」

「きゅ？　きゅー♪」

安心させるように俺がそう言うと、キキは目に見えて喜んでいた。

「え、カズ兄は一緒に来てくれないの？」

「俺もやる事が色々あるからね。聞いた限り、今回はサヤちゃんたちだけで戦力は十分みたいだし」

「えー、でも……」

「……クゥーン」

それでも一緒に来てほしいと、視線で訴えるサヤちゃん。ついでに何故か、クロと五十嵐さんまでついて来てほしい的な視線を向けている。というか、クロ。お前は俺じゃなくてモモについて来てほしいだけだろ。

「……石化したアカを渡します。万が一の時はすぐに駆けつけますから、安心して下さい」

「うー、分かった」

サヤちゃんは渋々と言った体で納得してくれた。

「それじゃあ、みんなの準備ができたら、行ってくるね」

「あ、待って。せっかくだし、かもめやユウナたちも連れて行ってくれないかしら？　本当の実戦もきちんと慣れておかないといけないから」

確かに危険だけど、それもそうか……。そうなるとネームド相手だし、二条と清水チーフ、それに藤田さんたち市役所メンバー、それに十和田さんや自衛隊の人たちも一緒に来てもらったほうがいいな。上杉《ウエスギ》市長もなぜか訓練に参加してるけど連れて行くわけにはいかないし。

「分かりました。それじゃあ、私の方からあのクソ親──藤田さんらに連絡をしておきます」

五十嵐さん、アナタ今、クソ親父って言いかけなかった？

こうして急遽《きゅうきょ》、サヤちゃんの戦力アップの為の遠征が行われることになった。

蛇と蜘蛛のネームドか……。無事に仲間にできると良いな。

「さて、それじゃあ俺も出かけるとするか」

再びソラと一緒に、固有スキル保有者への交渉だ。

戦力はいくらあってもいいからね。道中、モンスターを倒しながら向かえば、俺たちのレベルアップにもなるし。さっそく準備をしようとした。

その瞬間──世界が静止した。

「……え？」

俺以外、全ての時が止まっているような光景だった。色も消えた灰色の静止した世界。

これは──もしかして……、

「以前よりも成長しているようね。安心したわ」

声が、聞こえた。その声は、ずっと聴きたかった彼女の声だ。

振り向くと、そこには一人の少女が居た。白一色で染め上げられた雪のような少女が。

「久しぶりね、クドウカズト」

ユキがそこに居た。

●

その姿を見た瞬間、俺は思わず駆け出していた。

「ユキ、もう体は大丈夫なのか？」

「ええ……本調子、とまではいかないけど、こうして限定的にアナタたちの世界にアクセスできるまでには回復したわ」

「そうか。よかった……」

安心すると、色々と聞きたいことが出てくる。

「ユキ、実は――」

「分かってるわよ。そこの異世界人の事でしょ？」

ユキは灰色の世界で制止しているリベルさんに眼を向ける。

「彼女の言っている事は、本当よ。この世界の終わりは近づいている。それを回避する方法も彼女が言った方法で間違いないわ」

「そうか」

「それにしても、マスターキー、ね……。まさか、自分を創った存在が現れるとは思わなかったわ」

感慨深そうにユキは呟く。

「とはいえ、静止してるところをみるに、アクセスは限定的なようね。あのアロガンツの方が、ある意味、自由にシステムにアクセスしていたから」

「アロガンツ、か……。そう言えば、この剣って持ってて大丈夫なのか？」

俺はアイテムボックスからアロガンツが残した『傲慢の魔剣』を取り出す。

「問題ないわよ。その剣にはもう殆《ほとん》ど力は残っていない。あのバグを消し去る時に力の大部分を消費しちゃったから」

「……そうか」

叶《かな》うなら、もう一回くらいは話をしてみたいと思ったのだが、それは我儘《わがまま》だな。

「さて、無駄話はこれくらいにして本題に入りましょうか」

「本題……？」

「当たり前でしょ。まさか、この私がアナタに会いたい為だけにこうしてアクセスしたとでも思ってるの？」

「いや、流石にそこまでは思ってねーよ」

「……ふーん。そう、ふーん」

するとなぜか何故かユキはどこか不機嫌そうな表情を浮かべた。


「まあ、いいわ。とりあえず忠告だけしておくわ、あの女には気を付けなさい」

「あの女って、リベルさんの事か？」

「ええ。彼女は何かを隠してる。それが何かまでは私の力じゃ分からないけど、アナタたちに話した事だけが全てじゃないのは確か。だから気を付けなさい」

「分かった、気を付ける」

「あら、やけにあっさり信じるのね？　疑わないの？」

「今更、お前の何を疑えって言うんだよ？　信じるさ、お前の言葉ならな」

「ッ……。そう、なら精々気を付けなさい。ああ、それと」

ユキはぷいっとそっぽを向きながら、

「シロや……他の皆にも、一応は無事だって伝えておいて。その、一時的とはいえ、世話になったのだし……」

「分かった。ていうか、わざわざ言わなくても、ちゃんと伝えるに決まってるだろ」

「うるさい！　舐《な》めた口をきいて……力が戻ったら覚悟しなさい！」

そう言って、ユキは姿を消した。

その瞬間、世界に色が戻る。静止していた世界が動き出す。

「……よし、頑張るか」

気合を入れ直し、俺は再び動き出した。

それからはひたすら訓練、遠征、勧誘の日々だった。

リベルさんとの訓練で、皆も順調にレベルを上げ、俺もソラと共に日本各地を飛び回った。

「よし、これで北陸と北海道の方も完了っと……」

『順調だな』

「ああ、北陸でも一人、北海道でも三人、固有スキルの保有者を仲間にする事ができた」

最初はソラの登場に驚いていたけど、話してみると、かなり良い人たちだった。

彼らが持っていた固有スキルは『断絶』、『強奪』、『停止』、『転移』。それぞれ強力なスキルだが、
彼らはそれを悪用する事無く人助けの為に使っていた。

「特に『強奪』の保有者の河滝《かわたき》さんは凄く良い人だったな……」

『強奪』は文字通り、対象からスキルを奪うスキルだ。

河滝さんはそれを自分の為でも、悪用する為でも無く、他人の為に使っていた。

札幌を中心にコミュニティを創り、人々が暮らしていける環境を整えていたのだ。実質的なリーダーでありながら、常に前線で戦い、自分だけでなく誰もが強くなれるようにレベリングもしていた。

『良い人……？　出会い頭に我を殺そうとした女だぞ？』

「いや、あれはお前が悪いって……」

最初に出会った時、河滝さんは仲間と共にモンスターと戦っていた。

それを見たソラは『我が手助けしてやろう。そうすれば、きっと交渉もスムーズにいくだろ』と息巻いて、いきなりブレスを発射したのだ。

「運よく、モンスターだけに当たったから良かったけど。下手すりゃ、死んでたぞ、あれ」

『フンッ、そんな訳がなかろう。我もこれでもちゃんと『手加減』を覚えたのだ。その辺はぬかりない』

「その結果が、クレーターができるレベルの大爆発だったけどな」

『……』

マジで河滝さんが良い人で助かったよ。

怪しさ満点の俺たちに対して、攻撃する事もなく、ちゃんと話し合いに応じてくれたんだから。

ちなみに河滝さんは女性である。清水チーフとは別のタイプの頼れる女性って感じだった。煙草《たばこ》が似合うクールな女性。

「今まであったスキル保有者にはメールも取得してもらったし、アカの分身体（石化）もポイントとして置いてきたし、これでいつでも日本全国にすぐ向かえるな」

こうしてみると、モモの『影渡り』とアカの『石化』のコンボって固有スキル並みに強力だな。

「そのうち、それぞれのメンバーの顔合わせもしないといけないな」

現状じゃ、メールを送れる相手は直接会った俺だけだ。そのうち、機会を設けて皆が集まれるようにすれば、俺だけじゃなくそれぞれのメンバー同士でも連絡を取る事ができる。

「えーっと、これで集まった固有スキルの保有者は八人か……。俺、モモ、サヤちゃん、大野君、海王、リベルさんを加えると十四人。結構集まったな」

『英雄賛歌』を発動すれば、もっと固有スキルの保有者は増えるけど、あくまで俺のパーティーメンバーだけの一時的なもんだ。こっちはいざという時の切り札だな。

「そういえば、サヤちゃん、例の二体のネームド、仲間にする事ができたらしいぞ」

『そうなのか？』

「ああ。さっきメールがあった。蜘蛛のモンスターと、蛇のモンスター。それぞれ仲間になったってさ。それと周囲のモンスターも倒して、藤田さんたちもレベルを上げたらしい」

職業『魔物使い』の能力も使ったそうだ。魔物使いのスキルには強制的にモンスターを従わせることができるものがあるが、その効果は危険と紙一重。万が一、モンスターの力が本人を上回った場合、契約は上書きされ、モンスターが主導権を握る事になるケースもあるらしい。

（だからモモたちは反対してたんだろうな……）

俺が第二職業を選ぶとき、モモたちは断固として『魔物使い』だけは拒絶していた。あれは『魔物使い』が危険な職業であると、本能的に察していたんだろう。

『……サヤカは大丈夫なのか？』

「ああ。二体のネームドも最初こそ無理やり従ってた感じだったらしいんだけど、サヤちゃんやクロと接するうちに、仲間意識が芽生えたんだってさ」

　サヤちゃんも結構動物に好かれるタイプだよな。良い魔物使いってもんはモンスターに好かれちまうもんだ。

『……まあ、それならばいい』

「珍しいな。お前が誰かの心配するなんて」

『サヤカとナツは我が認めた強者だ。強者には敬意を払う。それが我ら竜の常識だ』

「……なるほどね」

　その理屈で言うと、まったく敬意を払われていない俺やリベルさんはどういうカテゴライズなんだろうか？　まあ、問いただせば逆にこじれるから聞かないけどさ。

「…………」

『どうした？　急に黙って？』

「いや……順調に戦力も増えて、準備も整ってるなぁって思って」

　固有スキルの保有者、強力なネームドモンスター、それにレベリングによるそれぞれの強化、未《み》覚醒《かくせい》だけどスイも日々成長して様々なスキルを思い出している。

『良い事ではないか？』

「うん、そうなんだけどさ……」

　なんというか、経験則と言えばいいのだろうか。非常に順調だからこそ、俺の心には言いし得ぬ不安がずっと纏わりついていた。大体いつも順調に進んで、どこかでちゃぶ台返しをくらうから。

「今までの経験からするとさ、順調な時ほど、慎重にならないとなって思って」

『……、まあ油断しないのは良い事だ』

「そうだな。油断せずに行こう」

そうしているうちに時間はあっという間に過ぎ去ってゆく。季節は移り変わり、周囲の木々は紅葉し、実りの秋が訪れる。

異世界の残滓との戦いは、もうすぐ目の前まで迫っていた。

幕間　最後の休息

異世界の残滓《ざんし》との戦いが目前まで迫ってきた。

「それじゃあ、行くわよ、カズト！」

「ええ、全力でいかせてもらいます！」

俺《おれ》は何度目になるか分からないリベルさんとの実戦を行っていた。

『カズトー、頑張れー』

「キュー、キュキュー♪」

シロとキキもソラの傍《そば》で声援を飛ばす。二匹も今回は見学だ。ちなみにモモとアカは海王様の所に出かけているのでここには居ない。純粋に、俺一人だけでリベルさんと戦う形だ。

俺はアイテムボックスから忍刀を取り出す。対してリベルさんは杖《つえ》を構え、どこからでもかかってこいとばかりに手を広げる。俺は息を吸い、意識を集中する。

「――疾風走破ッ！」

「――イフリート！」

大地を蹴《け》る。

刹那《せつな》、リベルさんの前方に炎の巨人が出現した。今まで散々見てきたリベルさんの召喚獣――炎の精霊イフリートだ。体長二メートルを超える炎の巨人は、ここは通さないとばかりに俺の往く手を阻む。

「ガォォオオオオオオオオオオオッッ！」

イフリートの咆哮《ほうこう》。今までなら動きを阻害される程の圧を感じていた。でも進化し、レベルを上げた今なら、その程度で俺を止める事ができない。瞬時にイフリートに肉薄し、雷遁《らいとん》を付与した忍刀を振るう。

「――ゴァ……？」

イフリートは何が何だか分からないといった表情のまま細切れになった。

（凄《すご》いな……イフリートの硬い体が豆腐みたいに斬れるなんて）

『神力解放』も使っていないのにこれだけ力が上がってるとは。これにはリベルさんも少し驚いた表情を浮かべた。

「やるじゃない」

満面の笑み。同時に俺の背筋がゾクゾクと震えるのを感じた。今のはほんの小手調べ。これからが本番だ。

「それじゃあ、ちょっと本気を出すわよ！」

リベルさんが杖を構えると、その周囲に無数の魔術陣が浮かび上がったのだ。凄《すさ》まじいエネルギーのうねりが周囲を覆い尽くす。

「さあ、出てきなさい。主を守る防壁の巨獣――ベヒモス」

次の瞬間、リベルさんの前方に新たな召喚獣が出現する。現れたのは額《ひたい》に角を持つ、巨大な黒い獣だった。だが、それだけでは終わらない。

「主の敵を殲滅《せんめつ》する海の化身――リヴァイアサン」

更に巨大な海蛇のような化け物が、

「主を運ぶ大いなる翼――ガルーダ」

三対六枚の翼を持つ怪鳥が、

「全てを見通し、敵を穿《うが》つ槍《やり》の化身――オーディン」

最後に巨大な槍を構えた隻眼の巨人がリベルさんを守るように出現する。計四体の召喚獣。その威圧感はイフリートの比ではない。間違いなくどの個体も、イフリートよりも強いと分かる。

「ふふ、この四体で戦うのは久しぶりね。さあ、カズト。掛かってきなさい」

「あの……俺、これ本当に殺されませんよね？」

「死ぬ気で頑張りなさい」

ですよねー。まあ、それくらいじゃないと実戦訓練にならないか。ちょっと不安に思いながらも、俺は四体の召喚獣へと攻撃を仕掛けた。

「グォォオオオオオオオオオオオオオオオッ！」

最初に動いたのはベヒモスだった。その巨体を揺らしながら、俺目掛けて突っ込んでくる。

恐るべきはその巨体に見合わぬ速度《スピード》。ベヒモスは瞬時に俺の眼前まで迫る！

（おいおい、この巨体でこのスピードは反則だろ……）

四体のステータスとスキルは既《すで》に『下位神眼』で確認済みだ。

まずベヒモス——コイツはステータス自体もかなり高いが、それ以上に注意すべきは、コイツの持つ二つの種族固有スキル。『巨獣礼賛』と『巨獣防壁』だ。

スキル『巨獣礼賛』は一度限り肉体の傷を全快にし、『肥大化』『硬化』、『狂化《バーサーク》』の二つのスキルを発動させる。もう一つのスキル『巨獣防壁』は外部からの攻撃を完全防御する水晶を発生させる。

この水晶はあらゆる攻撃を防ぐ力があるが、その間、ベヒモスは動くことも攻撃することもできない。また巨獣防壁は一度発動すると、再発動まで発動時間の倍のインターバルを必要とする。

（やっぱ便利だな、『下位神眼』……）

相手の情報がすぐに頭に流れ込んでくる。しかも五十嵐《いがらし》さんの『鑑定《かんてい》』よりも高性能。ベヒモスの二大スキルのような初見殺しスキルであっても対処が可能。

ベヒモスの突進はダメージを受けることが前提。玉砕覚悟で敵にダメージを与え、自身は受けたダメージを回復し更にパワーアップする。実に嫌らしい戦法だ。でも『知っていれば』その戦法は通じない。避ければいい。

（とはいえ、リベルさんも、俺が召喚獣に『下位神眼』を使ったのは気付いてるはず……）

俺に召喚獣たちの情報を教えて尚《なお》、ベヒモスを突進させたって事は——、

「シャアアアアアアアアアッ！」

「カアアアアアアアアアアアアアッ！」

ベヒモスの背後からガルーダとリヴァイアサンの二体が姿を現した。

「こういう事だよなっ！」

ベヒモスの突進は目くらまし。その巨体で俺の視界を強制的に塞《ふさ》ぎ、その死角を利用し、二体の召喚獣を俺に接近させるのが目的か！

「『影の瞳《ひとみ》』で分かってたっつーの！　影支配！　そして煙遁の術！」

三体の召喚獣の足元の影が泥のように変化し、その巨体を絡《から》め取る。とはいえ、いかに強化された影でもリベルさんの召喚獣相手じゃ一瞬、動きを止める程度だ。だからこそ、俺は即座に目くらましの忍術を発動させ、大量の煙で周囲を覆い尽くした。

（……ベヒモスは鼻、リヴァイアサンは耳、ガルーダは眼がそれぞれ優れている）

なのでまずはこの煙で視覚を塞ぐ。眼に特化したスキルを持つガルーダはこの煙では俺を捉《とら》えられない。

「お次はコイツだッ！」

俺はアイテムボックスから取り出したソレをベヒモスの額にある角目掛けて投げつける。スキルを併用した投擲《とうてき》は煙の中でも寸分違わずベヒモスの角に命中。硬い角に当たったソレは衝撃に耐えきれず、プシュッ！　と中身をぶちまけ、ベヒモスの顔や鼻に降り注《そそ》ぐ。

「……？　～～～～～～～～～～～ッッ！　ゴァァアアアアアアアアァッ⁉」

その衝撃が凄まじかったのか、ベヒモスは堪《たま》らずその場で転げまわる。

「やっぱモンスターでも臭いんだな、ソレ……」

投げつけたのは世界一臭いと評判の缶詰シュールストレミングである。どこでこんなものを手に入れたのかと言えば、奈津《なつ》さんのスキル『ネット』である。

（珍しい物も買えるってんで、試しに買ってみたけど正解だったな）

意外と対価の魔石がお高かったけど、その効果は絶大であった。匂《にお》いに対する警戒って、割と軽視しがちだもんなぁ。モモなんかこれ見た瞬間、影に逃げたもん。蓋《ふた》開けなくてもその危険度を察したんだろうな。

ともかくこれでガルーダは眼、ベヒモスは鼻を封じられ残るはリヴァイアサンのみ。

コイツの場合は聴覚が優れてるらしいが、聴覚ならわざわざ封じなくても別の方法がある。

「――土遁《どとん》の術」

足元が水面のように波打ち、俺は地面に潜《もぐ》る。

土遁の術で地中を移動する際、音は発生しない。無音の移動が可能なのだ。そして隠密《おんみつ》系のスキルも併せれば、リヴァイアサンに俺を捉える事はできない。これで一気に本丸へ接近する。

「――およ？」

「ッ――!?」

地上へ出ると、目の前にはリベルさんとオーディンの驚いた表情。

瞬時に背後に控えたオーディンが槍を構えるが、俺は既に次の忍術を発動させていた。

「影支配！　雷遁の術！」

「ッ――!?」

影による拘束。そして顕現《けんげん》する青白い閃光《せんこう》。今まで武器に付与させていた雷遁と違い、今回は純枠に攻撃として発動させる。発生した影と雷は、リベルさんとオーディンの体を一瞬硬直させた。

「――『神力解放』ッ」

ステータスが一気に上昇し、肉体を全能感が包み込む。

「――『落日領域』ッ！」

更に領域スキルを発動。強制的に周囲を夜に変え、スキルの効果を更に底上げする。

「オオオオオオオオオオオッッ！」

するとリベルさんを守らんと、オーディンが無理やり硬直を破って前に出る。凄まじい気迫。主を守ろうとするその忠誠心は見事だ。

「でも――邪魔だッ！」

俺はアイテムボックスから取り出した忍刀でオーディンを細切れにした。『下位神眼』によれば、オーディンの能力は『先読み』と『軌道修正』。数秒先の未来を予知し、その未来に合わせて槍を投擲するという反則的な戦法。

（――でも未来は見えても、体が『反応』できなきゃ意味ないよな）

神力解放した俺の敏捷《びんしょう》は４０００を超える。

オーディンのステータスは１０００を少し超える程度。加えて、『先読み』以外に肉体速度、反応速度を強化するスキルは持っていない。

オーディンの眼には、斬られる瞬間まで何が起きたのか分からないといった表情が浮かんでいた。

「キィィイイイイッ！」

「カァァアアアアアアアアアッ！」

ようやくこちらに気付いたリヴァイアサンとガルーダがこちらに向かって来るが、もう遅い。

(これで残るはリベルさん一人)

ベヒモスが動いてから、僅《わず》か十秒にも満たない戦闘。

だがその中で、俺は確実に自分の力が以前とは比べ物にならない程に強くなったと確信していた。

確かな成長の実感。確かな強さの証明。だからこそ、

「――合格よ、カズト」

リベルさんは笑った。それは俺を認めたからこその笑み。守るべき存在ではなく、並び立つ存在として認められた証《あかし》。極限まで加速した思考、そして五感の中でゆっくりとリベルさんが杖をかざすのが見えた。

「――座標交換《チェンジ》」

刹那、リベルさんが視界から消える。同時に、ズンッ！！！　と凄まじい重量と圧迫感が肉体を襲った。視界が真っ黒に染まり、襲い掛かる凄まじい『重み』に肉体が悲鳴を上げる。

「がっ、は……!?　何だ？　何が起こった？」

体が地面と黒い塊《かたまり》に挟まれ、まともに動く事ができない。この黒い塊は何だ？　リベルさんは一体何をした？　いや、待て。この気配、それにこの臭いはまさか……！

ようやく俺は自分に圧《お》し掛かるソレの正体に気付いた。

「――ベヒモスッ！」

「正解」

少し離れたところからリベルさんの声が聞こえる。そこは先ほどまでベヒモスが居た位置。

つまり――、

「召喚、獣と……自分の位置を……」

「そ、『交換』したの。アナタたちが面白《おもしろ》い戦法考えたから、私も自分なりにアレンジしてみたって訳」

そうか、モモの『影渡り』とアカの『座標《ポイント》』による瞬間移動。それをリベルさんは自分の召喚獣を使う事で再現したのだ。くそ、体が動かせない……忍術を発動できない。阻害系のスキルを使ってるのか。

「学習し、成長したのは私も一緒」

リベルさんの声が聞こえる。視界は完全に塞がれているが、おそらく杖を構えているのだろう。

莫大《ばくだい》なエネルギーを収束を感じる。

「今までは召喚獣を盾《たて》に、後方から魔術をぶっ放すだけだったんだけどね。どんどん強くなっていくアナタたちを見て、私ももっと強くなりたいって思っちゃったのよね」

「リベルさん……」

「座標交換は召喚獣が居る限り何回でも可能。つまり私に攻撃を当てるには、全ての召喚獣を倒すか、全ての召喚獣ごと私を攻撃するかしないと無理って事」

「……そ、それって実質不可能じゃ――」

パーティーを組んで戦うならまだしも、一対一なら絶対に不可能だ。

「さあ、それはこれから頑張りなさいな。楽しかったわよ、カズト」

ああ、畜生……結構良い所まで行けたと思ったのに、まだリベルさんは届かないか。

でもまだ時間はある。一之瀬《いちのせ》さんや、モモやアカ、キキ――皆と一緒に必ず彼女の強さに追いついてみせる。そして異世界の残滓に勝ち、俺たちの未来を摑《つか》むんだ。

「どーん」

「ふべらっ⁉」

爆発、そして衝撃。俺を押しつぶすベヒモスごと、リベルさんは魔術で吹き飛ばす。

『カズトーーーーーー⁉』

「きゅーーーーっ⁉」

キキとシロの叫び声が聞こえる。

「だ、大丈夫だよ、今の俺ならこれくらいじゃ死なないから……多分」

成長の喜びと、悔しさをかみしめながら、俺の意識は暗転した。

●

「二日後に、異世界の残滓をバグに変換するわ」

実戦訓練の後、リベルさんはそう言った。

「戦力は揃《そろ》った。固有スキルの保有者も、強力なネームドモンスターも集まったし、個々の力も伸ばせる限界まで伸ばした。あとは、戦って勝つ事、それだけよ」

皆の反応は様々だった。気合を入れる者、緊張した面持《おもも》ちの者、怯《おび》えた表情を浮かべる者、それぞれだが、殆《ほとん》どの者は覚悟を決めた表情を浮かべていた。

「明日はゆっくり休みましょう。万全の態勢を整えて、決戦に臨むわ」

「了解しました」

明日が最後の休日か。ゆっくり噛《か》みしめるとしよう。そう思っていると、足元の影が震えた。

「わんっ♪」「……（ふるふる）♪」

「モモ、アカ！　戻ったのか」

「わんわんっ！　くぅーん」

モモは嬉《うれ》しそうに俺に体をすりすりしてくる。アカも分裂体と交代して、俺の上着に擬態した。

「戻ってきたって事は、海王様の力の引き継ぎが全部終わったんだな」

「わんっ」「……（ふるふる）」

モモとアカは海王様からの最後の力の引き継ぎを行っていた。それまでの分裂体の時と違い、最後だけは本体が直接いかなければならないらしい。海王様がこっちに来ても良かったんだが、海の方が力の引き渡しがスムーズだと、こちらから出向いていたのだ。

「しかしアカだけでなく、モモにまで力を分けてくれるとはな……」

本来なら力の受け渡しはアカだけだった。だが、何故かモモにも海王様の力を分ける事ができた

のだ。何故《なぜ》モモだけなのか？　考えられる理由としては――、

「……やっぱり『共鳴』の効果なのかなぁ？」

「くぅーん？」

未《いま》だに効果不明のモモの固有スキル『共鳴』。質問権曰《いわ》く、最初に魔石を摂取した者に与えられる固有スキルであり、その効果は一切《いっさい》不明。

でもモンスターに変異したクロを内側から助けたり、本来アカだけしかできない力の受け渡しができたり、文字通り『他人と共鳴《シンクロ》する』事が『共鳴』の効果なのだろうか？

他人――正確にはパーティーメンバーや周囲の人々と共鳴し、そのスキルの効果を増幅したり、仲間の特性を自分にも与える。仮にそれが『共鳴』の効果なら、今まで疑問だったことにも説明がつく。『早熟』を持つ俺だけじゃなく、パーティーメンバー全員のレベルアップが早かったり、モモだけがクロのピンチをいち早く察知できたりした事だ。

「わぉん……わふぅ……」

モモは自分でもよく分からないといったふうに首を横に振る。うーん、あくまでこれも俺の予想でしかないからなぁ……。とりあえずモフモフしておこう。うりうりー、ここがいいのかー？

海王様の力を貰《もら》った所為《せい》か、モモの毛並がこれ以上ない程に素晴らしい仕上がりになってる。いつまでもモフモフしていられる。エターナル・モフモフだ。モモも撫《な》でられて気持ちよさそうだ。

「くぅーん♪　わふ、わぅーん♪」

「ていうか、スキルを創ったリベルさんでさえ『共鳴』だけはよく分かってなかったみたいだし

なぁ……」

リベルさんは『早熟』、『共鳴』、『検索』、『合成』の四つの固有スキルは自分で創ったといっていた。だがそれなら効果を説明できないはずがない。現に他《ほか》の三つのスキルに関しては、事細かに色々色説明してくれた。

うーむ、海王様やこれまでの発言を見るに、ひょっとしたら『共鳴』だけは彼女の師匠がシステムを作る際に作ったスキルだったのではないだろうか？　もしそうだとすれば、モモは異世界の残滓との戦いにおける重要な鍵《かぎ》になるかもしれない。

「ちなみに力を貰って二人ともどんな感じになったのかな？」

ひょっとして進化とかしてるんだろうか？　さっそくステータスを開き、パーティーメンバーの項目を確認してみる。

モモ　犬王ＬＶ２
アカ　エンシェント・スカーレットＬＶ１

「…………」

なんか種族がとんでもない事になってる⁉　犬王？　エンシェント・スカーレット⁉

ステータスも滅茶苦茶《めちゃくちゃ》上がってたし、アカは海王様の持っていたスキルを全てではないが、色々と使えるようになっていた。モモも『影擬態』って新スキルを取得してる。ちょっとこれパワー

アップし過ぎだろ。海王様パワーすげぇ……。

「……モモ、アカ、ちょっと訓練してみるか？」

「わんっ♪」「……（ふるふる）♪」

数分後、俺はパワーアップしたモモとアカの力を理解した。めっちゃ強くなってた。

でも時間がさし迫ったこの時期に、これだけ戦力アップができたのは嬉しい誤算である。

「……（ふるふる）」

するとアカが何かを俺に伝えてくる。体を曲げたり、伸ばしたりして必死に伝えてくる姿がとても可愛《かわい》い。えーっと、何々……え？

「力を分け与えた影響で海王様は戦いに参加できない？」

「……（ふるふる）」

アカは頷《うなず》くように体を震わせる。どうやらアカだけに与えるはずだった力をモモにも与えた影響で、一時的に弱体化しているらしい。まあ、これだけ力を分ければ、そりゃそうかとも思う。モモとアカが超絶パワーアップした代わりに、海王様は決戦には不参加って事か。

その後、奈津さんやリベルさんたちにもモモ、アカのパワーアップと海王様不参加の事を伝える。

「……そう、まあ仕方ないっちゃ仕方ないわね」

「意外と落ち着いてますね」

「まあね。それにシュラムにお願いしたかったのは、戦闘自体よりもむしろ、異世界の残滓との戦いの被害が周囲に拡大させないよう防いでもらう事だったし」

「ああ、結界系や防御系のスキルを多く取得してましたからね」

「周りに被害を拡大させないだけなら、シュラムの眷属《けんぞく》たちでもある程度の代用は利《き》くでしょう。シュラムには明日、私の方から伝えておくわ」

「よろしくお願いします」

さて、それじゃあ休むか。明日は最後の休日だし、何をしようかね。そんな風に考えながら、俺は眠りに就くのであった。

隣に寝ていたモモの毛並が最高に素晴らしかったです。流石《さすが》、犬王。

●

という訳で、最後の休日である。

じっくり寝て疲れも取れたし、まだ早朝だけどモモたちと一緒に散歩でもするか。

まだ寝ている奈津さんたちを起こさないように外に出ると、サヤちゃんとクロが遊んでいた。五十嵐さんも一緒だ。

「あ、カズ兄、おはよう」

「おはようございます」

「ワンッ」

「おはようございます。ずいぶんと早起きですね」

「うぅー……」

モモはクロの姿を見ると、とたんに俺の後ろに隠れた。さっそくクロが駆け寄ってくるが、ぺしぺしと影で払われている。相変わらずである。

「なんか『超人』に進化してから体の調子が良くて。ボロボロに傷付いても、どれだけ疲れても一晩寝れば元気になるんだ」

「私もです。『天上人』になってから以前よりも格段に傷の治りや、頭の回転や良くなりました。やはり二回目の進化となれば、目に見えていろいろ違ってきますね」

「その分、レベルアップもかなり遅いですがね」

『半神人《デミ・ゴッド》』に進化してから、上がったレベルはたったの5。それでもJP《ジョブポイント》が入ったので、『影の支配者』を最上級職に変更できるかと思ったのだが、LV10になっても次の職業は表示されなかった。元々『追跡者』と『漆黒奏者《しっこくそうしゃ》』の複合職業だし、ひょっとしたら他の職業のレベルを上げるとか、色々条件があるのかもしれない。

あや姉の『検索』でも分からなかったし、リベルさんに聞いても知らなかった。色々と試す時間もないし、残念だが『影の支配者』の最上級職は決戦には間に合わなさそうだ。

「明日はいよいよ決戦だし、今日はなるべく普段通りに過ごそうかなって思って。世界がこうなる前は、よく早起きしてクロと散歩に行くのが日課だったんだ」

「ワンッ！」

「ふふ、久々に朝の散歩ができてクロも嬉しいみたい。いや、これはモモちゃんに会えたからかな？」

「……ワ、ワォーン」

サヤちゃんにからかわれてクロは困った感じのリアクションを見せる。……ちらりとモモを見れば、ツーンとした感じでそっぽを向いていた。哀れである。

「私も朝はこうして早く起きて散歩やサヤちゃんの道場で朝の鍛錬をするのが日課でしたからね。サヤちゃんは誘っても毎回、サボってましたけど」

「う……それは言わないでよっ」

「うふふ、明日の戦いが終わったら、久々にけん爺《じい》に稽古をつけてもらいましょうか？」

「別に大丈夫だよ。そ、それに今なら私の方が強いもんっ」

「どうかしらねぇ。進化しても私は、サヤちゃんがけん爺に勝てるとは思えないけど」

「うぅ～、サヤ姉の意地悪！」

何か傍《はた》から見てると本当に姉妹みたいだな、この二人。けん爺ってのは上杉《うえすぎ》市長の事か。そう言えば、サヤちゃんの道場に手伝いに行ってたって初めて会った時に話してたな。

結局、散歩ではなく二人との雑談になってしまったが、これはこれで楽しかったのでよしとするか。

「……うぅー……」

クロにじゃれつかれて、すっかり不機嫌になったモモに眼を瞑《つむ》ればだけど……。ごめんね、モモ。

後でいっぱいモフモフするから。

散歩から戻ると、西野《にしの》君が用意してくれた朝食をみんなで食べる。奈津さんと六花《りっか》ちゃんは朝食の時になってようやく起きてきた。寝癖《ねぐせ》もボーボー。サヤちゃんたちと違って、進化しても朝は弱い二人であった。

「……昨日は遅くまでリッちゃんとゲームをしていたので……」

「久々だしついついやり込んじゃったねー」

どうやら昨日は二人で遅くまでゲームをやっていたらしい。ゲーム機やソフトは『ネット』で手に入れたのだろう。

「別にゲームをするのはいいが、やり過ぎるなよ？　明日はいよいよ決戦なんだからな」

「そんなのニッシーに言われなくたって分かってるよー。今日はちゃんと早めに寝るもん」

「分かってるならいい。てか、ちゃんと食え。口の周りにジャムついてるぞ」

こっちはこっちである意味、この世界になってからの日常だな。西野君もすっかりお母さんになってしまったな。というか、それでいいのか西野君。そんなんじゃ、六花ちゃんとの仲は全然、進展しないと思うぞ？　もっとこう色々アピールしないと。

「……わぉん」

すると何故か、モモから「おまえがいうな」的な視線を感じた。はて、何故だろうか？

とりあえず朝食はとても美味《おい》しかった。

朝食後は、リベルさんや市役所メンバー、あや姉や河滝《かわたき》さんらの固有スキル保有者を交えての最後の話し合いだ。

「それじゃあ明日の流れをもう一度説明するわね。まず――」

壇上に立つリベルさんは、明日行われる異世界の残滓との戦いについての説明を行う。実際に戦うメンバーは勿論《もちろん》の事、直接戦いには参加しない後方支援のメンバーにも緊張が走っていた。

リベルさんの説明が終わった後は、それぞれの役割や、スキルの確認だ。

俺たちだけでなく、あや姉のグループや河滝さんのグループもそれぞれ『進化』し、新たなスキルや力を手に入れたからな。それぞれのスキルの組み合わせや相性もきちんと確認しておく。

あと自衛隊の戦車やミサイルなんかも準備万端だ。こっちはこっちでスキルとは違った大事な戦力だからな。必ず役に立つはずだ。

「アナタたちはこれまでの訓練を経て格段に強くなったわ。その力を結集させれば、絶対に異世界の残滓にだって負けないと私は思っている。責任をアナタたちに取らせることを本当に申し訳なく思うけど、それでも言わせてほしい」

リベルさんはそこで少し間を空け、

「――勝ちましょう。勝って、アナタたちの未来を手に入れて頂戴」

「諸君！　明日の決戦、必ず生きて帰ってこい！」

更に上杉市長からも激励が飛ぶ。

ここまで来て怖気《おじけ》づく事なんて……いや、そりゃあ緊張してるし、上手《うま》くいくか不安だけどさ。

それでも覚悟は決まった。絶対に勝ってみせるさ。

話し合いも終わり、午後はのんびり過ごしていると、あっという間に日が暮れ始めた。

夕飯までは時間もあるし、どこかで時間を潰《つぶ》そうか。

「……やっぱあそこかな」

俺は屋上に向かった。屋上へ続く階段を上がり、扉を開けると、雲一つない夕焼けが広がっていた。

「あ、やっぱりカズトさんもここに来たんですね」

すると予想通り、奈津さんも屋上に居た。フェンスの隅に腰かけて、銃の手入れをしている。ホント、マジで全然、ブレないなこの人。

「いい景色ですね。明日、世界の存亡をかけた決戦をするなんて思えないですよ」

「ですです。ぼーっと一日過ごしてたら、また何事もないように明日が来てくれないですかね」

「あーいいですねそれ。世界がこうなる前に体験したかったです」

モンスターがあふれる世界になってからはそんな余裕、殆ど無かったからな。……いや、その前も仕事、仕事、仕事であんまり余裕なかったわ。

「この戦いが終わったらもうちょっとのんびりできないですかね……。温泉にでも入りたいなぁー」

「あ、駄目です、カズトさん。それは死亡フラグです！　フラグ、駄目、絶対、です」

「はは、確かに言われてみればそうですね。まあ、明日の戦いが終わったとしてもしばらくのんびりはできないでしょうけど」

「え、何でですか？」

「世界の寿命が延びたとしても、モンスターが居なくなる訳じゃないですからね。各地と連携して、モンスターの被害に遭わないよう様々なコミュニティを創っていかなきゃいけません。俺たちがその中心にならなきゃいけない――って、上杉市長とリベルさんが言っていました」

「えぇー、それじゃあ全然休めないじゃないですか」

「ですね。せっかく生活も安定してきたんですし、少しくらい休みはほしいところです」

というか、むしろ社畜時代よりも忙しくなってるよな。ステータスや進化の影響で以前よりも遥《はる》かにできる事は増えたが、それ以上にやる事が……やる事が多い……！

「モンスターがあふれる世界になったといっても、好きに生きられるわけじゃないんですねー」

と言う奈津さんに対し、俺は苦笑する。

「そりゃそうですよ。むしろ前の世界よりも好きに生きられませんよ」

むしろ死にかけたり、かなり死にかけたり、滅茶苦茶死にかけたりと常に命懸けである。やべぇよ、この世界。

「まあ、そのおかげで奈津さんや他に皆にも出会えましたけどね。そこには感謝してます」

「ッ……い、いきなりそう言う事を言うのは駄目です！　不意打ちですよ！」

「何がですか……」

奈津さんは頰《ほお》を赤らめながらぷりぷりと怒る。可愛い。

「ていうか、カズトさんはズルいです！　もう色々ズルいんですよ。東京へ行ったと思えば、あんな美人さんを連れて来るなんて！」

「あや姉の事ですか？　前に言ってませんでしたっけ？　東京に親戚が居るって」

「言ってましたけど、あんな綺麗《きれい》な人だなんて思いませんでしたよ！　それも姉妹で！　カズトさん、あんな美人な従姉が親戚に居て、サヤちゃんみたいな可愛い年下幼馴染《おさななじみ》も居て、職場ではクールビューティーな上司の清水《しみず》さんに純情系後輩ちゃんの二条《にじょう》さんも居るとか、やっぱりリア充だったんですね。もう本当に失望しました。残念です。がっかりですよ。モモちゃんたちを連れてパーティー抜けます」

「勝手に抜けないで下さい。あとモモたちも連れていかないで下さい」

絶対にあげないから。モモは俺のだから。アカたちも絶対に手放さないから。ていうか、前にもあったな、こんなやり取り。

「ぷっ……」

「ふふ……」

思わず笑うと、奈津さんも釣られて笑い出す。しばらく二人で大笑いした。

「はぁー、なんか思いっきり笑ったらすっきりしましたね」

奈津さんは笑いすぎて涙が出たのか、目元を手で拭《ぬぐ》っている。

「奈津さん、生き残りましょう、必ず」

「はい、カズトさん。……あ、これなんかフラグっぽくないですか？」

「そういうのは言わないでおきましょうよ」

台無しになるじゃんか。

「くぅーん？」

俺たちのやり取りをモモは「よくわからない」という感じで首を傾《かし》げていた。モモは分からなくていいよ。ずっとそのままの可愛いモモでいてくれ。

……まあ、こんなやり取りの方が俺たちらしいか。

十分にリラックスできた。明日は万全の態勢で臨むことができそうだ。

●

——その日、俺はまたあの夢を見た。

目の前でまたあの黒い『何か』が暴れている。

状況は——以前よりも悪化していた。

西野君たちは死に、あや姉やその仲間も、河滝さんらも死んでいる。

あらゆる攻撃も、どんな作戦も、全てが無意味な程に、その黒い『何か』の力は圧倒的だった。

「——ズトさんっ！　しっかりして下さい、カズトさんっ！」

一之瀬さんが必死に俺の名前を呼んでいる。

その声に答えようとして、俺はようやく自分の現状に気付く。

俺は喉《のど》を潰されていた。右足と左腕も無かった。視界が半分潰れているのは左目も傷ついているからだろう。

「ごめんなさい。私を庇《かば》って……ごめんなさい、ごめんなさい、ごめんなさい」

「……ぁ……ぅ」

謝らないで下さいと言おうとして、声が出なかった。

「――げて……ぇて……さい」

逃げて下さいと言おうとして、言えなかった。どんなに必死に言おうとしても無理だった。

一之瀬さんは俺を抱きしめると、何かを言った。黒い『何か』が眼前に迫っていた
「カズトさん……私は――」

その瞬間、俺は一之瀬さんと共に、黒い『何か』に貫かれて死んだ。

最後に、俺は視界の端で立ち尽くすリベルさんを見た。

天を仰《あお》ぎ、何かを呟《つぶや》いている。何故か、その呟きは俺の耳に届いた。彼女はこう言っていた。

「――ああ、また駄目だったのね……」と……。


「――ッ！」

目が覚めた。

じっとりと背中に汗が張り付き、無意識のうちに俺は胸を握る。

「夢……だよな？」

まさか予知夢って事はないよな？　これから起こる現実とか。……いや、よせそんなこと考えるな。思考がネガティブになってる。ただの悪い夢だ。そうに決まってる。

「ふぅー……。明日だ。明日で全てが終わる。絶対に皆で勝って生き延びるんだ」

そしていよいよその時がやってくる。

異世界の残滓と戦う時が。

第三章　残滓との決戦

戦闘準備を済ませ、精神を集中させる。

やれることは全部やってきた。あとは、最後の決戦に臨むだけである。

「それじゃあ最後にもう一度、手順を確認するわ」

そう言って、リベルさんは確認を行う。

「私たちはこれからこの世界にこびりついた異世界の残滓《ざんし》を完全に取り除く。方法は、私がマスターキーを使い、システムに干渉し、異世界の残滓をシステムの『バグ』に変換し、意図的にこの世界に顕現《けんげん》させる。顕現したバグは、この世界で『形がある存在』として認識されるから、アナタたちの攻撃も有効だし、ダメージも与える事ができる。ここまでは良い？」

リベルさんは確認するように、俺《おれ》たちを見回す。俺が「大丈夫です」と頷《うなず》くと、彼女は説明を再開する。

「顕現するバグは、全部で五つ。正確にはこびりついた異世界を五つに分割して、無理やり形を与えるって感じなんだけど、まあそれはどうでもいいわ。問題はその『強さ』。残滓と言えど、世界の欠片《かけら》。その強さは、アナタたちが想像するよりも遥《はる》かに強い」

でも、とリベルさんは続ける。

「アナタたちなら絶対に勝てる。私は召喚した残滓をこの世界に留めるよう維持しなきゃいけないから、戦いには参加できないのは申し訳ないけど……」

本当ならこれは自分が全て片付けなければいけない問題だ、とリベルさんは言いたいのだろう。だがそんなのは今更だ。これまで過ごした時間の中で、彼女がどれだけ責任を感じ、どれだけ俺たちの為に尽くしてくれたかを知っている。

「勝ちますよ。だから安心して下さい。この世界の人間は、アナタが思っているほど弱くありませんから」

「……そうね。お願い、絶対に、今度こそこの世界を救ってちょうだい」

「分かりました」

今度こそ、か。多分、本音を言えば自分たちの世界も救いたかったんだろうな。そりゃそうだ。誰だって死にたくない。それに自分たちの世界に愛着だってあるだろう。

――私は戻りたい。

不意に、あのスケルトン――アロガンツが言っていた事を思い出した。アイツは自分が元居た世界を心から愛し、その世界に戻るためだけに全てを犠牲にしようとした。

……今ならお前の気持ちが分かるよ、アロガンツ。俺も同じだ。自分たちの世界を守るためなら、なんだってやる。他人の都合を押しのけて、自分の都合を優先させる。

だから、すまん。俺たちは、俺たちの世界の為に、お前の世界を犠牲にする。

「それじゃあ、始めるわよ。スイちゃん、こっちに来て」

『……仕方ないですね』

リベルさんが杖《つえ》を掲げる。俺たちに預けていた彼女本来の武器『カドゥケウス』を。その傍《そば》にスイが立つ。ずいぶんと大きくなった。今では三メートル程に成長した。

「スイ、頑張れよ」

『はいです！　見ててください、お父さん！』

俺が応援すると、スイは元気よく枝を揺らす。

「じゃあ行くわよ。マスターキーよ！　我が呼びかけに応じなさい！」

『スキル『異界固定』発動するです！』

その瞬間、リベルさんとスイの足元に複雑な魔術陣が浮かび上り、同時に凄《すさ》まじいエネルギーが渦を巻いて発生した。

「確か……最初に現れるのは、ココと北海道と東京でしたよね？」

「はい。そのはずです」

奈津《なつ》さんの質問に俺は頷く。

異世界の残滓は全部で五つ。そのうち、最初に三つ、次に二つと順番に召喚される。システムやリベルさん、スイにかかる負荷、俺たちの力量を加味した結果、この割合で分割して召喚するのがベストだと判断したのだ。

「リッちゃん大丈夫かな……」

「大丈夫ですよ。彼らを信じましょう」

六花《りっか》ちゃんや西野《にしの》君はこの場に居ない。

ここに居るのは、俺、奈津さん、モモたちと、俺のパーティーメンバーだけだ。

残りの皆は、それぞれ二手に分かれて、北海道と東京の出現ポイントに向かってもらっている。

西野くんのグループが向かった東京には、固有スキル『検索』を持つあや姉や『変換』を持つ猫――あや姉のペット――やその仲間たちが。

サヤちゃんや五十嵐《いがらし》さん、藤田《ふじた》さんのグループが向かった北海道には、『強奪』の固有スキルを持つ河滝《かわたき》さんをはじめとした四人の固有スキル保有者とその仲間たちがそれぞれ待機している。

皆、強くなった。必ず異世界の残滓を倒してくれるはずだ。だから俺たちも目の前の相手に集中しよう。

「ッ――来るわよ！」

リベルさんの声に俺たちの緊張感は一気に高まる。

そして遂《つい》に異世界の残滓が俺たちの前に姿を現したのだった。

●

「……あれは」

「……女の子、ですよね？」

現れたその姿に俺たちは一瞬、面食らう。

目の前に現れた異世界の残滓は小さな忍者のような姿をした少女だった。

ただその後ろには二体のモンスターが居る。モンスターの方は、人間の体に牛の頭と、馬の頭を付けたような見た目をしていた。うす布一枚に、巨大な金棒を持つ姿はまるで地獄の獄卒のようだ。

「……どういう事だ？　現れる残滓は一体だけじゃなかったのか？」

まさかリベルさんも予期していないトラブル？

問いただそうと、リベルさんの方を向くも、既《すで》に彼女は魔術陣の中心で杖を構えたまま微動だにしない。残滓の現界維持に集中しているのだろう。既に話を聞ける状態ではないらしい。

「初めまして、異世界の人々。私の名はシュリ。後ろの彼らは私の従魔『ゴズ』と『メズ』」

「ッ……!?　会話ができるんですか？」

俺の言葉に、シュリと名乗った異世界の残滓は頷く。

「できる。我々の世界の残滓は、あそこに居る彼女の手によって、システムのバグへと変換され、更にこの世界に形を持って具現化した。その際にこの世界の知識をある程度、システムから与えられてる。なので会話が可能。ただこちらの二体は元々、会話ができない。付け加えるなら、彼らは私という『異世界の残滓』に取り付けられたオプション。なので私たちは三人で一つのバグ」

「グゥゥ……」

「ガゥゥ……」

シュリと名乗った少女に追従するように、二体のモンスターも頷く。

「……知識を与えられたと言いましたが、アナタは作られた存在なのですか？　それとも元々向こうの世界の実在の人物なのですか？」

「両方正解」

俺の問いに、少女は頷く。

「私は向こうの世界で８００年ほど前に実在した人間。システムは残滓を具現化する際、その負荷に耐えられるだけの『器』を作成しなければならない。そのモデルに実在する強者を使ったのだと思う。その方が効率がいいから」

淡々と答える少女に、俺はどういう感情を抱いていいか分からなかった。

「遠慮はしないでほしい。同情も、憐憫《れんびん》も、全て不要」

「ッ……⁉」

俺の考えを読んだように、少女は続ける。

「この世界が滅ぶのは私たちとしても本意ではない。だからアナタたちには何としても私たちを倒してほしい。ただ申し訳ないけど手加減はできない。私たちの『核』である残滓はアナタたちに滅ぼされることを拒絶している」

そこで彼女は少し気まずそうに、

「……おそらく我々のような姿や人格を与えた事も、会話ができる事も、全て残滓による抵抗の一つだと思う。少しでもアナタたちに躊躇《ちゅうちょ》させるように……。だから躊躇しないでほしい。アナタたちの世界を守る為に、なんとしても私たちを殺して。アナタたちの世界を救うために」

「……分かった」

俺が頷くと、彼女は満足そうに頷いた。

「では――始めよう、異世界の戦士たち」

忍姿の少女『シュリ』は俺の忍刀と似たような武器を、その後ろに立つ『ゴズ』と『メズ』はそれぞれ巨大な金棒を構える。

「みんな、行くぞ！」

「はいっ！」『わんっ』『……（ふるふる）！』「きゅー！」『よーし頑張るぞー！』

戦闘が始まった。

●

一方、東京で西野たちも具現化した異世界の残滓と対面していた。

現れたのは二メートル近い長身の美丈夫だった。上半身裸で、腰まで届くほどの真《ま》っ赤《か》な髪に、褐色の肌、手には巨大な二本の剣を握りしめ、その額《ひたい》には一本の角が生えていた。

性別は違えど、その姿は鬼化した六花によく似ていた。

「アレが異世界の残滓か……」

「ナッつんからメール来たよ。向こうも同じように人の形になって具現化したって」

シュリとの会話の傍《かたわ》ら、一之瀬《いちのせ》はメールで情報を東京と北海道に居る仲間に共有していた。恐ろしく早いメール送信である。

「俺様はグレン・アッシュバーンってんだ。向こうの世界では『炎帝』の二つ名で呼ばれていた！よろしくな、ひよっこ共っ！」

そう言うやいなや、彼は二本の剣を力任せに振りかぶる。

次の瞬間――ゴゥッと、凄まじい炎が周囲を焼き尽くした。その威力に、西野たちは息を呑《の》む。

更に燃え盛る炎は形を変え、獅子《しし》のような姿へと変化した。

「何アレ、周囲の炎が生き物みたいに動いてるよ？」

「ていうか、ライオンとか虎とかいろんな形になってねぇか？」

六花、柴田《しばた》が言うように、先ほどのグレンの生み出した炎は形を変えて彼の周囲に佇《たたず》んでいる。

「ア、アレ……多分、リベルさんの召喚獣や、五十嵐会長の精霊と同じ原理だよ……。スキルで創られた疑似的な生命体だ」

二人の疑問に、大野《おおの》が答える。

「大野ん、どうして分かるの？」

「ぼ、僕は人じゃなくてアンデッドだからさ。その……なんていうのかな？　生命エネルギーとか、命の気配とかそういうのに敏感なんだ。それにアロガンツさんからそういう知識も教えてもらった。だから、多分、アレは倒しても無駄だよ。本体が生きてる限り、何度でも再生すると思う」

「なぁーるほど。大野ん、賢い！」

「あ、ありがと……」

手放しで褒《ほ》める六花に、大野もまんざらでもない反応を示す。

かつて彼はキャンプ場で、仲間に許されない裏切りをしたと未《いま》だに自分を責めている。その時の知識が、こうして少しでも役に立つならば安いものだ。

「カッカッカッ！　正解だ、ガキ共！　少しは分かる奴《やつ》もいるじゃねーか。そうとも、コイツらは俺のMPを喰《く》って生まれる炎のエレメンタルだ。その総数は――」

次の瞬間、グレンの周囲に更に数百体の獣たちが出現する。犬、猫、鳥、牛、虎、馬とその形は様々だ。

「五千五百体だ。俺はかつてこの炎の軍勢を率いて、いくつもの国を滅ぼした！　その力を使って、コイツを守れとインプットされてる！」

トンッとグレンは己《おのれ》の胸の部分を指で叩《たた》く。そして申し訳なさそうに――、

「……悪いが、手加減はできねぇんだ。そういう風にプログラムされてる。生き延びたかったら、どんな手段を使っても良いから俺を殺せ。弱点は――ちっ、駄目か。どうやら俺自身のスキルや弱点については言えねぇように細工されてるらしい」

それはある意味では当然だろう。彼らの核である『異世界の残滓』は、生き延びる事を望んでいるのだから。西野たちの不利になるような言動は認めても、自らの弱点を露呈する事を許すはずはない。

「問題ありません。俺たちはその為に強くなったんですから」

「そうそう。だから安心して倒されてよ、異世界のおっさん」

「……！」

西野と六花の言葉に、グレンは一瞬ポカンとしたが、やがて満面の笑みを浮かべた。

「カッカッカ！　これは頼もしいな、クソガキ共。それじゃあ、さっそく――ん？」

グレンが攻撃を仕掛けようとした瞬間、彼と西野たちの周囲に青白い結界が発生した。

「これは――結界か？　この魔力、それに気配……。そうか、『海王』シュラムが味方してやがんな。安心したぜ。それなら被害は最小限に止められるな。良い戦略だ」

グレンは西野たちの戦略を讃《たた》える。彼とて、この世界の人々を傷つけるのは本意ではないのだ。

海王シュラムの結界。正確に言えば、彼の眷属《けんぞく》たちによる結界である。軍勢を率いるグレンが出現したと判断した瞬間に、彼が眷属たちに伝令を飛ばし、被害が拡大しないよう結界を張らせたのだ。

「来るぞ、みんな！」

「りょーかい！」『おうよ！』『う、うんっ」

西野の言葉に、六花、柴田、大野、そして九条あやめとその仲間たちも一斉に戦闘態勢を取る。

「それじゃあ、かかってこい、クソガキ共っ！」

刹那《せつな》、青い結界の内部が爆発し、灼熱《しゃくねつ》の炎に包まれた。

●

同じく、サヤカ、五十嵐、クロと市役所メンバー、そして河滝をはじめとした固有スキルの保有者とその仲間たちは、北海道札幌市で具現化した異世界の残滓と対面していた。

「わたくしはオリオン・カーラーと申します。おおよその事情は把握しております。手加減も不要。存分にわたくしを殺して下さいませ」

現れたのは露出度の高い踊り子のような衣装に身を包んだ女性だった。

起伏にとんだ肢体を、僅《わず》かな布だけで隠している。非常に目のやり場に困る姿だ。

「なにあれ、踊り子？」

「くぅーん？」

「……見た目に惑わされては駄目よ、二人とも」

するとオリオンと名乗った女性は申し訳なさそうな表情を浮かべる。

「おそらくはこの『見た目』も、わたくしの核になってる残滓の仕業なんでしょう。少しでもアナタたちの手を緩めようと必死なのでしょう」

現に男連中の中には、鼻の下を伸ばしている者もいる。十香《とおか》は「状況を考えろ、馬鹿《ばか》ども」と思った。

「……ここはずいぶんと寒いですね。それに水気も多い。おそらく残滓がわたくしという『殻』を選んだのもそれが理由でしょう……」

オリオンの言葉と共に、彼女の周囲に大量の水が溢《あふ》れ出した。更に空は分厚い雲に覆われ、一気に雨が降り出す。

「空が……⁉」

「わたくし、生前は『水守』のオリオンの名で呼ばれておりました。水の恵みと恐怖……その全てをアナタ方にぶつけさせて頂きます」

――天候を支配する力。彼女だけが持つ固有スキルの力だ。だがその力を見て、息を呑む者はいても、怖気《おじけ》づく者は殆《ほとん》どいない。皆、覚悟を決めてここに立っているのだ。その覚悟をオリオンも感じ取ったのだろう。

「……素晴らしい。この世界の戦士へ敬意を。どうか、勝って下さいませ」

笑みを浮かべ、優雅な一礼と共に、オリオンは動き出す。

「行きますよ、サヤちゃん！　クロ！」

「うん、とお姉」「ワォォオオオンッ！」

同時に、サヤカ、十香、クロも動き出す。

戦いが始まった。

●

俺は今一度、目の前で佇む忍び姿の少女を見つめる。

見た目は華奢《きやしや》な少女だが、感じる威圧感はあのリベルさんや海王様と同等。

間違いなく、最初から全力で掛からなきゃ勝てない相手だ。

「『火遁《かとん》の術ッ！』」

俺と異世界の残滓――シュリは同時に忍術を発動させた。

目の前で発生する巨大な火柱と爆発。だが――、

「ッ……！　威力は向こうの方が上か！」

徐々に俺の出した火球は、相手の炎に飲み込まれてゆく。

俺は咄嗟《とっさ》にアイテムボックスから『土砂』を降らせて炎を消火した。

俺は雷遁を付与した忍刀を握りしめ前に出る。

「――付与、雷遁《らいとん》の術」

「……」

シュリは動かない。躱《かわ》すタイミングを見極めようとしているのか？

いや、違う。いつの間にか、その両手には禍々《まがまが》しい気配を放つ二本の忍刀が握られていた。

(忍術を付与した忍刀か)

接近しきる前に俺は忍刀を振るう。雷遁を付与した不可視の拡張刃の連撃だ。

「……」

だがシュリは表情一つ変えない。

ただ一瞬だけ眼を細めると、両手に持った忍刀でその全てを防ぎきった。

「なっ――!?」

嘘《うそ》だろ？　これを防ぐだと？

不可視の斬撃――しかも雷遁付与でアロガンツが使っていた頃《ころ》よりも更に強化されているのに。

「――の術」

ぼそりと、シュリの口が動いた。次の瞬間、その姿が消えた。

「ッ――!?」

咄嗟に俺は横に飛んだ。

俺が居た場所にシュリが居た。ちょうど俺の背後から心臓と首を狙《ねら》うような形で。

「……外した」

「ハァ……ハァ……」

危なかった。攻撃を躱せたのは偶然だ。もし彼女が背後ではなく、真横から迫っていたら俺は避けきれなかった。確実に死んでいたのだ。

（今のは風遁《ふうとん》か……）

よく見れば、彼女の足――靴に風が纏《まと》わりついていた。

俺が忍刀に雷遁を付与したように、彼女も靴に風遁を付与して速力を底上げしたのだろう。それも俺よりも遥かに上の精度で。

（強い……強すぎる……）

僅か数秒の攻防だが、それでもはっきりと理解した。

忍術の威力、精度、そして肉体のステータス。その全てが俺よりも上だ。

これが異世界最高峰の人間の力……。いや、正確には異世界の残滓の力か。

「ゴズ！　メズ！」

「「ゴォアアアアアアアアアアアアアアアッ！」」

シュリの合図で、今度は後ろに控えていた二体のモンスターも動き出す。

「モモ！　奈津さん！」

「はいっ！」

「わぉんっ！」

すぐに俺は奈津さんとモモに指示を出す。名前と指で二体のモンスターを指差すだけの最低限の指示だ。

でもそれだけで全てが伝わる。

「わぉぉおおおおおおおおおおおおおおおおおおおおんっ！」

「ゴァ……⁉」「ゴゥゥ……！」

威力が最大限まで強化されたモモの咆哮《ほうこう》が、二体のモンスターの動きを鈍らせる。

「キキちゃん！」

「きゅー！」

その隙《すき》に、奈津さんがキキと共に狙撃を開始。

ゴズと呼ばれた牛頭は目に、メズと呼ばれた馬頭は右膝《みぎひざ》に命中する。

更に奈津さんの連撃は止まらない。キキが以前覚えた『瞬間移動』によって、一瞬で位置を変えて、狙撃を行う。銃も依然と違って、反動もなく、装填する時間もほぼ要らない。命中精度、貫通力強化を最大限まで上げた奈津さんの連続狙撃は、二体のモンスターを瞬く間にハチの巣にしてゆく。

「ゴゥゥゥ……」「ガァァァァ……」

「ッ……再生してる？」

だがゴズとメズは倒れない。ハチの巣にされた体がすぐに再生してゆくのだ。

「奈津さん！　ソイツらの急所は――ッ！」

「それを言わせると思う？　悪いけど、私たちは残滓が不利になる行動に関しては自由が利かない。全力で阻止する」

間一髪。俺は背後から迫っていたシュリの一撃を躱す。

更にゴズとメズの二体にも変化が起きた。モモの叫びと、奈津さんの狙撃で足止めされていたのに、少しずつ動き出し始めたのだ。

「……攻撃に対する耐性がついてる……？」

「……」

シュリは答えない。だが、答えないという事は俺の考えを肯定しているという事だ。自分たちに不利になる事は言えない。間違っているなら、正解と言って逆に俺たちを惑わせればいい。……それも彼女なりの残滓に対する抵抗か。

「ゴォアアアアアアアアアアアアアッ！」

すると牛の巨人ゴズが『叫び』を放った。更にその足元からは『影』が触手のように地面を這《は》ってこちらを狙って来る。

「……メズ」

「ガォォンッ！」

更に馬の巨人メズの眼が怪しく光る。すると、それに同調するように、シュリとゴズの体が同じ光を放った。

「きゅ……!?　きゅー、きゅー!?」

それを見たキキが慌《あわ》てて声を上げる。……キキが慌てるって事はアレは支援《バフ》か。

なるほど、彼らの戦闘スタイルが見えてきた。牛頭のゴズが阻害、馬頭のメズが支援って感じか。

……厄介《やっかい》だな。ただでさえ、シュリは強いのに、ゴズとメズのサポートが入れば手が付けられなくなる。彼女の速度は、進化したステータスと『影の瞳《ひとみ》』や『下位神眼』を使ってようやく反応できるほどレベルだ。

おまけに俺と同じような戦闘スタイル――いや、スキルの精密さ、熟練度だけならおそらく向こうが上か。加えて、二体のモンスターのサポート。ゴズと呼ばれる牛頭の巨人が『叫び』や『影』を使った妨害で、メズと呼ばれる馬頭の巨人が『反射』や『回復』といった様々なバフで彼女をサポートしている。チームとしての戦い方まで俺たちにそっくりだ。――上位互換。そんな言葉が頭に浮かぶ。

「だとしても、勝つのは俺たちだ!」

「ん。良い気迫。良いコンビネーション。……おっと」

「ありがとうございますっ!　って、それ、躱しますか、普通」

シュリさんは俺たちのコンビネーションを褒めながら、奈津さんの狙撃をあっさり躱した。

しかも完全な死角になっていたはずの背後からの狙撃を、だ。

「申し訳ないけど、これでも生前は名の知れた暗殺者だった。私はどんな死角からの攻撃であっても対処できる」

「……暗殺者って名が知れ渡っちゃ駄目なんじゃないですか？」

「その通り。だから当時、私を殺すために四つの国が同盟を組んだ。結果、三つの国が亡《ほろ》び、私は死んだ。死後、私は『国落としのシュリ』として畏怖《いふ》の対象になったみたい」

「みたいって……ああ、システムから与えられた知識ですか？」

激しい戦闘中で、俺たちは会話を続ける。

「そう。この世界だけじゃなく、私が死んだ後の世界の知識も与えられた。死んだあと、私という『存在』がどういう扱いを受けたのかも」

「……当時の人々の事を恨《うら》んでいないのですか？」

「別に恨んでない。当時、私たちの居た世界は荒れていた。私は、少しでも世界を良くしようと悪を殺しまわった。その結果、悪は滅び、新しい悪が生まれ続けた。私はその連鎖に疲れて、自分から命を絶った。だから彼らを恨んではいない。ただ……虚《むな》しくて悲しかった。私のやり方では平和は実現できなかったから」

そう言って彼女は悲しげに目を伏せた。

「……」

これも同情心を引くための残滓の戦術なのだろうか？　いや、これは彼女の本心なのだろう。そう信じたい。

「平和の実現は難しい。争いのない世界も難しい。そして滅びゆく世界を救う事は、それ以上に難しい。それがアナタたちにはできるの？」

「……できます。してみせます」

「……若いっていい」

「え、若いってシュリさん、一体いくつなんですか？　てっきり俺よりも年下だとばかり」

「女性に年齢を聞くモノではないっ！　失敬！　不埒《ふらち》！　淫乱！」

シュリの攻撃が更に激しさを増した。ていうか、年齢聞いただけで淫乱は無いでしょうよ！

「よく防いでる。……でもアナタの力はずいぶんと不自然。私と同じ『忍神』の力を使うは少々驚かされたけど、その力の本質が違う。アナタのソレはまるで外から無理やり貼《は》り付けたような歪《いびつ》さを感じる」

「ッ……！」

よく見ている。確かに彼女の言う通りだ。元々スキルがあった彼女らの世界とは違い、俺たちのそれはリベルさんや彼女の師匠が創ったシステム由来の力だ。本来の俺たちの力ではない、与えられた力だ。

「その歪な力で、私に勝てる？」

「勝ってみせます！」

「……なら絶対に勝って」

刹那、シュリの姿が消える。すぐにその気配を追う。……背後――いや、違う。

（これは――分身の術！）

複数の気配。それも背後だけでなく、左右上下全てから。更に土遁《どとん》の術、風遁の術、飛脚の術と複数の忍術が発動する気配もする。

――俺には不可能な忍術の同時使用。

彼女は確実にこの一撃で、俺を殺すつもりなのだろう。確かに俺にはこの攻撃は躱せるほどのスピードも無い。ならどうするか？　――答えは簡単だ。

「――上級反射《ハイ・リフレクション》」

「ッ――!?」

その瞬間、シュリの攻撃は一斉に弾《はじ》かれた。無数の分身たちが信じられないようなものを見る目で俺を睨《にら》み付ける。

「きゅー！」

影から出てきたキキは俺の肩によじ登って高らかに声を上げる。

「カーバンクル……？　いや、グレート・カーバンクル？」

シュリは驚いたようにキキを見つめる。確実に殺せると思ったのに、その瞬間全てを反射されて動きが止まる。

「ゴァアアァアアアアアアアアッ！」「ガァァアアアアアアアアアアアアアッ！」

モモと一之瀬さんの相手をしていたゴズとメズが彼女を守ろうと、こちらへ向かって来る。

『させるかあああああああああああっ！』

「「――ッ⁉」」

だがそこで、それまで空中で待機していたソラの攻撃によって、二体のモンスターはその場に足止めされた。

「ドラゴン……⁉　こんな存在に今まで気付かなかっただなんて……！」

シュリの瞳が驚愕《きょうがく》に歪《ゆが》む。……本当に気づかなかったんだな。

ソラはずっと上空に居たんだよ。ただ背中に乗せたサヤちゃんが仲間にしたトレントの『認識阻害』によって認識されなかっただけで。トレントの認識阻害は強力だ。攻撃さえしなければ、たとえ目の前にいたとしても誰も気付かない程に。ソラにはこの一瞬の為だけに、ずっと我慢してもらっていたのだ。

「きゅー！」

更にキキの支援魔法《バフ》が発動する。『神力解放』とキキの支援魔法《バフ》は共存可能だ。

ステータスを増加させた俺は、一気にシュリの懐《ふところ》に入る！

「……確かに俺たちの力は借り物かもしれません。本家に比べれば歪で不自然な力かもしれません。でも――」

「分かってる。それでいい。異世界の戦士よ、見事だった」

心臓を貫かれても、シュリは笑っていた。

「……できる事なら、生きてるうちにアナタのような人に会いたかった。そうすれば、きっと私も自分の世界に希望を――……」

笑みを浮かべながら、シュリは消滅した。

更に倒れていた二体のモンスターも同じように霧となって消える。

《経験値を獲得しました》

《経験値が一定に達しました。クドウ　カズトのLVが6から9へ上がりました》

《異世界の残滓――シュリの消滅を確認。システムを修正します》

マジかよ。一気にレベルが三つも上がった。ていうか、異世界の残滓を倒しても経験値がもらえるのか。それに異世界の残滓が消えてシステムが修正されたってアナウンスも。

「カズトさんっ！」

「ええ、とりあえず初戦は俺たちの勝利です」

奈津さんと拳《こぶし》を突き合わせる。

「なんとか当初の予定通り終わらせることができましたね」

「ですです。もっと苦戦するかと思いましたけど……」

それだけ俺たちが強くなったという事なのだろう。それに幾重にも対策を用意できたのも大きい。

ともかく異世界の残滓との戦い。初戦は俺たちの勝利だ。

「リッちゃん、大丈夫かな……」

心配そうに呟《つぶや》く奈津さん。だが次の瞬間、アナウンスが流れた。

《メールを受信しました》《メールを受信しました》

二件のメール受信を告げるアナウンス。てことは、他《ほか》の戦場でも決着がついたって事だ。

俺はすぐにメールを確認した。

●

――遡る事数分前。東京でも激しい戦いが繰り広げられていた。

「ぬぅおおおりゃあああああああああああっ！」

「はっ！　やるじゃやねぇか！」

六花とグレンは一進一退の攻防を続けていた。

「作戦通り、九条さんたちは最低限、サポートだけをお願いします。」

「分かった」

西野の指示の元、九条あやめとその仲間たちは、最低限のサポートのみに徹する。勿論《もちろん》、これには理由がある。

異世界の残滓との戦いはこれだけではないからだ。戦力を温存し、次の戦いに備える。

最初の戦いは、西野たちのグループが主戦力として戦い、次の残滓との戦いでは、九条たちのグループが主軸となって戦う。そういう役割分担を最初のうちに決めていたのである。

尤《もつと》も、これはあくまで敵の強さが対応できるレベルだったらの話だ。

異世界の残滓の強さが、想定を遥かに上回っていた場合は、即座に共闘に転じ、全力で対応する手はずになっていた。

だが、それは杞憂《きゆう》に終わった。異世界の残滓が具現化した姿――『炎帝』グレン・アッシュバーンは確かに強かった。無数の炎の生命体を生み出し、自身もまた炎の鎧《よろい》を纏って戦う戦法は非常に強力で隙がない。――だが、それだけだ。

『鬼人《オニビト》』の更に上位種族『高位鬼人《オニビト》』に進化した六花、かつてのアロガンツと同じ『オーバーリッチ』に進化した大野、西野も、柴田も、五所川原《ごしょがわら》も、全員がかつてのそれとは比べ物にならない程に力を上げている。その成長は、異世界の残滓の『殻』を破るのに十分な力だった。

「これで――終わりだあああああああああああああ！」

刹那、六花の刃がグレンの心臓に突き刺さる。

「カッカッカッ！　流石《さすが》だな、ひよっこ共。ああ、最高だ、テメェら……」

口から血を流しながら、それでもグレンは手放しで勝者を称《たた》える。当然だ。彼は自身の強さに絶対の自信を持っている。それを正面から打ち破ったのだから、それを認めねば、それは彼自身の誇りを傷つける事にもなる。

「あー、畜生……。できる事なら、こんな形じゃなく、ちゃんとした形でテメェらに会いたかったぜ……。まあ、まだ後が控えてるんだろ？　……頑張れよ。負けんじゃねーぞ、ガキ共……」

笑みを浮かべながら、グレンは灰になって消えた。

一方、北海道札幌市での戦いも終局に向かおうとしていた。

戦局はサヤカたちが優位に進めていた。

オリオンは確かに強い。だが、西野たちと同じく、サヤカたちの方は地力が上だった。

河滝をはじめ、複数の固有スキルの保有者たちによる連携も上手《うま》く機能し、少しずつ、だが確実にオリオンを追い詰めていった。

「少しだけ安心しました。アナタたちなら、残りの残滓も全て消し去ってくれると信じています。それと、彼女を――リベル様をよろしくお願いしますね」

「！」

その言葉に、サヤカたちは驚いた。

「知り合い、だったんですか？」

「ええ。おそらく残滓の中ではわたくしが一番弱く、そして一番最近に死んだ人間なので。ここに呼ばれる直前まで、リベル様のお手伝いをしておりました」

「手伝い……？」

「はい。彼女がこの世界に来られるようにシステムへの介入をする手伝いや、それまでの間、わたくしたちの世界を維持するための結界などを」

「ッ……」

なんてことのないようにオリオンは言うが、それがどれだけ凄《すご》い事かは、サヤカたちにも理解できた。

「……彼女が転移し、しばらくしてわたくしたちの世界は終わりを迎えました。終末を眺めながら、ふと、こう思う事もありました……」

オリオンはそこで少しためらうように、

「──わたくしたちのしてきた事はなんだったんだろう、と……」

「それは──」

「分かっています。ですが、どうしても考えてしまうのですよ。他の世界を巻き込み、自分たちの都合を押し付けてまで生き延びようとしたのに、結局滅びてしまったのなら、わたくしたちは何の為に頑張ったのだろう、と……」

「……」

その疑問に、サヤカは答える事ができなかった。否《いな》、なんと反応すればいいのか分からなかった。

代わりに答えたのは十香だった。

「たとえそれが失敗だったとしても、その過程まで否定するのは愚かだと、私は思います」

「とお姉……？」

「……私も同じような失敗をしました。大切な者だけを守ればそれでいいと考え、それ以外の全てを利用しようとした。その結果、私は全てを失い、自分が一番大切にしている者すら裏切ろうとしてしまいました」

「……」

攻撃を捌《さば》きながら、オリオンは十香の声に耳を傾ける。

「間違いであったとしても、あの時の私を否定するつもりはありません。あの過去があったからこそ、今の私があるのですから」

「それは……結果として生き延びたから、そう言えるのではないですか?」

「そうかもしれません。ですが、失敗だと嘆《なげ》き、ずっと後悔していろと言うのですか? それはアナタたちの行いそのものを否定するのではないですか?」

「そう、ですね……」

「ガルォォオオオオンッ!」

その瞬間、クロの牙《きば》がオリオンの喉《のど》を引き裂いた。

「……ありがとうございます。わたくしを倒してくれて」

「倒したのにお礼を言われるなんてなんか変だね」

「ワォーン……」

サヤカとクロの反応に、オリオンも「確かにそうですね」と笑ってしまう。

「最後にアナタたちの未来に光が在らんことを……。ああ、よかった。どうやら祈りだけなら、残滓の妨害も……ない、みた――ぃ……」

最後まで笑みを浮かべたまま、異世界の残滓の殻――『水守』オリオン・カーラーは消滅した。

西野君たちが帰還する。

「お疲れ様です。無事に勝てましたね」

「九条さんたちのおかげですよ。彼女と猫の固有スキルが無ければ、俺たちだけではかなり厳しかったと思います」

やはりと言うか、東京の主戦力になったのはあや姉とその飼い猫のハルさんだったらしい。

「クドウさんに会いたがってましたよ」

「戦いが終わったら、ちゃんとお礼をしに行きますよ」

西野君と話しをしていると、再びモモの影が広がる。

今度はサヤちゃんたちが現れた。

「カズ兄ー、勝ったよー♪」

「ワォーン！」

「何とか無事に……という枕詞《まくらことば》が付きますがね。メールでお伝えした通り、負傷者は何名かでましたが全員無事です」

「そうですか。それは良かった……」

三か所での戦いはどこも無事に勝つ事ができた。だが、まだ気を抜く事はできない。

「三時間程のインターバルを開けて、次の戦いが始まります。皆さん、少しの間ですがゆっくり休んで下さい」

異世界の残滓との戦いが連戦でなくて本当に助かった。

というのも、異世界の残滓は一度に呼び出せるのは三つが限度であり、その後は、システムの負荷を軽減させるため、三時間のインターバルを挟まなければいけないのだ。

三時間という限られた時間だったが、俺たちは初戦の疲れを癒《い》やすのであった。


——そして時間はあっという間に過ぎ、次の残滓が召喚されるまで残り十分を切った。

「えーっと、次の召喚はここと東京の二か所でしたっけ？」と一之瀬さんが確認してくる。

「そうです。なので今度は戦力を二つに分けて対処に当たります」

今度は俺たちのパーティーメンバー、西野くんのグループ、五十嵐さんとサヤちゃん、クロ。

もう片方は、市役所メンバーと、あや姉組、河滝さんを筆頭にした固有スキル保有者組だ。

バランスを考えた結果、この分け方が良いと言う事になった。

「次がラストなんだよね？　リベルんの話では、最初の時より強いって話だけど……」

「うぅ……緊張してきた」

緊張した面持《おもも》ちの六花ちゃんとサヤちゃん。

六花ちゃんの言う通り、これから召喚される残滓は、最初の三人に比べて遥かに強いらしい。

これも俺たちの世界の負担を減らすための対処だそうだ。最初は弱く、次は強力に。インフルエンザの予防接種みたいだな。アレも弱い菌をわざと打って抗体を作って、本番に備える為のものだし。

「勝ちましょう、必ず」

俺の言葉に、全員が頷く。

そして最後のバグが姿を現した。以前のキャンプ場で見た巨大な黒い塊《かたまり》。それがグニャグニャと形を変え、異世界の英雄の姿へと変わってゆく。

その全貌《ぜんぼう》が露《あら》わになり――、

「……は？」

俺は思わず間抜けな声を上げてしまった。

俺だけではない。一之瀬さんやモモたちもその姿を見て驚いている。

一方で、英雄の姿となったバグは、意識が覚醒《かくせい》したのか、俺たちの方へと視線を向ける。

「――事情は理解している。これから俺はお前たちと戦う事になるんだが――」

ソイツは俺の方へ視線を向ける。

「その前に少しだけ話さないか？　特にお前――俺とまったく同じ顔をしているじゃないか」

「……なんで？」

そう、最後に現れた異世界の残滓は俺とまったく同じ顔をしていた。

●

奇妙な感覚だった。

目の前に自分と同じ顔をした人間が居る。いや、正確には世界のバグが、異世界の英雄の形を借りているだけなので人ではないのだが、それにしたって気味が悪い。

「……どうして俺と同じ顔をしているんだ？」

「それはコッチの台詞《せりふ》だ。なぜ異世界人が、この俺と同じ顔をしている？」

向こうも俺の顔を見て困惑しているようだ。

てかなんだよ、その恰好は？　ゲームで出てくるようなテンプレ勇者の恰好じゃねーか。

剣を腰に携え、マントを羽織り、左手には丸い盾《たて》――バックラーって言うんだっけ？　を装備している。顔が同じだけに、異世界人の英雄っていうよりも、似合わないコスプレをした日本人って印象が強い。……いや、自分で言ってて悲しくなるけどさ。

「……アンタ、名前は？」

「ランドル・アッシュベルト。一応、ボルヘリック王国の英雄――って事になってるみたいだな。自分で自分の事を英雄って言うのも変な話だけど。どうやら後世じゃ、俺は英雄って呼ばれてるみたいだし、そう名乗った方がいいだろ。んで、俺そっくりの顔をしてるお前は何て名前なんだ？」

「クドウ・カズトです……。この世界の……会社員、ですかね」

もう会社はないけど。ていうか、今の俺の身分ってなんなんだろう？　……無職？　いや、無職ではないと思う。多分、きっと。

会社員？　とランドルと名乗った異世界人は小首を傾《かし》げた後、なにやら「ああ、なるほど」と納得した様子だった。おそらく核となっている異世界の残滓から与えられた知識を参考にしたのだろう。

「なんというか、普通……だな」

「悪かったですね、普通で」

「別に貶《おとし》めたつもりはねーんだけどな。えーっと、こっちの世界じゃ名前が後だったな。じゃあ、カズトって呼ばせてもらうぜ」

するとと俺の背後で残滓の現界維持に集中していたリベルさんから初めて動揺する気配が伝わってきた。

「ランドル・アッシュベルト……？　嘘でしょ？　じゃあ、貴方《あなた》があの大英雄ランドルなの？」

リベルさんがこんなにも驚いてるなんて、本当に余程の人物のようだ。

「……どんな奴なんです？」

「一言でざっくり言えば、二度、人類を救った英雄。私の居たボルヘリック王国建国の立役者。私の居た世界じゃ、知らない人はいないってレベルの超有名人よ」

マジか。最初に出会ったシュリって少女も有名だったらしいけど、どうやら目の前の人物はそれ以上のとんでもない人物らしい。

「でもなんでそんな人物が俺と同じ顔をしているんですか？　というか、そんな有名人なら顔くらい知られてるのでは？」

「彼が生きていた時代はまだ写真や映像技術なんて無かったのよ。だから私も、肖像画でしかしらないのだけど……その、全然違うから驚いたわ」

ちょっと言いづらそうに説明するリベルさんに、ランドルは苦笑した。

「あー、それに関してはすまねぇな。どーにも後世の俺ってのはずいぶん美化されて伝わってるみてーなんだわ。俺もこの姿になった時に『知識』として、自分の姿を見たんだが、正直、これ誰だよってレベルだな……。まあ、その方が治世とか、政治には良かったんだろうさ」

まあ、歴史の教科書だってそんなもんだしな。ナポレオンの絵とか相当脚色されてるだろうし、人物画とかもイメージで書かれたのが殆どだろう。確か西郷隆盛の肖像画とかも、実はあれ本人じゃなくて、親戚を参考にして描かれてたんだっけ？　知った時は意外とショックだった。

「……歴史上の人物の扱いなんてそんなものでしょうね」

なんだか妙に会話が弾《はず》む。変な気分だった。

「まあ、顔が似てる事に関しては偶然——ではないかもな。もしかしたら俺が生まれるよりもずっと昔に、こっちの世界と向こうの世界が偶然繋《つな》がって、俺たちの世界に来た人間が居たのかもしれない。どうにも俺の中の知識を比べてみる限り、俺たちの世界とこっちの世界には類似点が多い」

「やっぱりそうなんですね……」

ネームドモンスターの名前にドイツ語が使われていたり、アナウンスに日本語が使われていたり、以前ショッピングモールで見つけた遺跡の柱にはローマ字に似た文字も彫られていた。

ひょっとしたらリベルさんらの世界が、延命の為に俺たちの世界を選んだのも偶然ではないのかもしれない。何かしらの繋がりがあったから、俺たちの世界が選ばれた可能性もある。

「まあ、だからといって他の世界を巻き込んでいい道理はねぇよな。……いや、そこまで追い詰められてたのか。こればっかりは責めるわけにもいかねーか……」

ちらりと、ランドルはリベルさんの方を見る。その瞳には色々と複雑そうな感情が宿っていた。

「悪かったな。俺たちの事情に巻き込んじまってよ」

「……最初の異世界の残滓の『殻』になった人物にも謝られましたよ。名前は確か、シュリでしたっけ」

六花ちゃんやサヤちゃんたちの方に現れた人たちも同じような反応だったらしい。

「……そりゃそうだ。こんな状況、俺たちにとっても不本意だからな」

「ッ……」

そう言われて、後ろに控えていたリベルさんは思わず目を逸《そ》らした。

その反応を見て、ランドルは再び苦笑した。

「だから責めちゃいねーよ。俺だって、もしその時に立ち会ってたら、どうしてたか分からねぇ。何が正解だったなんて、その時には分からないんだからな。ただ今回はババを引いちまったってだけだ。巻き込んじまった異世界にはどうやっても償いきれんが、それでも責任は果たさねーと」

ランドルは空を見上げると、大きく息を吐く。

「……話は終わりだ。んじゃ、やろうか。悪いが、手加減はできんから、きっちり殺せよ――クドウカズト。そしてその仲間たちよ」

「言われなくてもっ！」

最後の異世界の残滓との戦いが始まった。

一方、東京にも、もう一体の異世界の残滓が具現化していた。

「────ォォオオオオオオオオオオオオオオオオオオオオオオッ！」

現れた異世界の残滓は人の形ではなく、モンスターの姿をしていた。それもいくつものモンスターが混ざり合ったような異形の姿だ。獅子や竜、様々な生物の特徴がある九つの頭、珊瑚《さんご》のような背びれ、側部からは魚のようなヒレに鳥のような翼と無数の巨大な腕、更に種類の異なる脚が無数に生え、尻尾《しっぽ》は植物の根のような形状をしていた。加えてその大きさが尋常ではなかった。ペオニーが小さく見える程の巨体。もはや間近で見れば、巨大で不気味な壁か山にしか見えないだろう。

後方、数十キロ以上に待機していた清水《しみず》や二条《にじょう》たちでようやくその全容を見る事ができた。

「『破獣』……と呼ばれる伝説のモンスターだそうよ。九条さんの『検索』によれば」

「はわ、はわわわ……。清水チーフ、あんなの本当に私たちで倒せるんでしょうか？」

「二条さん、アナタねぇ、戦う前からそんなに怯《おび》えてどうするのよ？　九条さんや河滝《かわたき》さんはもう戦闘に入ってるわよ」

「ほ、本当だ！　うわっ、なんですか、あれ！　九条さんが剣を振ったらビルみたいなモンスターの腕が真っ二つになりましたよっ⁉　どうなってるんですか、あれ」

異世界の残滓『破獣』との戦いは主に『検索』の所有者九条あやめとそのパーティーメンバー、そして『強奪』の所有者河滝旭《かわたきあきら》と他の固有スキル保有者たちが主体となって行われていた。

「う、うわ……モンスターから新しい腕が百本近く出て……えっ、なんかポニーテールの女性が素手で全部殴り飛ばしてる……？　なにあれ、意味わかんないです」

目の前で繰り広げられる戦闘はもはや二条の眼には異次元の光景に思えた。

自分もモンスターとの戦闘を繰り広げ、リベルの訓練に参加し、『森人《エルフ》』に進化を果たし、以前に比べて格段に強くなったという自負がある。

だが、それでも目の前の光景は、理解の外にあった。

「ゴァァアアアアアアアアアアアアアアッ！」

「河滝さん！　右からサポートお願いします！」

「了解した。そっちこそ仕留めそこなうなよ、あやめっ！」

現れたモンスター『破獣』は確かに強い。ペオニーやソラ、そして今までに現れた異世界の残滓
――グレンやオリオンを遥かに凌《しの》ぐ怪物だろう。それでも九条あやめや河滝旭《あきら》たちは、仲間たちと共に連携し、少しずつだがダメージを与えていった。

「撃てええええええええええええええっ！」

更に自衛隊のメンバーによる遠距離砲撃が随時、破獣に撃ちこまれてゆく。

こちらも損傷は少ないが、確実に敵にダメージを与えていた。

九条あやめたち、固有スキル保有者が破獣の前方を、尻尾が生えた後方部分を自衛隊がそれぞれ攻撃してゆく。敵が巨体過ぎる故《ゆえ》に、ミサイルや砲弾といった大量破壊兵器を使用する事ができた。

「異世界の残滓はここと向こうに現れた二体で最後だ！　全弾打ち尽くしても構わん！　絶対に仕留めるんだ！」

「「「了解ッ！」」」

最後の決戦という事もあって、自衛隊メンバーの士気も高い。この戦いに全てが掛かっているとなれば当然だろう。

「……凄い戦いですね、清水チーフ……」

「ええ、でも気を抜いちゃ駄目よ？　私たちだって、ただここで突っ立ってるだけが仕事じゃないんだから」

「わ、分かってますよ」

激しさを増す破獣と固有スキル保有者たちの戦闘を、清水と二条は遠く離れた後方から観戦する。

彼女たちの役目は、直接的な戦闘ではなく後方支援だ。

二条、清水を中心に回復スキルや解毒、支援バフといったサポートスキルの保有者が、前線で戦うメンバーの支援をする。特に二条かもめはその要だ。元々回復や索敵系のスキルを中心に伸ばしてきたのだが、リベルとの訓練を経て、それを更に強くに伸ばした。『森人《エルフ》』に進化し、強力な回復魔術や様々な強化支援を取得した彼女は今や、カズトたちの中ではキキに次ぐ優秀なサポーターとなった。

「あ、誰か戻って来るわよ！　二条さん、準備を」

「は、はいっ」

待機していたシャドウ・ウルフの一体――サヤカがテイムしたモンスター――の『影』が広がる。

前線で戦っていたメンバーの一人が帰還した。九条あやめの仲間のポニーテールの女性だ。

素手で破獣をぶん殴っていたから、二条も良く覚えていた。

「す、すまん、怪我《けが》をした。治療を頼む。あと支援も切れたのでそっちもだ」

「了解しました」

すぐに二条は彼女の傷を治し、支援スキルを掛け直した。

「よしっ！　感謝する。では私は前線に戻る！」

「は、はい！　頑張ってください」

傷が治るやいなや、彼女はすぐにシャドウ・ウルフの影に潜《もぐ》って前線へと戻って行った。それが当然のことのように。

「凄いなぁ……」

彼女が去った後、二条はぽつりと呟いた。

確かに二条は強くなった。いくつもの修羅場を潜《くぐ》り抜けてきた。それでも固有スキルの保有者たちは文字通りレベルが違った。二条たちが体験した修羅場よりも遥かな地獄を何度も乗り越えてきたのだ。特に『検索』の保有者九条あやめや、『強奪』の保有者河滝旭は、カズトと同じようにあの白い少女からのクエストを達成し、固有スキルを持つネームドモンスターとも戦っていたと聞く。

それは二条には決して到達できない――そう思わされるほどの確かな『壁』を感じさせた。

「……悔しいなぁ……」

ぽつりと呟いた言葉は、誰に向けたものでもない。ただの独り言だ。

自分が選ばれた存在じゃなかった。これが誰かの物語なら、きっと自分はわき役だ。

こうして戦いを眺め、あるかどうかも分からない出番を待つだけの存在なのだ。

それは二条には堪《たま》らなく悔しかった。

「どうして……私はあそこに居ないんでしょうね。どうして……カズト先輩の隣に居るのは私じゃないんだろう……。こんなにカズト先輩が大好きなのに。こんなにあの人の力に成りたいと思ってるのに。どうして……どうして私はこんなに弱いんだろう……？」

「二条さん……」

ぽろぽろと涙を流す二条を、清水はそっと抱きしめた。

破獣との戦いは熾烈《しれつ》を極めた。数時間にも及ぶ戦闘の末、戦いは終結した。

彼女たちが決して足を踏み入れられなかった領域に足を踏み入れた者たちの手によって。

残る残滓はただ一つ。カズトとそっくりな顔を持つ大英雄ランドルのみである。

●

異世界の大英雄ランドル・アッシュベルトが動く。

「――死ぬなよ、カズト」

トンッという音を残して、一瞬で彼は俺の背後に回り込んだ。

「ッ――!?」

ランドルの剣が俺の眼前まで迫っていた。反応すらできず、その攻撃を喰らおうとした瞬間、キキの『反射』が発動した。

（あぶねぇ……事前にキキにかけてもらってなきゃ目が潰《つぶ》されて――）

そう思った直後、パリィィンと、ガラスのように音を立ててキキの『反射』は砕け散った。

「なっ――!? うぉぉおおおおおおおおっ！」

俺は殆ど無意識で体を捻《ひね》る。キキの『反射』で一瞬でもスピードが落ちていなければ避ける事は不可能だっただろう。コンマ数秒前まで俺の顔があった場所を、ランドルの剣が通り過ぎていった。

追撃を避ける為に更に、地面を蹴《け》って後ろに飛ぶ。

危なかった……。まさかキキの『反射』が破られるなんて……。一体、どんな能力だ？

「まだだぞ」

「ッ――!?」

その思考を遮《さえぎ》るように、ランドルが再び目の前まで迫っていた。

嘘だろ？　この速度に付いてこられるだと……？

シュリと互角だったとはいえ、今の俺の『敏捷《びんしょう》』は8000を超えてるんだぞ？

俺は忍刀を構えてランドルを迎え撃つ。当然、雷遁の術は付与済みだ。切れ味だけでなく、相手を麻痺《まひ》させる二段構えの武器。

「いいな、その武器」

「おおおおおおおおおおおおおっ！」

激突。

拮抗《きっこう》は一瞬。

パキッと、小枝が折れるように――俺の忍刀が折れた。

「なっ――⁉」

「さっきから同じ反応《リアクション》ばっかしてんじゃねーよっ！」

バックラーを装備している方の拳が俺の胴体に叩き込まれる。

「うっぷ……！」

なんだ、この衝撃……⁉　この力……リベルさんやソラと互角？　いや、それ以上……？

一気にＨＰが半分近く持っていかれた感覚。

「おにーさんっ！」

「わぉぉおおおおんっ！」

刹那、横から六花ちゃんが、足元からモモの影がランドルに襲い掛かる。

六花ちゃんは既に『鬼化』し、スキル『血装術』による強化も行っていた。

最終進化したモモの『影』も今までより遥かにパワーアップしている。

「ふんっ」

「なっ――うわっ⁉」

だがランドルはモモの『影』による拘束をまったく意に介さず、そのまま六花ちゃんを殴り飛ばした。

追撃を仕掛けようとするが、その瞬間、今度はランドルの額と心臓にそれぞれ三発ずつ銃弾が撃ち込まれる。少し遅れて後方から聞こえてくる発砲音。奈津さんによる狙撃だ。

一瞬で六発の銃弾を急所に打ち込む。正に神業だ。

「良い腕だな」

だが、それすらランドルにとっては無意味だったらしい。直撃したはずの銃弾はひしゃげて、不規則な金属音を立てて地面に落ちたのだ。

嘘だろ……？　奈津さんが武器職人で創れる最大武器による狙撃だぞ？

いや、銃弾はただの銃弾ではなく『毒』が仕込まれている。奈津さんのスキル『加工』によって。

戦闘前に確認した際には、奈津さんは加工できる毒の中でも最上のものを使ったと言っていた。

当たれば即死。掠《かす》っても激しい痛みと眩暈《めまい》、麻痺が襲いまともに立ってすらいられなくなる。更に万が一、外れたとしても銃弾から発生した煙を吸い込めば、毒の効力が発揮する。

仲間の俺たちでさえ、巻き込まれないように事前に解毒薬を服用している。奈津さんの銃弾に仕込まれた毒はそれだけ強力な効果があるのだ。

「なるほど、毒か……」

ランドルも当たった箇所から毒々しい色の煙が発生している事に気付いたらしい。

「中々強力そうな毒だが、俺には効かんな」

顔色一つ変えずに、ランドルはそう言った。

「悪いが俺はあらゆる毒や麻痺、状態異常に対して完全耐性を有している。どうしてか、お前ならわかるだろ？」

「……！」

そう言われて俺はハッとなる。

「『呪毒無効』……」

「そうだ。半神人《デミ・ゴッド》、そして俺の種族である『神人』には、毒や呪《のろ》いの類《たぐい》は一切《いっさい》効かない。お前は……見たところ、まだ『半神人《デミ・ゴッド》』のようだな。つまり俺はお前の上位種に当たるわけだ」

「……知ってましたよ。半神人《デミ・ゴッド》って種族があるなら、その上には更に上位種があるだろうなと予想はしていました」

「ほう。ならもう一つ教えておいてやろう。俺のステータスは全て３００００を超えている」

「なんだと……？」

「お前らの攻撃が効かなかったのもスキルで防いだわけじゃねぇ。単に俺の素のステータスがお前らよりも遥かに高かったってだけの話だ」

「……」

「何を唖然《あぜん》としてやがる？　俺は異世界最強の英雄だぞ？　つまり世界で最も強い存在だったたって事だ。その俺が、異世界最後の残滓が『殻』として選んだ存在が、『その程度』のはずがないだろうが」

ヒュンッと風を切る音が聞こえた。

次の瞬間、地面が裂けた。

俺のすぐ真横に巨大な——底が見通せない程の裂け目ができていた。それがただのステータスに任せた『斬撃』だと、少し遅れて気付いた。

「頂点に小細工はいらない」

直後、凄まじい衝撃が襲い掛かってきた。

何をされたのか分からなかった。吹き飛ばされてようやく、バックラーを装備した方の手で殴られたのだと理解した。たった一発で、服に擬態していたアカの分裂体が消え去ってしまった。

「たった一撃であらゆる敵を粉砕する拳。そして全てを切り裂く斬撃」

「煉獄《れんごく》火遁の術！」

「ぬぉりゃあああああああああっ！」

「わぉぉおおおおおおおおおおおんっ！」

『ゴォアアアアアアアアアアアアアアアアアアアッ！』

超級忍術、六花ちゃんの『血装術』による巨大なエネルギーによる斬撃、モモの叫び、そして上空からのソラの超ド級のブレス。その全てがランドルへと命中する。

だが――、

「そしてあらゆる攻撃を寄せ付けない絶対的な防御力」

ランドルは、傷一つなかった。あれだけの攻撃を受けても、装備していた服やマントが多少すすけている程度だった。

「理解したか？　これが頂点の力だ」

「……ええ、嫌というほど」

なるほど、確かにこれは反則だな。いや、反則じゃないな。単純に相手が強すぎるだけだ。

そしてランドルの戦闘スタイルも大体理解した。

おそらくランドルには特殊な攻撃スキルや固有スキルは一切ない。

高いステータス。洗練された足運びと技術。そして膨大な戦闘経験。ただそれだけ。

だがそれだけで十分なのだ。

何故《なぜ》なら毒や搦《から》め手は一切通じず、疲労や怪我もすぐに治るのであれば、後はただ純粋な『力』さえあればいい。それだけで敵を圧倒する事ができる。

ステータスとスキルがモノを言う世界に置いて、これは単純だが絶対的な真理だ。

「理解したなら、考えろ。どうやって、俺に勝つ？　どうやって世界を救う？」

「そうですね……」

リベルさんや海王が参戦したとしても、結果は同じだろう。単純な地力において、ランドルは俺たち全員の力を上回っている。

ならばどうすればいいか？

簡単だ。その差を埋めてやればいい。この世界には、それを可能にするスキルがあるのだから。

問題は、それを使っていいのかどうか。出し惜しみをするつもりはない。

だが、これを使えば、もうそこで全てを出しきるという事だ。異世界の残滓は、ランドルだけじゃない。東京にもまだ一体残っているのだ。それが倒されないうちは――。

《メールを受信しました》

ふと、頭の中にアナウンスが響く。

何よりも待っていた知らせだった。ランドルから視線を離さず、指だけを操作して内容を確認する。そして笑みを深めた。

「どうして笑っている？　なにかいい事でもあったのか？」

「ええ、どうやら向こうで戦っている俺たちの仲間が勝ったみたいです」

「ほう……、向こうに現れたのは『破獣』だろ？　人間の最強が俺だとすれば、『破獣』はモンスターの最強だ。それが破られるなんてな。つくづく異世界ってやつは面白《おもしろ》い」

ランドルは意外そうな表情を浮かべながらも、どこか嬉《うれ》しそうに笑みを浮かべた。

どうやら向こうに現れた異世界の残滓も、ランドルと同じような化け物だったらしいが、二条やあや姉たちはそれに勝てたらしい。

つまり残る異世界の残滓は正真正銘、目の前のランドルただ一人のみ。

……なら、出し惜しみをする必要はないな。

彼が最後の異世界の残滓なのであれば、もうアレを遠慮する必要もない。存分に俺たちの切り札を使う事ができる。

「ランドルさん、先ほどの問いに答えます。どうやってアナタに勝つか？　……これがその答えです！　『英雄賛歌』発動ッ！」

最後の切り札を使う時が来た。ここがこの戦いの天王山。今使わずしていつ使う！

「ほう……確かにそれは俺が知らないスキルだな」

爆発的なエネルギーの解放。そしてパーティーメンバーの固有スキルの取得。
これでこの戦いに決着をつける！

●

《スキル英雄賛歌を発動します。パーティーメンバー全員の固有スキルが解放されました》
俺の脳内に更にアナウンスが流れる。
《パーティーメンバー　モモ　固有スキル『漆黒走破』を取得しました》
《パーティーメンバー　キキ　固有スキル『反射装甲』を取得しました》
《パーティーメンバー　アカ　固有スキル『完全模倣《もほう》』を取得しました》
《パーティーメンバー　イチノセナツ　固有スキル『流星直撃』を取得しました》
《パーティーメンバー　ソラ　固有スキル『蒼鱗竜王』を取得しました》
《パーティーメンバー　シロ　固有スキル『白竜皇女』を取得しました》
《パーティーメンバー　スイ　固有スキル『緑皇領域』を取得しました》
それはパーティーメンバー全員の固有スキル取得を告げるアナウンス。
同時にとてつもない全能感が肉体を支配した。俺自身のステータスも爆発的に上昇したからだ。
俺たちの変化を感じ取ったのだろう。ランドルは笑っていた。
「たく、そんな切り札があるんなら、もっと早く使えよ」

「制限があるんです。アナタが『最後』だと確信しない限りは使えませんでした」

「てことは、それを使えば俺に勝てると？　言ってくれるな、クドウカズト！　最高だ！　やってみろ！　今、ここで！　この俺を倒してみせな！」

ランドルの笑みが凶悪に歪む。

「言われなくてもっ！」

付与――『嵐千雷遁の術』。更に『疾風走破』を併用し、俺はランドルに迫る！

「ほう！　ステータスが上がっているな！」

「まだこの程度じゃありませんよ！」

更に速度を上げる。『英雄賛歌』発動中、俺を含めたパーティーメンバーのステータスは爆発的に上昇する。リベルさんとの訓練、そして進化を経て、その上昇率は『八倍』まで上昇した。

つまり今の俺の敏捷は８０００の更に八倍――『６４０００』。

「シッ！」

「ぐぁ――ッ⁉」

俺の斬撃がランドルに当たる。初めて受けたダメージらしいダメージにランドルの表情が変わった。

「スピード……だけじゃねぇな？　それだけで俺が反応しきれないわけがねぇ」

「……たった一撃でそこまで見抜きますか、普通……？」

まさかたった一撃でバレるとは思わなかった。

そう、俺の攻撃がランドルに命中したのには理由がある。それはシロの固有スキル『白竜皇女』

だ。その効果は『必中』。親であるソラの固有スキル『蒼鱗竜王』がスキルを介した攻撃を無効化するのに対し、シロの『白竜皇女』の効果はスキルを介した攻撃を必ず命中させるというもの。

キャンプ場での一戦で、アロガンツがあそこまで一方的にやられた理由がそれだ。アイツは俺たちの攻撃を避ける事ができなかったのだ。

「なるほど、攻撃が必ず当たるって感じか……。おもしれぇ！」

ランドルの威圧感が笑みと共に更に強くなる。

「ッ――」

「わぉぉおおおおおんっ！」

一旦《いったん》、距離を取った俺と交代するように、前に出たのはモモだ。固有スキル『漆黒走破』によって、その速度は先ほどまでとは比べ物にならない程に上がっている。

「こい！　犬っころ！」

「わぉぉおおおおおおおおおおおおおおんっ！」

モモの『叫び』、その効果はシロの『白竜皇女』によって必中のスキルへと変換される。

大気が震え、地面が裂ける。だが、その中心に居るランドルは――無傷。攻撃は喰らったはず。

単純にランドルの防御がそれ以上って事か。

「わぉおんっ！」

更にモモは建物や周囲の影を移動しながら『暗黒弾』を放つ。更にそれに紛れて銃の狙撃音が響いた。奈津さんの狙撃だ。

奈津さんの固有スキル『流星直撃』は遮蔽物《しゃへいぶつ》を透過して対象にだけ命中する。そして必中。

「……（ふるふる）！」

更に『完全模倣』によって俺の姿に擬態したアカが忍術と武器を使いランドルを囲む。

攻撃の為ではなく、死角を増やし、奈津さんやモモの攻撃をカモフラージュする為だ。たとえ同じ必中であっても、意識した箇所から来る攻撃と、無意識化で喰らう攻撃とではそのダメージには明確な差が生まれる。

「ははっ！　確かにこりゃあ厄介だな！　だが、それでもまだ差は埋まらねぇぞ！」

ゴゥッ！　とランドルから大量のエネルギーが溢れ出る。

「『神力解放』、そしてその上位スキル『神力超解放』だ。さあ、更に力が上がったぞ？　どうする！」

ランドルは俺の姿に擬態したアカを紙切れのように吹き飛ばしてゆく。

更にモモの暗黒弾を握り潰し、一之瀬さんの狙撃を防御もせずに弾いた。

いくら必中であっても、ランドルの高すぎるステータスの前には無力って事か。俺の上位種族『神人』って聞いた時から、予想はしてたけど。やっぱり『神力解放』や他の種族スキルには上位版があったか。

おそらく今のランドルは単純なステータスだけなら９０００～１００００程度まで上がってるだろうな。せっかく『英雄賛歌』でステータスを爆上げしたってのにまた差を広げられちまった。

海王のステータスですら、おそらく対応できないだろう圧倒的な力。これが頂点。これが異世界最強。ああ、確かに異世界の残滓が『殻』として選ぶにはこれ以上の存在は他にないだろう。ああ、本当にクソッ垂れだ！

「シッ！」

「ははっ！　ただ突っ込んでくるだけか？」

ランドルの拳と、俺の忍刀がぶつかる。だから何で拳で刀受け止められるんだよ、この人。

だが――、

「いいえ、今度は――」

「私も居る――ってえのッ！」

再びの六花ちゃんの乱入。

一瞬、ランドルは「その程度」にしか認識しなかったが、すぐにその表情が変わった。

空いていた方の手で、六花ちゃんの斬撃を受け止める。外傷はないが、その表情が明確に変わった。苦痛。ダメージを受けている表情だ。

「ッ――この力……お前、まさか⁉」

「正解！　今の私はさっきよりもつよーいっ！」

六花ちゃんの体からは朱《あか》いオーラが溢れ出ていた。それは今までの六花ちゃんとは違う明らかな『変化』。その理由がこれだ。

《パーティーメンバー　アイサカ　リッカ　固有スキル『羅刹天女』を取得しました》

固有スキルの取得。

『英雄賛歌』の発動中、メンバーを入れ変えれば、抜けたメンバーは固有スキルを失うが、新しく入ったメンバーは新たに固有スキルを取得できる。アロガンツとの戦いで確認済みだ。ランドルが純粋なステータスとスキルの暴力で来るなら、こっちはパーティーメンバーの入れ替えによる固有スキルの連発だ。

スキルの要である俺と、必中効果を付与するシロは固定だが、それ以外のメンバーは自由自在。そして準備期間の最中で、誰がどんな固有スキルを取得するかは全て一通り試している。

文字通りの総力戦。戦力の全てを、これまで俺たちが積み重ねてきた全てを、ランドルに――異世界最強の英雄にぶつける！

「はは！　凄いね、固有スキルって！　どんどん力が溢《あふ》れてくる！」

六花ちゃんが取得した固有スキルは『羅刹天女』。その効果は、爆発的なステータスの上昇と『割合ダメージ』。いうなれば、六花ちゃんの攻撃に防御は関係ない。攻撃が当たれば、通常のダメージに加えて必ず一定割合のダメージが追加でＨＰに直撃する。その割合は最大ＨＰの５％。たった５％と侮《あなど》る事はできない。何せ20回攻撃を当てれば、相手はそれでＨＰがゼロになるのだから。

通常のダメージに追加して入るので、実際にはもっと早いけど。

勿論、自動回復のスキルを持っていればその分、回復はできるから実際にはもっと攻撃を当てる必要があるが、何せシロのおかげで今、俺のパーティーメンバーの攻撃は必ず当たるのだ。六花ちゃんの固有スキルとの相性は抜群。

「うぉおおおおおおおおおおおおおおおおおおおおっ！」

攻める、攻める、攻める。六花ちゃんはなりふり構わずひたすら攻撃を続ける。

「ぐっ——流石にこれは……ちっ！」

その瞬間、初めてランドルが回避行動を見せた。一気に俺たちから距離を取る。

それだけ今の六花ちゃんの攻撃が脅威だったのだろう。

今の攻防でランドルが受けた斬撃の数は、数百回にも及ぶだろう。それでもランドルはまだ生きている。おそらくはＨＰ自動回復やその上位スキルで削られてゆくＨＰをカバーしたのだろう。でも距離を取ったって事は、六花ちゃんの攻撃回数は、ランドルの回復を上回っていた。ダメージはまだ残っている。回復する時間は与えない！

「五所川原さん！　今です！」

「あ……？　ごしょ……？　なんだって……？」

怪訝《けげん》そうな表情を浮かべるランドル。

だが、次の瞬間、その表情が驚愕に彩《いろど》られた。何故なら——、

「ぬぉぉおおおおおおおおお！　必殺！　丸太落としいいいいいいいいいい！」

空から超巨大な丸太と小太りのオッサンが落ちてきたからだ。

「な、なんだこりゃああああああああああああああああああっ⁉」

五所川原さんの丸太がランドルを押し潰した。それは遠目から見れば、超巨大な判子を地面に押した感じに見えただろう。丸太の直径は約１００ｍ。ランドルが俺たちから距離を取らなければ俺たちも潰されていた。

《パーティーメンバー　ゴショガワラ　ハチロウ　固有スキル『丸太大全』を取得しました》

五所川原さんの固有スキル『丸太大全』。いや、なんだよそれっていう名前である。でもこれがとんでもなく強いから余計混乱する。

五所川原さんの持つ丸太はスイのかつての姿『ペオニー』の枝を加工して創られた丸太だ。

そして『丸太大全』は、五所川原さんのステータスを上げ、更にペオニーのスキルの一部を再現する。『巨大化』、『認識阻害』、『加重』など再現できるスキルは全部で30にも及ぶ。

ランドルには落下する直前まで五所川原さんと丸太の存在を関知できなかっただろう。

巨大化した丸太による単純な質量攻撃はどんな相手にだって通じる。

「……やるじゃねぇか、おっさん。今のは効いたぜ。うぉらぁ！」

潰れかけていたランドルは、ステータスによる力技で丸太を押し返す。

「今です、西野君！」

「はい！　『ランドルッ！　その場を動くな！』」

西野君の言葉にランドルの動きが止まる。

《パーティーメンバー　ニシノ　キョウヤ　固有スキル『絶対遵守』を取得しました》

西野君の固有スキル『絶対遵守』はその名の通り命令の最上級スキル。

「ッ……流石に、自死は命じれないみたいですね……」

「十分です。あとは俺たちに任せて下さい。相坂《あいさか》さん」

「りょーかい！　今度は回復する時間は与えないよっ！」

丸太を押し返そうとするランドルに、俺と六花ちゃんは攻め立てる。

「正気か⁉　俺が手を離せば、お前らも道連れだぞ？」

「ならないから、こうして攻撃してるんですよ」

「うりゃりゃりゃりゃああああああああああああああああ」

両手を塞《ふさ》がれ、西野くんの命令によって動きを阻害され、今のランドルはただの案山子《かかし》だ。

このチャンスを逃す手はない！　一気に攻めたてる！

「クロ、私たちも行くよ！」

「ワォォオオオオオオオオオオオンッ！」

五所川原さんをパーティーメンバーから外れ、次にサヤちゃんとクロが加入する。

《パーティーメンバー　カツラギ　サヤカ　固有スキル『一致団結』を取得しました》

《パーティーメンバー　クロ　固有スキル『黒煉狼王《こくれんろうおう》』を取得しました》

俺、六花ちゃん、サヤちゃん、クロ、更にモモの猛攻に次ぐ猛攻。

「ふははははっ！　すげぇな、お前ら！　まさかこの俺とここまで戦えるなんてなぁ！」

遂にランドルは西野君の『命令』を破って動き出す。

何もない虚空から巨大な大剣を取り出した。アイテムボックスと同じスキルだろう。

素手ではなく武器を取り出したのは、そうしないと俺たちに勝てないと判断したからか。

拘束から解かれたランドルが最初に狙ったのは六花ちゃんだ。当然だろうな。向こうにしてみれば、俺たちの中で唯一明確にランドルにダメージを与えられる存在なんだから。

でも——忘れてるよ、ランドル。

俺たちの固有スキル保有者は、何も俺のパーティーメンバーだけじゃないんだぞ？

「…………羨《うらや》ましい」

ボソリと呟かれた呪いの言葉。次の瞬間、ランドルの動きがガクンッと下がった。

「これは——」

ランドルも己の異変に気付いたのだろう。だが、もう遅い。

「ここだっ！」

その一瞬の隙を、俺は逃さない。最大限まで強化した敏捷と、超級忍術を付与した忍刀の力を一点に集中させる。

「…………」

その刃は——ランドルの胸を貫いた。ランドルはしばし己の胸に突き刺さった忍刀をじっと見つめていた。そして、ごぽっと口から血を吐きだすと——、

「——見事だ」

小さな声で、そう呟いた。それは敗北宣言。俺たちに対するランドルの最大限の敬意。

決着がついた。

「――よくやった。見事だ、クドウカズト」

「ランドル……」

「最後の一撃……俺の体が弱くなったように感じたが、誰のスキルだ？」

「……」

ちらりと、俺は後方に隠れて、顔を覗《のぞ》かせている彼に眼を向ける。モンスターへと変異し、『嫉妬《しっと》』の固有スキルを持つ大野君に。

「……なるほど、そっちのガキの仕業か。俺のステータスまで弱体化させるたぁ大したスキルだ。だが、どうして今まで使わなかった？　それがあれば俺だけでなく他の残滓だってもっと楽に勝てたかもしれねーのに」

「理由は二つあります。一つ目は固有スキルであっても『神人』であるアナタに効くかどうかの保証がなかった事。もう一つは、先に使って異世界の残滓に対策されたくは無かったから」

「……道理だな。先に使ってれば、間違いなくコイツは何かしらの対策を俺に施してたろう」

ランドルは己の胸をさする。

「しかし種族固有スキルの『呪毒無効』が効かないとはすげぇスキルだな」

「『嫉妬』は呪いや毒の類じゃないんです。正確には――『支援《バフ》』なんですよ」

「何だと……？」

ランドルが意外そうな表情を浮かべるが、これは俺たちにとっても想定外だった。

訓練の中で『嫉妬』はキキが使う支援《バフ》と同じだと判明したのだ。

相手のステータスやスキルのレベルを下げる事のどこが支援《バフ》なのかと思うだろう。

だがよく考えれば、『下げる』事でプラスの効果を生み出すスキルやステータス状態だってある事に気付いたのだ。ハイ・オークの『水呪』や、かつてクロがダーク・ウルフにかけられた『置き土産』なんかがその典型だな。アレはスキルのレベルが上がれば上がるほど、本人へのデメリットが大きくなるスキルだ。

『嫉妬』は本来、そういった解除はできないスキルのデメリットを軽減するために用意されたスキルだったのだろう。勿論、サヤちゃんの『強欲』のように『嫉妬』のスキルを使用する際の反動はあるけど。でも考えてみれば、サヤちゃんの持つ『強欲』やアロガンツの持っていた『傲慢《ごうまん》』だって、デメリットありとはいえ、ある意味支援《バフ》スキルとも言えなくもない。紛らわしいんだよ、ほんとに。

「なるほど、上手くシステムの穴を突いたって事か。やるじゃねぇか」

「それでも賭《か》けでしたけどね。アナタは強すぎる。一体どこまで『嫉妬』が通じるのか分かりませんでしたから」

「だが、結果はこの通りだ。本当に見事だよ。誇っていい」

ランドルの体がボロボロと崩れてゆく。それでも彼は笑っていた。俺たちを称えるように。

「俺は全力だった。そもそも手加減なんてできない体だしな。俺の全力を、お前たち全員の力が上回ったんだ。だからこそ気を抜くなよ」

ランドルは一旦言葉を区切って――、

「――戦いはまだ終わっていない」


そう言った。はっきりと。

「は……？　終わってない？　な、何を言って……？」

異世界の残滓は――バグはアンタで最後だったはずだ。他のメンバーからもバグを倒せたと連絡が入っている。もう、戦いは終わったんだろ？

「そうだな……異世界の残滓は俺で最後だ。それは間違いない。つまり――俺という消滅を持って、一つの世界が終わりを迎えるんだ。そして終わる世界には、必ずアレが現れる」

次の瞬間、ランドルの体が黒い何かに貫かれていた。

「がっ、は……」

「ランドル⁉」

「やっぱり……出てきやがったか。俺の時もそうだった。俺もかつて世界を救った時に、コイツは現れた。滅びようとする世界に……必ず、現れる……そん、ざい……」

黒い何かはランドルの体を侵食してゆく。

呆然《ぼうぜん》とする俺たちを、ランドルは真《ま》っ直《す》ぐに見据えて、

「アイツの倒し、かたは……駄目だ。『核』が邪魔しやがる。――なんとか乗り越えろよ、この世界の英雄たち……。必ず、世界を――救……ってく、れ――」

笑みを浮かべ、ランドルはぐちゃっと泥のように潰れた。

「お、おい！　どうしたんだ⁉　一体何を言っているんだ？」

次の瞬間、頭の中にアナウンスが響き渡った。

《全固有スキル保有者にアナウンス。繰り返します。全固有スキル保有者へアナウンス》
《ネームドモンスター　発生数、目標数値達成》
《ネームドモンスター　討伐数、目標数値達成》
《モンスター死亡数及び人類死亡数、目標数値達成》
《固有スキル　発現数及び、固有スキル保有者死亡者、数目標数値達成》
《特定固有スキル、七大罪スキル、六王スキル、五大スキル、それぞれ発現数、目標数値達成》
《他各項目、目標値を達成しました》
《接続――接続――成功》
《カオス・フロンティア拡張を完了》
《別世界の残滓の消滅を確認。基盤世界を新たな世界として再設定。接続――接続――成功》
《――ザザ――ザザザザザザザザザ――ザザ、ザザザザザザザザザ》
《再設定――失敗。システムの異常を確認。別世界の残滓消滅に伴い、世界終末処理を開始》
《これよりカオス・フロンティアが出現します》
《繰り返します》

《これよりカオス・フロンティアが出現します》

「ッ……!?」

なんだ、このアナウンスは……？　カオス・フロンティア……？　それってこの世界の名前だよな？　それが出現……？　一体どういう事だ？

理解よりも先に、それは現れた。

「――■■■、■■■……■■『■■■■』■「■」■、「アァァ」「」■■」『■■』……アァァァァアアアアアアアアアアアアア■■■アアアアア■■アアアアアア■■■アアアアアアッッ！」

声のような不気味な音が周囲に鳴り響く。一つだけじゃない。いくつものありとあらゆる不快な音を全て重ね合わせたような奇怪で不愉快で不気味な音という音だった。

「……なんだ、あれ？」

そこには巨大な『何か』があった。

異様と言うしかなかった。ソレは芋虫やムカデ、ゴミ、廃材、様々な生物の骨、内臓、膿、ガラクタなどを無理やり寄せ集めて作った巨大な球体のようなものに、無数の鎖や時計、楽譜、文字版などが連なった無数の触手が生えたクラゲのような姿をしていた。

《カオス・フロンティア顕現に成功。これより世界が崩壊します》

《繰り返します。カオス・フロンティア顕現に成功。これより世界を崩壊させます》

――終わりは突然に訪れた。

「なんだ……あれ？」

いや、待て？　俺はアレを見たことがある。思い出せ……どこだ？　俺は一体あれをどこで――、

「……そうだ。夢の中の黒い怪物」

はっきりとは見えなかったあの黒い怪物にそっくりなんだ。

予知夢……？　いや、それにしては毎回状況が違っていた。最初の時と違い、周囲に死体の山はないし、二回目の時のように場所が東京でもない。あれはあくまで夢だ。現実じゃない。そう思いつつも、何故か俺は目の前の現実と夢で見た光景との差異が気になった。

「カ、カズトさんアレは……？」

「ぐるるる……」

奈津さんやモモも警戒した様子でアレを見つめている。

「分かりません。ですが、アレからは今まで倒してきた異世界の残滓とは、明らかに違う気配を感じます」

俺はすぐにあの黒い巨大な『何か』に向けて下位神眼を使う。

もしアレも異世界の残滓の具現化した姿ならば、これで向こうの情報が分かるはずだ。

予想は当たり、アレの情報が頭の中に流れ込んできた。

『カオス・フロンティア』

世界の理 レベル∞
HP∞／∞
MP∞／∞
力∞　耐久∞　敏捷∞
器用∞　魔力∞　対魔力∞
SP0 JP0

スキル

全スキル使用可能

「…………………は？」

そのステータスを見て、俺は思わず間抜けな声を出した。意味が分からなかった。なんだこれ？

もう一度、下位神眼を使うが——結果は同じ。

あり得ないだろ。おかしいだろ。なんだよ、全ステータス無限、全スキル使用可能って！

力の差がどうとか、ステータスが桁《けた》違いとかそういう次元の話じゃないぞ！　どうなってんだ？

「[redacted]ァァァアアアアアアアアアアアアアアアアアアア——ッ！」

呆然と立ち尽くす俺たちを尻目《しりめ》に、カオス・フロンティアが触手の一本を振るう。

巨大すぎる触手は、もはや大地がうねっているのではないかと錯覚する程だ。

次の瞬間——世界が砕けた。

そうとしか表現できなかった。触手が振るわれた軌道は、まるで空間が抉《えぐ》られたかのように消え去っていた。それが何百……いや、おそらくは何千キロにもわたって続いていた。

そこには真っ黒な闇《やみ》だけが広がっていた。

削り取られた空間に、水が流れ込むように周囲の建物や大地、海が流れ込む。

流れ込み、砕け、消滅し、周囲を飲み込んで、更に黒い空間は広がってゆく。

それはあのキャンプ場で発生した黒いバグが更に巨大になったかのようだった。

「なんだよ、これ……」

「■ァァァアアアアアアアアアアアアアアッ」

再び、カオス・フロンティアが触手を振るう。今度は中心から生えた無数の触手を一斉に。

触手が通った軌道上には、巨大な黒いバグが生まれた。先ほどと同じように、黒いバグに隣接する空間は物体ごと飲み込まれ、更に黒いバグが広がってゆく。

それは巨大な蜘蛛《くも》の巣のように見えた。

カオス・フロンティアという蜘蛛を中心に発生する巨大な黒いバグの蜘蛛の巣。

それは周囲を絡《から》め取り、際限なく広がり、全てを飲み込んでゆく。

「ッ——いや、まだだ！　まだ『英雄賛歌』の効果時間内だ！　みんな一斉に攻撃を仕掛けるぞ！」

「はいっ！」『わぉんっ！』『……（ふるふる）！』『きゅー！』『グルル！』『やるぞー！』

今の俺たちでできる最大攻撃。その全てを奴にぶつける。

「私も戦うわ！」

「リベルさん！　大丈夫なんですか？」

彼女は異世界の残滓を顕現、固定するために力の大部分を消費しているはずだ。立っているのすら辛《つら》いはず。

「そんな事、言ってる場合じゃないでしょ！　ランドルの言葉が確かなら、アレはどれだけ理不尽な存在であっても『倒す事』ができるはず！　私も残った力を全てぶつけるわっ！」

ゴウッとリベルさんから膨大なエネルギーが溢れ出し、更に彼女の後方には、訓練で世話になった召喚獣たちも現れる。

「クドさん、俺たちも」

「当然、一緒に戦うに決まってるっしょ！」

西野君と六花ちゃん、そして他の皆も既に戦闘態勢に入っていた。

「分かりました！　行きましょう！　キキ、全員に支援《バフ》を頼む」

「きゅー！」

キキがありったけの支援《バフ》を俺たちにかける。

「――『全員、一斉攻撃』！」

西野君のスキル『号令』と共に俺たちは動き出す。

即座に俺は超級忍術を、モモは暗黒弾を、奈津さんは狙撃を、アカは『完全模倣』でコピー分裂した無数の俺に擬態し、様々なスキルを、ソラは最大火力のブレスをそれぞれ放つ。

それぞれの攻撃は、シロの『白竜皇女』の効果によって必中となり、カオス・フロンティアの中心部分へと命中する。

「…………アッァアァアァアアアアア？」

一瞬、カオス・フロンティアの動きが止まる。

「畳み掛けろおおおおおおおおおおおおっ！」

更にリベルさんの超級魔術が、召喚獣たちの攻撃が続く。

俺たちも再び攻撃を叩きこんだ。連撃に次ぐ連撃。残った力の全てをカオス・フロンティアへとぶつけた。

「うっりゃあああああああああああああああっ！」

「――――ァァァアア……」

『羅刹天女』を発動させた六花ちゃんの斬撃が、カオス・フロンティアの触手の一本を切り裂いた。

切り離された触手は、地面に落ちるとポリゴンのような粒子となって消えた。

更にリベルさんと召喚獣たち、そして俺も続けて中心から生える触手を落としてゆく。

「攻撃が……効いてる？」

「気を抜かないで！　攻撃を続けるのよ！」

攻撃が効いている事に一瞬安堵《あんど》するが、すぐにリベルさんの声で気を引き締める。そうだ、コイツの馬鹿げたステータスを見ただろうが。どこに油断する要素がある。気を抜ける余裕がある。

「――――『嵐千雷遁の術』」

カオス・フロンティアの一部を斬り落とした超級忍術を再び発動、忍刀に付与し、一気に加速し、刀を振るう！

「――――ァェた」

その瞬間、何かの『声』が聞こえた。

最大まで強化された俺の瞳は、それが誰の声なのか、どこから発せられたのかをはっきりを見つける事ができた。

目の前に迫るカオス・フロンティアの触手。その一部に『口』が生まれていた。

「――■■ぁぁノォ解析完了。攻撃パターン及びダメージ対策完了。これより反撃に移ります」

その『口』は今までの音とは違う、はっきりとした声を発した。

「ッ――それが、どうした！」

今更臆してどうする！　叩きこめ、最強の一撃を！　コイツを倒すために。

そして振り抜いたはずの忍刀が――あっさりと折れた。

「……え？」

カオス・フロンティアの体には傷一つ付いていなかった。

ブツブツとその表皮が蠢《うごめ》き、一瞬のうちに無数の棘が発生、俺に向かって放たれた。

「ッ――!?」

だが次の瞬間、俺は刺し貫かれたベヒモスの姿を後ろから見ていた。

「危なかったわね、カズト」

「……座標移動《チェンジ》ですか。ありがとうございます」

咄嗟にリベルさんが召喚獣と俺の位置を交換してくれたのだろう。そうでなければ死んでいた。

「刀、折れたわね」

「ええ。明らかに最初の攻撃の時より硬度が増しています」

「私の攻撃も防がれたわ。最大級の魔術を叩きこんだはずなのに傷一つついてない」

「……」

リベルさんの攻撃もか。周囲を見回せば、他の皆も似たようなリアクションだ。

「俺たちの攻撃を学習したって事ですか？」

「……考えたくないけど、そうとしか考えられないでしょうね。そうなると……マズいわね」

「ええ、これは……最悪です」

おそらくカオス・フロンティアは攻撃を受けるたびに、その攻撃を解析し無効化してしまうのだろう。ステータス無限に、全スキル使用可能だ。それくらいできるだろう。

つまり俺たちにアイツを倒せる手段がない。

最初の攻撃は全て、今の俺たちにできる最強の一撃だった。それで仕留めきれず、あまつさえ学習され、無効化されてしまっては倒す手立てがない。

「ただやみくもに攻撃を叩きこんでも無意味でしょうね。どこか急所はないんでしょうか？」

「……さっきからずっと解析してるけど、残滓のような『核』は見当たらないわね」

急所は見つからない。一撃で倒すにしても、その攻撃手段がない。

（サヤちゃんの『強欲』で強力なスキルを創る？　……いや、無理だろうな）

おそらくスキルを発動させた瞬間に、対策を取られる。

……大野君の『嫉妬』はどうだ？　いや、こっちも無理だ。そもそも無限のステータスなんて弱体化させようがない。――詰みだ。

「――って、諦《あきら》めるわけねぇだろ！」

俺は再び加速し、超級忍術を発動させる。今まで何度だってこんな困難にぶつかってきたんだ。

今更、その程度で諦めるわけがない。

「全員！　スキルを変えて攻撃しろ！　たとえ仕留めきれなくても良い！　とにかくダメージを与えるんだ！」

呼応するように、西野くんの『号令』が発動。全員が再び、カオス・フロンティアへ総攻撃を仕掛ける。

（攻撃しながら考えろ、コイツを倒す手段を！　手を緩めるな！　絶対に――）

「「「「「――　　諦めろ　　――」」」」」

声が、響いた。

カオス・フロンティアの中央――その下半分がぱっくりと三日月のように裂け、口が生まれる。

「「「「「――　　世界に終末を　　――」」」」」


パリンッと何かが砕ける音がした。

次の瞬間、空が割れた。薄氷が砕けるように、空がひび割れ、黒一色に飲み込まれた。


「「「「「――　　終わりは平等に訪れる　　――」」」」」


それはブラックホールのように全てを飲み込んでゆく。

「ぅわ――ああああああああああああああああ」

「六花あああああああああああああああっ！」

最初に空に飲み込まれたのは六花ちゃんと西野君だった。二人は崩壊する地面によって空中へ投げ出され、バランスを取る事もできずにいた。

「ッ――二人とも捕まって下さい！」

「おにーさん！」『助かります！」

俺はアイテムボックスからロープを取り出し、二人へ投げる。『超級忍具作成』で創った特別製だ。そう簡単には千切れない頑丈なロープである。

「ソラッ！」

『世話が焼ける！』

そのまま空中を漂う俺たちをソラが救助する。

「モモ！　他の皆は？」

「わんっ」

モモはこくりと頷く。既に仲間たちは『影』に避難させてくれたようだ。

「カズト！」「カズトさん！」

飛行型の召喚獣に跨《また》がって、リベルさんと奈津さんが近づいてくる。だが、この奇妙な空中ではバランスを取るのが難しいようだ。

「マズイわね……アイツ、一気に全てを終わらせようとしてる」

リベルさんの鬼気迫る表情が全てを物語っていた。これは本当にヤバい。


「「「「――　　　全て滅びを　　　――」」」」


カオス・フロンティアは更にその力を解放する。空に次いで今度は海と大地が砕け、文字通り全てが暗黒の中へと沈んでゆく。真っ黒に染まった大地と空の間を俺たちは漂う。

……こんなの本当にどうすればいいんだ？　今までの存在とは完全に別次元だ。どうにかできるレベルを完全に超越してる。

『――めるな……ト』

「……？」

今一瞬、誰かの声が聞こえた気がした。

「どうかしましたか、カズトさん?」

「……いえ、今誰かが……?」

奈津さんが怪訝そうに訊《たず》ねてくるが、俺もその声が誰か分からず首を傾げた。俺はリベルさんに問いかける。

「……どうしますか、リベルさん?」

「……どうしようかしらね? 私たちの攻撃は軒並み無効化されてるし、残った力を全てぶつけてもアレを倒せるとは思えない」

すると西野君が声を上げる。

「あの、アレは使えないんですか? 以前、俺たちに見せたシステムに干渉するマスターキーです。理不尽な存在とは言え、アレもこの世界の一部だ。システムに干渉する能力なら、アレにも通じるのでは?」

「なるほどね、やってみる価値はありそうね。……ホントに嫌になるわ。今回こそは上手くいくと思ってたのに?」

「今回?」と俺は一瞬、何の事か分からず首を傾げる。

リベルさんは懐から紫色の水晶を取り出すと、力を込める。

「マスターキーよ! システム管理者権限を発動するわ。出現したカオス・フロンティアへの干渉権限を!」

よし、これで何かしら向こうに影響が出ればまだ何とかなるかもしれない。

リベルさんの手の中で、マスターキーである青紫色の水晶が激しく光り輝き——そして勢いよく砕け散った。

「なっ——⁉」

驚愕の表情を浮かべるリベルさん。

「嘘、どういう事？　マスターキーで干渉できない……？　アレはまさかシステムの外に居る存在だとでも言うの？」

「システム干渉ができないって……本当ですか、リベルさん？」

「こんな状況で嘘をつくわけないでしょ！　アレは——カオス・フロンティアは世界《システム》の外側、言うなれば理の側の存在って事よ」

「なっ……」

システムの通用しない理の側の存在。そんなのどうしようもないじゃないか。

「どうにか……手はないんですか？」

「ッ……！」

俺の問いかけに、リベルさんは顔を逸らす。その態度が雄弁に物語っていた。

——もう、どうする事もできない、と。

「「「「「——滅びよ——」」」」」

カオス・フロンティアの無慈悲な声が響く。

同時に俺たちの居た空間も全てが黒い闇に飲み込まれてゆく。俺たちは必死に逃げるが、崩れてゆく空間を前にしては、どこに逃げて良いのかも分からない。

「わ、わぉおおおん⁉」

「え？」「何で？　いきなり外に……？」「ワォン……？」「どういう事だい、これは……？」

サヤちゃん、五十嵐さん、クロ、五所川原さんの困惑する声。

見ればモモの『影』に居たはずの皆が、空中に放り出されていた。モモが『影』を解除するとは思えない。まさか空間が崩れてる影響がモモの影にも伝わったっていうのか？

全員が状況を理解し、一気に青ざめる。マズイ、マズイ、マズイッ！

「皆！　早くこっちに捕まって下さい！」

先ほどと同じくロープをサヤちゃんたちに向けて投げる。五所川原さんや他の皆も必死に手を伸ばそうとするが――、

「だ、駄目だ。届かな――うわあああああああああああ」

「おい、おっさん！　こっちに摑《つか》ま――あああああああああああ！」

「柴田君⁉　五所川原さん⁉」

五所川原さんは手が届かず黒い空間に飲み込まれてしまう。柴田君もそこから五所川原さんを救い出そうとするが、かえって体を絡め取られ、黒い空間に飲み込まれてしまった。

「か、カズ兄助け――」

「カズトさん。サヤちゃんとクロだけでも――あああああああ」

「ワォォオオオオオンッ！」

手を伸ばそうとしたサヤちゃんも、モモの伸ばした影に捕まろうとしたクロも、二人だけでも助けようとした五十嵐さんも黒い空間に飲み込まれて消えてしまう。

「嘘だろ、こんなの……」

モモの影に居たメンバーは全員、黒い空間に飲み込まれ助け出す事ができなかった。

「そんな……パーティーメンバーから柴田と五所川原さんの名前が消えてる……？」

「嘘……嘘だよ……こんなの嘘だよ！」

パーティーを組んだ誰かが死んだ場合、ステータスのパーティーメンバーの項目から名前が消える。西野君はすぐに彼らの安否を確認したのだろう。その結果は――どこまでも残酷だった。

「か、カズトさん――うわぁあああああああ!?」

「カズト――あぐっ!?」

呆然としていた俺の耳に更なる悲鳴が聞こえてくる。

振り返れば、後ろを飛んでいたリベルさんの召喚獣の尻尾が黒い空間に捕らえられていた。

「ちっ、尻尾を斬るわ！　ちょっと痛いけど我慢しなさいよ！」

「ギャォォオンッ！」

リベルさんはすぐに囚《とら》われてる部分を切り離そうとする。だが、その瞬間、黒い空間が一気にリベルさんの召喚獣を飲み込もうとした。

「ッ――マズい！　奈津！　そっちに逃げなさい！」

「え――うわああああああああああ⁉」

逃げられないと悟ったのか、リベルさんは即座に奈津さんを摑んで、俺たちへ向けて放り投げる。

「リベルさん⁉」

「カ、カズト！　お願い、この世界を――」

その言葉は最後まで続かなかった。その前に、リベルさんは黒い空間に飲み込まれて消えた。

「カズトさん！」

「奈津さん！　摑まって下さい！」

ロープはもうない。先ほど、サヤちゃんたちを助けるために使って全部、黒い空間に消えちまった。

俺は必死に手を伸ばす。奈津さんも必死に俺の手を摑もうと空中でもがく。だが――、

「あ――」

奈津さんの足が――黒い空間に飲まれた。その瞬間、俺は奈津さんの手を摑む。

「奈津さん！　しっかり摑まって！」

「カズトさん！　もう無理です！　離して下さい！」

「離すわけないでしょう！　さあ、もう少しです！」

「ナッつん！　絶対に助けるからね！　諦めちゃ駄目だよ！」

俺と一緒に六花ちゃんも奈津さんを助けようと必死に引っ張る。一瞬、体が光ったような気がし

た。すると少しだけ奈津さんの足が出た。

「行ける！　もう少しだ！　頑張ってください！」

「ぬぅぅりゃああああああああああ！」

「カズトさん、リッちゃん……」

少しずつ奈津さんの体がこちらに傾く。やがて黒い空間に囚われていた足は完全に抜けた！

「ぬ、抜けました！　カズトさん！　リッちゃん！　ありが――」

だが次の瞬間、奈津さんは頭上から降り注《そそ》いだ黒い空間に飲み込まれてしまった。

「……………は？」

一瞬、俺は理解できなかった。握りしめた手。絶対に離さないと強く強く握りしめた手の先が
――無い。

腕だけを残して、奈津さんが……消えた。

「嘘、ナッつん……？」

「そんな……」

後ろから西野君と六花ちゃんの信じられないと言った声が聞こえてくる。

「……嘘だ。嘘だ、嘘だ、嘘だ！　そんな訳がない！　奈津さんが……そんな、嘘だ！」

奈津さんは死んでいない。そんな訳が……そんな訳がないんだ。

俺は祈るような気持ちでステータスを開く。そうだ。死んでない。死んでいたら、パーティーメンバーの項目から名前が消える。

俺は縋《すが》るようにパーティーメンバーの項目を確認する。

パーティーメンバー
モモ　犬王LV8
アカ　エンシェント・スカーレットLV6
キキ　グレート・カーバンクルLV8
ソラ　エンシェントドラゴンLV28
シロ　レジェンド・リトルドラゴンLV11

――奈津さんの名前が無かった。どこにも。つまり、奈津さんは……。

「…………………嘘だ」

そんな訳ない。そんな訳がないんだ。そうだ、確か英雄賛歌を使った時にパーティーメンバーを何度も入れ変えてたもんな。だからきっと、そうたまたま俺のパーティーから外れたままになっていただけ。そうに違いない。

「……ぁあ、あああ、あああああああああああああああああああああっ！」

違う。嘘だ。俺はランドルとの戦いの最中に何度も確認した。奈津さんの名前はあった。最後に確認したパーティーメンバーの中に奈津さんの名前はあったんだ。

「ふざけんな、ふざけんなよ……」

どうすれば……どうしたらいい？　考えても考えても答えは出ないまま、全てが消える。

もはや周りを見渡せば、俺たち以外、ほぼ全てが黒空間に飲み込まれていた。

遥か遠くでカオス・フロンティアの姿が見えた。逃げる俺たちを嗤《わら》っているように見えた。

「……終わりだ、もう……」

俺はソラの背中で膝をついていた。いつもなら喝を入れるはずのモモが、ただ黙って俺にくっ付いていている。西野君や六花ちゃんも何も言わない。キキやアカも動かない。誰もが気付いていたんだ。

もうどうしようもない事に。

そして遂にソラの体が黒い空間に捕まる。

『――ここまでか……無念だ。――だが、ぬおおおおお！』

「ソラ！　お前――」

『おかーさん⁉』

ソラは渾身《こんしん》の力を振り絞って俺たちを空中へ放り投げた。

『ごめんね、シロちゃん。おかーさんここまでみたい』

俺のフードに入ったシロに優しい眼差《まなざ》しを向け、そのすぐ後にキリッとした瞳で俺たちを睨み付ける。

『生きろカズト！　お前は、お前らは我が認めた強者共だ！　絶対に諦めるな！　絶対に――』

最後にソラはそう言い残し、飲み込まれた。せめて少しでも長く俺たちを逃がそうとしてくれたのだろう。

「ッ……ソラ……」

『カズト！　カズトカズト！　おかーさんが！　おかーさんがぁ……』

シロが縋りついてくる。でも……どうすればいい？　どうすればここから逆転できる？

「ぐ……ここまでか。カズトさん、どうかこの世界を――」

「おにーさん！　絶対に諦めないで――」

西野君が消えた。六花ちゃんが消えた。

『カズト！　たすけて！　おかーさんを、みんなをたすけて！』

「きゅー……きゅきゅー！」

「……（ふるふる）！」

シロが消えた。キキが消えた。アカが消えた。

「モモ……」

「くぅーん……」

俺は最後まで残ったモモを抱きしめる。諦めたくない。ああ、諦めたくないさ。

でも――どうすればいいんだよ……？　皆は最後まで諦めなかった。俺に希望を託して消えていった。

じゃあ、俺は誰にこの希望を託せばいいんだ？　どうやって皆の希望を叶《かな》えればいいんだ？

「ッ――！　ぁぁあああああああああああああああ！」

モモを抱きしめながら、俺は迫りくる黒い空間に必死にスキルを発動する。忍術を、アイテムボックスを、影のスキルを、作った武器をとにかくなんでも使った。『英雄賛歌』の発動時間はとっくに切れている。どんな攻撃も、ただ飲み込まれるだけ。砂漠に水を一滴垂らすような無意味な行動なのかもしれない。

でも諦めないって誓ったんだ。託されたんだ。もう、俺とモモしか居ないんだ！

「絶対に、最後まで諦めてたまるかああああああああああああああああ！」

「わぉぉおおおおおおおおおおおおおおおおおおおんっ！」

最後に残ったのは奇《く》しくもあのアロガンツの残した大剣。もはやすぐ目の前まで迫っていた黒い空間に、俺は我武者羅《がむしゃら》に剣を振るう。

あっさりと、大剣もろとも腕が呑み込まれて消えた。モモも遂に捕まってしまう。

「わぉんっ⁉」

「モモ！」

――モモが飲み込まれた。

《パーティーメンバーがゼロになりました。新たなパーティーメンバーを選択してください》

《繰り返します》

《パーティーメンバーがゼロになりました。新たなパーティーメンバーを選択してください》

あまりにも無慈悲なアナウンスが脳内に響き渡る。

「――あぁ、ちくしょう……」

俺の体も黒い空間に飲み込まれる。

全てが、飲み込まれ、消えてゆく。少しずつ体が崩壊してゆく。

そう言えば、ユキに初めて出会った時も、こんな感覚を味わったな。出会いは最悪だったのに、
あんな風にユキとの関係が改善するとは思わなかったな……。

あぁ、せめて一秒でも長く、この世界を見ていよう。崩壊するこの世界を。

そう思っていると――、

「――ト……めないで――カズト!」

誰かの声が聞こえた。俺の名前を呼ぶ声が。誰の声だ?

「――駄目か。せめて……だけでも……――」

真っ白な手が伸びる。反射的に手を伸ばそうとしたが、もう俺に手はなかった。

それは誰の手だったのだろう。誰の声だったのだろう。それを知る事もできずに、俺の意識は暗闇の底へと沈んでいった。


――こうして俺たちは全滅した。

第四章　ループ・ザ・ループ

「――じゃあ、名前っ」

「え？」

「その……ずっとパーティーを組んでるのに、未《いま》だに私たち名字で呼び合ってるじゃないですか。だから、その……これを機に、名前で呼び合うってのはどうでしょう……か？」

最後の方は物凄《ものすご》い尻《しり》すぼみになっていた。もじもじしてる一之瀬《いちのせ》さんがちょっと可愛《かわい》い。

「……ん？　あ、いや……言われてみれば、そうかもしれませんが、それがお礼になるんですか？」

「なりますっ！　もうすっごいなります！　だからお願いします！」

一之瀬さんがすっごい食い気味に距離を詰めてくる。うーん、でもそうだな。確かにずっとパーティーを組んでたのに他人行儀のままじゃ良くないかもしれない。これから先、名前で呼んだ方がいい場面も一杯ありそうな気がするし。

「分かりました。じゃあ、これからもよろしくお願いします、えっと……奈津《なつ》、さん」

いきなり呼び捨ては良くないよな？　馴《な》れ馴《な》れしいだろうし、せめてさん付けで呼ぼう。

「……さんも別につけなくても良いのに。で、でも良いです！　とりあえず今はそれで良いです。よろしくお願いします、カズトさんっ」

「わん、わんわん♪」「……（ふるふる）♪」「きゅきゅーん♪」

周りでモモたちがおめでとうと、喜んでいる。

「さて、それじゃあステータスの確認をしますか。アロガンツとの戦いで一気にレベルが上がりましたし――あれ……？」

「……どうしたんですか、ク……カ、カズト、さん？」

反射的に名字で呼ぼうとして、ふるふると顔を振ってから、もう一度、名前で呼び直してくれる一之瀬さん可愛い。あ、違う。奈津さん、可愛い。ていうか、そうじゃない。

「あれ……なんで俺《おれ》、こんな所に……？　確かさっきまで……」

「え……？」

奈津さんが訝《いぶか》しげな視線を向けてくる。

いや、おかしなことを言っている自覚はあるんだ。でも確か、さっきまで俺は……俺たちは何かとんでもない事態に遭遇していたような気がする。

「あの……俺たち、何かと戦ってませんでしたか？」

「戦っていた？　あの、スケルトンとですか？　それともユキさんと一緒に消したバグの事です？」

「いえ、そうではなく……違うんです。なんか違和感が……」

「違和感？」

「……いや、違和感というか、既視感というか。そうだ、そもそも、前にもこんなことありませんでしたか？　確か、戦いが終わって奈津さんが俺に名前を呼んでくれって」

「……？　無かったと思いますけど……？　……私にそんな勇気ありませんし」

気のせいだろうか？　いや、待てよ？

「そうだ……確かこの後、気配を感じて俺は後ろを振り向いて……」

「カズトさん？　本当にどうしちゃったんですか？　どこか具合でも悪いんですか？」

奈津さんの言葉を無視して、俺は後ろを向いた。誰も居なかった。

そう、後ろには誰も居なかったんだ。気のせいだと思った俺は改めて前の方を見ると――、

――リベルさんが居た。


「――」

声が出なかった。

そこには俺の目の前で死んだリベルさんの姿があった。

ん？　いや、ちょっと待て。死んだ？　どうして？　彼女とは初対面のはずなのに、どうして俺は彼女が死んだと思った？　いや、それを言うならどうして彼女の名前を知っているんだ？

疑問が溢《あふ》れて止まらない。違和感が、既視感がどんどん明確になってくる。

「カ、カズトさん……誰か、あそこに……」

奈津さんは呆然《ぼうぜん》とした様子で、目の前に突然現れたリベルさんを見つめている。

一方、彼女はぺたぺたと己《おのれ》の体を触り、ふぅっと息を吐く。

「ああ、良かった。成功したみたいね、いや、私とお母さんの組んだ術式だもの。絶対に成功するに決まってるわよね、うん」

その言葉は彼女が最初に発した言葉だ。

「……だ、誰だ、アンタ？」

「やっぱり神樹――いえ、ペオニーの影響は大きかったみたいね。ここら一帯のトレントが受け持っていたはずの『異界固定』の効果がかなり薄くなってる。おかげでようやく私もこっちに来る事ができた。あなたのおかげよ。本当に感謝するわ」

「……」

「何よ、そんな怖い顔して？　ああ、そうか。私が誰か分からないのね。ええ、そうよね。まずはちゃんと自己紹介をしないといけないわね」

彼女は杖《つえ》を持っていない方の手を胸に当てて、片膝《かたひざ》を突き、俺に礼をした。

「私の名はリベル――リベル・レーベンヘルツ。レーベンヘルツ家現当主にして、当代の『死王』。そして、私という存在を貴方《あなた》たちの言葉で分かりやすく言い表すならば――」

彼女はそこで顔を上げ、こう言った。

「――異世界人」

その瞬間、俺の頭の中に濁流のように『知らない記憶』が流れ込んできた。

彼女との出会い、海王との邂逅《かいこう》、訓練の日々、他《ほか》のスキル持ちとの交渉、あや姉さんやその仲間たちとの再会、異世界のバグとの戦い、そして――、

「あ、ぐ、が……ぐあぁあああああああああああああああああああああ⁉」

あまりの痛みに俺は思わずその場に倒れ込んだ。

「カズトさん⁉　ちょっと、一体どうしたんですかカズトさん⁉　しっかりして下さい！」

奈津さんは頭を抱えてうずくまる俺を見た後、キッとした表情でリベルさんの方を見た。

「アナタが……な、何かしたんですか？」

「な、何もしてないわよ……。どういう事？　こんな反応、今までなかったのに……」

今までなかった？　そのセリフを聞いた瞬間、俺はハッとなってリベルさんを見上げた。

「……も、もしかして覚えてるん、ですか……？　アナタも？」

「ッ……！」

反応は劇的だった。リベルさんは明らかに表情を変えた。

「アナタ、も……ねぇ。なるほど、どうやら今回はアナタも記憶を引き継いだのね……良かった！」

するとリベルさんは勢いよく抱きついてきた。

「んなっ……⁉」

何いきなり抱きついてくるんだこの人⁉

「なっ……なななな、なななななななななななな……」

隣に立つ奈津さんがとんでもない形相になってる。だがそれよりも、俺はリベルさんの方が震えている事に気付いた。

「……良かった。本当に良かった……。ずっと……ずっと一人で繰り返してきたから、もう本当に何度諦《あきら》めようかと思ったことか……。カズト、カズトぉ……うわぁーん」

「……」

ボロボロと涙を流す彼女に、俺も奈津さんも何も言う事ができなかった。

俺たちはリベルさんが泣きやむのを待って話を聞く事にした。……ちなみにその間、奈津さんはずっと俺の服の裾《すそ》を摑《つか》んで離さなかった。

●

ようやく平静を取り戻したリベルさんはどこか気まずそうに話し始めた。

「えっと、ごめんなさい、急に抱きついちゃって……。その、嬉《うれ》しくて思わず……」

「あ、いえ、別に気にしてませんから」

大丈夫ですと言う俺に、こそっと奈津さんが耳打ちしてくる。

「駄目ですよ、カズトさん！　そこはちゃんとびしっと言ってやらないと。昨今はソーシャルディスタンスが大事な時代なんです。他人とは適切な距離を保たなきゃいけないんです。物理的にも精神的にも。そもそも出会って五秒でハグなんてそんなありえませんよ。破廉恥です。もっと慎み深くすべきです。親しき仲何も礼儀ありですよ。本当にもうちゃんとその辺はきちんと線引きしないと駄目です。ホントに。そうですよね？　ねっ？」

「とりあえず耳元でマシンガンのように呟《つぶや》くの止めてもらえませんか？」

「はぅ……」

というか、その理屈だと出会って五秒でゲロした奈津さんはとんでもない無礼者って事になるんだけど、まあそれは言わない方がいいだろう。

「くぅーん？」

モモは「よくわからない」と首を傾《かし》げている。可愛い。うん、モモは知らなくていいよ。そのままのモモでいて下さい。お願いします。

「それじゃあ、話をしましょうか。カズト、アナタの身に何が起こったのか」

「……はい」

リベルさんの雰囲気が変わったのを察して、俺も奈津さんも表情を改める。

「結論から言うけど、アンタの思い出したソレは勘違いでも夢でもない。現実に起こった事なの」

「……やはり、そうなんですか……」

夢や既視感というにはあまりに現実味があり過ぎた。

「私たちは失敗したの。失敗して、今は新しい世界――いえ、正確には過去へ戻って来た」

「なっ……過去へ戻ってきた？」

リベルさんは自分の胸に手を当てる。

「――スキル『巻き戻し』。私が死んだときにのみ、発動する特殊スキル。これはステータス欄にも反映されてない、本当に私だけが持つ固有スキルよ」

「巻き戻し……。時間を戻すって事ですか？」

「いいえ、戻るのは『意識』だけ。だから正確には記憶の巻き戻し、もしくはタイムリープって言えばいいのかしら」

タイムリープ……アニメで見たことあるな。あれは電子レンジを使ったタイムマシンを使ってたけど。

「……本当なんですか？」

「本当よ。私自身、このスキルに気付いたのは最初の世界で死んだ後だった。多分、師匠が私に内緒で付けてくれたバックアップ、なんだと思う……」

少しだけリベルさんは自信なさ気に言う。

「師匠って確か異世界でシステムを創ったっていう……」

「……凄いわ。正直、半信半疑だったけど本当に覚えてるのね。念のためにもう一つだけ確認させて？　私がこの世界に来た理由を説明できる？」

「この世界が危機に瀕《ひん》しているからでしょう？　リベルさんたちの世界と融合し、その残滓《ざんし》がこの世界を蝕《むしば》んでいる。アナタはそれを消すために、俺たちに接触した。そうですよね？」

「その通りよ。ああ、本当に記憶してるのね。こんなの奇跡だわ……」

喜びに震えるリベルさんとは逆に、俺は別の意味で震えていた。あんな……あんな事が本当に在ったのか……。

震える俺の腕に奈津さんが優しく触れる。

「カズトさんがこんなに震えるなんて……一体どんなことがあったんですか？」

俺の服をぎゅっと摑みながら、奈津さんは訊《たず》ねてくる。当然だろう。奈津さんにしてみれば、こんな荒唐無稽《こうとうむけい》な話をしている俺たちの方がおかしいのだから。

俺はリベルさんの方を見る。彼女は頷《うなず》いた。

「……構わないわよ。今回はカズトも居る。話してあげて」

「……?」

俺が居る、という部分にちょっと引っ掛かりを覚えたが、とりあえず俺は何があったのか――いや、違うな。あれが未来の出来事なら、これから何が起こるのかを奈津さんに話した。

この後、この世界に何が起こるのか。異世界の残滓と呼ばれる存在と俺たちがどんな戦いを繰り広げたのか。そして、その果てにあの化け物――カオス・フロンティアが現れ、俺たちがどんな最期を迎えたのかも、全て話した。

全てを聞き終えた後、奈津さんの顔は完全に引きつっていた。

「――とてもじゃないけど、信じられません。そんな……私やリッちゃんだけじゃない、世界全てが滅びたなんて……」

「ええ、俺も自分で言ってて信じられないと思います」

こんな話、信じる方がどうかと思う。でも、奈津さんはしばらく何かを考え込んだ後、俺の方を見た。

「でも……カズトさんの言う事なら信じます。疑ったりなんかしませんっ」

「奈津さん……」

本心からそう言ってくれているのが分かった。

「良いわね、妬《や》けちゃうわ」

リベルさんが茶々を入れてくる。

「からかわないで下さい。でもどうして前の世界ではこの事を黙っていたんです？　リベルさんの口ぶりからすると、『巻き戻し』自体は今回が初めてじゃないんですよね？」

するとリベルさんは途端に辛《つら》そうな表情を浮かべた。

「別にからかったわけじゃないのよ。もしかしたら、そこが私とカズトの差、なのかしらね」

「……？」

いまいち要領を得ないリベルさんの説明に俺は首を傾げる。

「結論から言えば、何度も話したわ。でも話しても、信じてもらえなかったの。信頼関係を築いてから改めて説明したけど、それでも結果は同じ。アナタたちは誰も私が記憶をループしているという事を信じなかった。……カズト、アナタもね」

「っ……」

俺は思わず目を逸《そ》らした。当時の俺はどんな反応をしたのだろうか？　……あまり考えたくはないな。

「……すいません。辛い思いをさせて」

「別にいいわよ。私だって立場が同じならきっとアンタたちと同じ反応をしたと思うから。というか、多分これは『巻き戻し』のリスクだと思うわ。話したとしても誰にも信じてもらえないっていていうね」

だから気にしないでと、リベルさんは言う。

――信じてもらえない。

それが彼女が『巻き戻し』をする事のリスクなのか。……キツイな。

一体、彼女は何度、この世界をやり直しているのだろう？　その度に、何度命を落としたのだろう？　その事を誰にも話せない。話しても信じてもらえない。その境遇は察するにあまりあるほどに辛い事だろう。でも、同時に疑問も湧《わ》く。

「あの……それで言えば、どうして私は信じる事ができたんですか？　その……過去の私もリベルさんの話を信じなかったんですよね？」

奈津さんが口にした疑問は、丁度、俺が思っていたのと同じ。

「そこよ」

リベルさんは力強く答えた。

「さっき話した『巻き戻し』のリスク。これはおそらくスキル保有者の私だけに適用されてるんだと思う。カストには適用されていない。だから奈津はアナタの話を信じる事ができたんだと思うの」

「さっき言ってた、リベルさんと俺の差って、そういう意味だったんですね。でも、そうなると疑問も湧きます。どうして俺も記憶を引き継いでいるんですか？　多分ですけど、『巻き戻し』自体は既《すで》に何度も行われているんですよね？」

でもリベルさんの反応から察するに、俺が記憶を引き継いだのは今回が初めてのケースのようだ。

一体なぜ、今回に限ってそんなイレギュラーが起きたのか？

リベルさんは少し考え込んだ後、首を横に振った。

「……申し訳ないけど、それは私にも分からないわ。私もこの『巻き戻し』のスキルについて完全に把握しているわけじゃないから。でも、そうね……推察することができる。というのも、あのカオス・フロンティアが出現したこと自体、今回が二度目だったから」

「え……？」

「アレが現れたのは、今回と最初の時の二回だけ。他のループの時には出現しなかったわ」

「カオス・フロンティアが出現してない……？　ちょ、ちょっと待って下さい。じゃあ、過去のループで俺たちは誰に負けてたんですか？」

「敗因は毎回違ってたわね。一番多かったのが、ランドルか破獣のどちらかに全滅させられるか、私が攻撃食らって死ぬか、だったわ」

過去の俺たちはランドルに何度も負けてたのか。

「あれ……？　でも前回の時、初めてランドルに会ったようなリアクションをしてませんでしたか？」

「ああ、あれも『パターン』の一つなの。初めて会ったように振る舞う事で、異世界の残滓が警戒しないように仕向けただけ。これまでのループで、戦闘の際に私たちの発言、言動から『対策』を立ててる事が分かったから」

「そうだったんですか……」

「ランドルや破獣に負けるたびに、私はそのパターンを記憶して、アナタたちの訓練に組み込んでいったわ。それとなく気付かないようにね。『英雄賛歌』の組み合わせだって誘導するの大変だったんだから」

「あー、思い返してみれば終盤の訓練は特にそこを重点的に行ってましたね」

「ですです。何度も死にかけました」

確かに訓練ではリベルさんと召喚獣を相手に、発現する固有スキルの組み合わせや、パーティーメンバーの激しい入れ替えを何度も行った。奈津さんは何度も死にかけた。でもその甲斐《かい》あって、ランドルとの戦いにはそれが大いに生かされた。

「今までのループの集大成、それが前回のループだった。ランドルと破獣という異世界の頂点をアナタたちは倒す事ができた。……報われたって思ったわよ。最後の最後に再びあの化け物が現れるまでは……ッ！」

「……アレは一体何なんですか？」

カオス・フロンティア――それはこの世界の名前だったはずだ。世界そのものとも言える存在が、どうしてあんなモンスターみたいな姿で現れたのか？

「分からないわ。……おそらくは、世界の理……的な何かだと思うけど私にもアレがなんなのかは本当に分からないのよ。それどころか、一度目のループの時にも遭遇していたはずなのに、今の今まで忘れてたくらいだもの」

「……そういえば。カオス・フロンティアのステータスにも種族部分に『世界の理』と記載されていましたね」

ふざけた話だ。倒せない絶対存在。だが、だとすれば疑問も湧く。

「……ランドルはアレを倒したんですよね？」

じゃないと、リベルさんたちの世界はとっくに滅んでいるはずだ。ならばアレをどうにかする方法も必ずあるはず。

「口ぶりからするとね。でも私の世界はもう殆《ほとん》ど消滅したようなモノだし、過去の文献を調べようにも調べようがないわね」

「うーん……」

あや姉の『検索』を使って調べられるだろうか？　いや、確か『検索』で調べられるのはこの世界の事だけだったはず。元の世界の事は調べられないって、前のループで言ってた気がする。あや姉、聞かなくてもどんどん自分や仲間の事を話してくれたからな。

「あとなにか知ってそうな存在と言えば……ユキ、か」

システム側の存在である彼女であれば何か知っているかもしれない。とはいえ、今はまだ会えないんだよなぁ……。彼女の力が回復して、俺の前に現れるのは今から一か月以上も後の事だ。

「ユキ――って誰？」

俺の言葉にリベルさんが首を傾げる。……あれ、おかしいな？　確か前の世界でリベルさんにはユキの事を話していたと思うけど？

「システム側の存在、とでも言うべき少女です。というか、前に言いませんでしたっけ？」

「……覚えてないわ。おかしいわね？　そんな重要な存在、忘れるわけがないんだけど……？」

リベルさんは不思議そうに首を傾げている。どうやら本当に覚えていないようだ。となれば、考えられる可能性は――、

「ひょっとしてそれも『巻き戻し』のリスクなのでは？」

「……あり得るわね。カオス・フロンティアももう一度見るまで覚えてなかったし、ひょっとしたらシステム側や、その外側に居る存在に関しては記憶を持ち越す事ができないのかもしれない。カズト、アナタのおかげで気付けたわ。ありがとう」

「いえいえ。というか、そもそもなんで俺は覚えてるんでしょう？」

「分からないわよ。何度も繰り返してきたけど、今回は本当に分からない事だらけだわ。……ひょっとしたらループを繰り返すうちにスキル『巻き戻し』に何か影響が出てるのかしら」

でも、とリベルさんは言う。

「今回は――今回こそはこのループを終わらせることができるかもしれない。私以外にも記憶を共有する仲間が居る。これは私にとって本当に奇跡みたいな事なのよ。それだけでも……これまでの全てが無駄じゃなかったと思える。だから――」

リベルさんは俺に手を差し出す。

「今度こそ、世界を救いましょう、カズト。私たちの手で、必ず！」

「ええ、勿論《もちろん》です！」

ああ、やってやるさ。今度こそ成功させてみせる。

その直後、ソラが襲ってきて前回と同じ光景が繰り返された。

あの時は、滅茶苦茶《めちゃくちゃ》驚いたけど、二回目も滅茶苦茶驚かされた。……ソラの事、すっかり忘れてたよ。

●

「とりあえず、まだ他の仲間には話さないでくれる？　きちんと情報を整理してから、カズトの方から説明してほしいのよ」

「ええ、それで構いません。じゃあ、一先《ひとま》ずは前回と同じように皆に連絡を入れての話し合いですね」

「ええ、お願い」

俺はリベルさんが現れた事を西野《にしの》君たちにメールで伝える。

すぐに会議室で話し合いになった。

話し合いの内容は前回とほぼ同じ。リベルさんがここへ来た理由、これから何が起こるのか、そのために俺たちがどう動くべきか。俺も前回の記憶を辿《たど》りながら話し合いに参加した。

……なんというか、奇妙な感覚だった。

前回と同じ話し合いをしているのに、俺だけがそれを知っている。リベルさんもずっとこういう感覚だったのだろうか……？

「――方法は理解した。では具体的にいつ、どこで、どのような形で我々は戦うのだ？」

「準備期間としてはあと四か月といったところかしらね。その間にレベルを上げ、仲間を集め、戦力を募ってほしいの。異世界の残滓の強さは、今まであなたたちが戦ってきたモンスターとは、文字通りレベルが違う。だから可能な限り強くなってほしい。勿論、協力は惜しまないわ。なんでもするわ」

「……分かった」

気付けば話し合いは終盤に差し掛かり、市長の言葉と共にお開きとなった。


話し合いが終わり、俺と奈津さんは部屋で話をしていた。

「――カズトさん、ずっと上の空でしたね」

「……まあ、前回の時と同じでしたからね。でも話はきちんと聞いてましたよ？」

「私にとってはずっと驚きの内容でしたけどね。……カズトさんやリベルさんが話した内容も含めて今でも実感が湧きません。私たちがもう何度も失敗してるなんて」

ぶるりと、奈津さんは己の腕を抱きながら震える。

「それで……これからどうするんですか？」

「リベルさんの言ってた通りですよ。レベル上げと訓練、そして勧誘です。カオス・フロンティアの前に、ランドルや破獣といった異世界の残滓にも勝たないといけないですから」

前回はＬＶ30に上がり、『半神人《デミ・ゴッド》』に進化してからあや姉や河滝《かわたき》さんの元へ向かった。

「リベルさんだけが記憶をループしている状況では色々と制約があったかもしれません。でも今回は俺も覚えてる。これは確かに大きなアドバンテージです。より効率的に準備する事ができる」

他の固有スキル保有者の能力、実力、誰がどんな『英雄賛歌』の固有スキルを発現するか、その最適な組み合わせ、全部覚えてる。上手《うま》くやれば、前回よりも更に戦力は上がるはずだ。

「でも、その……カオス・フロンティアはどうするんですか？　カズトさんや彼女の話だととんでもない化け物なんですよね？」

「ええ、全ステータス無限の全スキル使用可能というクソふざけた存在です」

「チートです。完全なるチートの権化ですよ」

本当にそう思う。正直、マジでどうやって勝てばいいのかまるで分からない。

「でも……なんか違和感があるんですよね……」

「違和感、ですか？」

「ええ、何というかこう……。うーん、具体的にどうとは言えないんですが」

「……？」

要領を得ない俺の言葉に、奈津さんは首を傾げる。俺も自分で言ってて説明になってないのは分かってるけどさ。いや――でもこの違和感は無視しちゃいけない気がする。

いつだって俺たちが生き残ってこられたのは、些細《ささい》な違和感から可能性を模索し続けたからだ。思い出せ。俺は一体何に違和感を覚えた？　それをきちんと言語化しろ。それが現状打開のきっかけになるかもしれないんだから。

考えて、考えて、考えて、考えて、考えて――何も出てこない。

「あー、駄目だ。答えが出ないです」

俺は大の字になってベッドに倒れ込んだ。すると奈津さんはくすっと笑って俺の頭に手を添えた。

「ゆっくり休んで下さい。まだ時間はあるんですから、じっくり考えましょう。今日一日、カズトさん、ずっと張りつめた顔してましたよ？」

「……え、俺そんなに表情に出てました？」

「ですです。そのくらい分かりますよ。ずっと見てましたから。……あ、いやずっと見てたのはあくまでパーティーメンバーだからであって、深い意味はないです、はい」

「そうですか……。じゃあ、すいませんがお言葉に甘えて少し休みますね」

「ええ、おやすみなさい、カズトさん」

確かに奈津さんの言う通り、俺はかなり疲れていたんだろう。目を閉じると、あっという間に俺の意識は沈んでいった。


翌日、対異世界の残滓&カオス・フロンティア打倒の為の訓練が始まった。

今回は俺とソラは不参加だ。先に他の固有スキル保有者――あや姉や河滝さんの所に向かう事にしたからからである。

訓練も合同でやった方が色々効率がいいからな。移動の際中、俺はソラとシロに前の世界で何かがあったのかを話した。モモやアカ、キキはリベルさんが現れた時に一緒に居たけど、シロは寝てたし、ソラはいきなり襲い掛かって来てそれどころじゃなかったからな。

『不快だ』

「……そういうなよ」

とりあえずは信じてくれたが、大層ご立腹だった。シロの方は素直に信じてくれたのにこの親竜はまったく……。

『しかし世界の理、か……。我が夫が生きていれば何か知ってたやもしれんな』

「ソラの旦那さんが？」

『我が夫は長い時を生きてきた古竜だ。その知識で、いつも我に様々な事を話してくれた』

「……もし生きていたらいろいろ話を聞きたかったよ。今回の戦いの事以外も含めてさ」

『フンッ……』

しかし、長く生きた存在か……。確かにソラやリベルさんたちの居た世界って長寿な種族はどこまでも長寿なんだよな。海王なんて特に原初から存在する――あ。

「……そうだ。居たじゃないか、カオス・フロンティアについて知ってそうな存在がっ！」

ああそうだ。なんで今の今まで忘れてたんだ。居たじゃないか、あの世界について、リベルさん並みの知識がある存在が！

――原初のスライム『海王』シュラム。

長い時を生きてきた彼なら何か知っているかもしれない。俺はすぐにリベルさんにメールを送った。

その後は、予定通りあや姉や滝川さんに会い、協力を取り付ける事に成功した。今回は、どちらのグループもかなり早い段階から訓練に参加できるようになった。

「――確かに、シュラムなら何か知ってるかもしれないわね。少なくともランドルが千年くらい前の英雄だからそれよりも前から存在してるのは間違いないもの」

「それじゃあ、明日一番に会いに行きますか？」

「いえ、会いに行くのは訓練がある程度進んでからね。少なくとももう一回、『進化』しないとカズトや奈津はアイツを見た瞬間、力の差が大きすぎて気絶しちゃうから」

「あー、なるほど」

それで俺たちが進化するまで会わなかったのか。……そんな海王に見初められて力の大部分を受け継いだアカって本当に凄いのね。

という訳で、海王に会いに行く前に訓練となった。

訓練開始から数日後、俺は『半神人《デミ・ゴッド》』進化し、奈津さんも無事に進化した。

さあ、二度目の海王との邂逅である。

●

二度目の海王様との邂逅は、『安全地帯』での会議同様、前回のループをなぞる形で行われた。

海は割れ、リベルさんはボコボコにされ、海王はアカに興味を持ち、世界の状況を知って協力を取り付けることに成功した。

『——だから少しずつで良い。もっと彼女と話を重ね、もっと彼女を見てやってくれ。『死王』や『賢者の弟子』、『異世界人』といったフィルターを外してしまえば、彼女もただの人であり、親を慕う一人の娘なのだ。それを忘れないでほしい。……今後、どんなことがあろうともな』

前回同様、本当にスライムなのかと言いたくなるくらいの人格者である。でも海王様、先ほどまでその彼女をボコボコにしてましたよね？

『それはそれ、これはこれだ。そもそも殴られるような事をした彼女の方に問題がある』

そうですね。それは間違いないですね。

『その通りだ。ふっ、話は以上だ。では、頼んだぞ』

ええ頼まれました。俺としても彼女とは今後も良好な関係を築きたいですからね。

……さて、海王様との脳内会話も終わり、本来ならこれでここでのイベントは終了であった。

でも今回は続きがある。俺はリベルさんの方を見る。

「……」

彼女も無言で頷いた。海王様にループの事を話すのは今までなかったという。理由を聞いたら「言ったら絶対殺される」との事。……うん、まあ再会しただけでボコボコにされてたし、この上、更にまだ何か隠し事してるってなれば、確かに殺されても文句は言えないだろう。

でも——、それでも今回は海王様に真相を話す。

現状、ランドルやユキを除けば、カオス・フロンティアについての手がかりは海王様だけなのだから。

「……海王様、実はもう一つ話したいことがあるんです」

『……なんだ？』

俺は海王に前回のループの事を、そしてリベルさんが何度もこの世界を繰り返している事を話した。

その結果――、

「――ペギャアアアアアアアアアアアアアアアアアアアアアアアアアアアアアアアアアアアッ！」

『このクソが！　貴様は！　まだ私に話していない事があっただと！　この！　この！　よくもまあ、ぬけぬけと私に協力してくれなどと言えたな！　死ね！　死んで償え！　この大馬鹿者《ばか》が！』

「痛い、痛い、痛い！　ごめんなさい！　ごめんなさい！　許してええええええええええ！」

で、再び話を聞き終えた後、海王様は再びリベルさんにお仕置きをした。それはもうボコボコである。お仕置きが終わった後、リベルさんは砂浜から再び足だけ出して突き刺さっていた。あの映画のワンシーンのようだ。

「……カズトさん、アレ、死んでないですよね？」

奈津さんが俺の服の袖《そで》を引っ張りながら聞いてくる。

「…………………多分、大丈夫だと、思います。索敵が反応してませんが、おそらく生きてます……」

「死にかけてますね、それ。本当に大丈夫なのですか？　『癒《い》やしの宝珠』要ります？」

『大丈夫だ。死んだらその時はどうせまたループするのだろう。なら殺してしまっても問題ない』

「いやいや、大問題ですよ、海王様。冗談でも止めて下さい。ループするのは彼女だけで、この世界そのものは続いていくので殺してしまったらそれこそ詰みです」

『むぅ……それもそうか。ふんっ』

海王様は体の一部を触手みたいに伸ばして、砂浜に刺さったリベルさんを大根みたいに引き抜くと、海に控えていた巨大スライムクラゲへと投げ渡す。

『治してやれ』

『……』

巨大スライムクラゲは無言で頷くと、頭の部分にリベルさんを取り込む。するとみるみる傷が治ってゆくではないか。ちなみにリベルさんは全裸である。海王様の攻撃で服全部、はじけ飛んだからね。いや、まあ、その……ありがとうございます。

「……見ちゃ駄目です」

「……すいません」

奈津さんに手で目隠しされた。ごめんなさい。

『あの馬鹿はアンデッドだからな。回復スキルや『癒やしの宝珠』といったアイテムでは治せん。ああしていれば数時間で元に戻るだろう』

「……そうですか」

あのリベルさんが治療に数時間も掛かるレベルの怪我《けが》ですか、そうですか。海王様、怖い。

『さて、アレが傷を治してるうちに話を進めよう。カオス・フロンティアについてだったな。……世界の理、か。まさかこっちの世界でも、あの存在が現れたとはな』

海王様は懐《なつ》かしそうにそう切り出した。

「ッ……！　やっぱり何か知ってるんですか？」

「ですです！　お願いです海王様、教えて下さい！」

砂浜に突き刺さったリベルさんの代わりに、俺と奈津さんは食い気味に海王様に詰め寄る。

『ちゃんと知ってる事は話してやるから落ち着け。……確かに、我々の居た世界にもそのような存在が現れた事はある。尤《もっと》も、姿形は君たちが話してくれたものとは多少異なるな……』

「違う存在という事ですか」

『いや、おそらくは出現する世界で異なるのだろう。君たちの話を聞く限り、アレは異世界の残滓と違い、ただ世界を滅ぼす為に、世界を終わらせる為だけに存在するモノだ。名前や姿は重要ではないのだよ』

「……」

『アレは世界を終わらせる為だけに存在する。故《ゆえ》にその世界においての『絶対存在』として顕現《けんげん》する。君たちも、前の世界でその片鱗《へんりん》を嫌というほど味わっただろう？』

「はい……。レベル、ステータス無限。全スキル使用可能というふざけた力でした」

『だろうな』

海王様は頷く代わりにプルプルと体を震わせる。

『たとえこれから先、君たちがどれだけ力を付けたとしても、アレには勝てまい。『絶対存在』は、絶対に勝てないから絶対なのだからな』

どーすりゃいいんだよ、そんなの？　俺は頭を抱える。しかし同時に疑問も湧く。

「……でも世界を終わらせるための絶対存在のはずなのに、ランドルさんはアレを倒したと言っていましたよ？　これって矛盾してますよね？」

『ああ、そうだな』

あっさりと海王様は俺の言葉に頷く。

『私も直接その場にいた訳ではないし、眷属《けんぞく》の眼を通して、ランドルと世界の理――まあ、便宜上カオス・フロンティアと呼ぶか。その戦いを見た訳でもない。だが私の予想で良ければ話そう』

「えっ？　ほ、本当ですか!?　是非、お願いします！」

『ああ、あくまで私の仮説だが、そもそもカオス・フロンティアは――』

俺たちは海王様からカオス・フロンティアについての『ある仮説』を教えてもらう。

……確かに、それがその通りなら、カオス・フロンティアは絶対の存在じゃない。ないけど、それが分かったところでどうしようもない。だってＨＰ無限だよ？　どうやって倒すのさ？

『前回のループで最後まであの世界に居たのは君だったのだろうカズト？　よく思い出せ、その時の出来事を、そしてランドルの言葉を。答えはその中にあるはずだ』

「……」

海王様にそう言われて、俺は前回のループの事を必死になって思い返す。

「そう言えば、カズトさん、なにか違和感があったって言ってましたよね？　今の海王様の仮説と併せれば、その違和感も分かるんじゃないですか？」

「うーん、考えてみます……。モモ、膝の上に乗って。キキも」
「わんっ」
「きゅー」
モモとキキを膝の上に乗せてモフモフしながら、神経を集中させる。ふぅー……うん、落ち着いてきた。完全に思考に没頭できるぞ。
『……アレは必要な事なのか？』
「絶対に必要な事ですよ」
首を傾げるように体を震わせる海王様に、奈津さんははっきりと断言する。その通りなので、俺も否定しない。モフモフは必要な栄養です。
さあ、思い出せ、前回のループでの出来事を。その全てを。特にランドルの発言、動き、カオス・フロンティアとの戦闘、その後の崩壊まで全てを思い返す。
頭が沸騰するくらいに熱くなり、思考はどんどん加速してゆく。
《熟練度が一定に達しました》
《スキル『集中』がLV9から10に上がりました》
《熟練度が一定に達しました》
《スキル『予測』がLV9から10に上がりました》
《一定条件を満たしました》
《スキル『一心不乱』を取得しました》

《スキル『未来予知』を取得しました》

《スキル『集中』は『一心不乱』に統合されます。スキル『一心不乱』がLV1から3に上がりました》

《スキル『予測』は『未来予知』に統合されます。スキル『未来予知』がLV1から3に上がりました》

新たなスキルを取得した影響か、俺は更に思考の海へと沈んでゆく。何度も、何度も、何度も、何度も前回の記憶を思い出し、その全てを一つ、一つ検証し、考えて、考えて、考えて、考えて、考えて、考えて、考えて、考えて――、

「――あっ」

そうか、そう言う事か。俺はようやく違和感の正体に気付いた。

「……ランドルめ、そういう事だったのか」

俺の予想が正しければリベルさんたちの世界にカオス・フロンティアが現れても存続していた事も理由が着く。そして俺たちがどうすればいいのかも。アイツ、紛らわしい言い方しやがって。

「カ、カズトさん、何かわかったんですか？」

ワクワクした様子で奈津さんが訊ねてくる。何か打開策を見つけたと思ったのだろう。

だから俺も安心させるようにはっきりと宣言する。

「ええ、ようやく分かりました。カオス・フロンティアに勝つのは絶対に不可能です！」

「…………は？」

呆然とした表情で、奈津さんはそう言った。

そう、勝てる勝てないじゃない。そもそもアレはそう言う存在じゃなかったのだ。

●

海王様との邂逅、そしてカオス・フロンティアについての打開策については、一応だが目途がついた。

とはいえ、あくまで仮説段階だ。

訓練と並行して、リベルさんや海王様と話し合いを続けるとしよう。

カオス・フロンティアもそうだけど、それ以前にまず異世界の残滓を倒さなきゃどうしようもない。前回同様、俺たちのパワーアップも不可欠だ。

訓練、訓練、訓練と瞬く間に時間は過ぎてゆく。

あやや姉や他のメンバーも順調に力を付けていったし、サヤちゃんも蜘蛛《くも》や蛇のネームドを早期に仲間にする事に成功した。

これなら前回よりも更に戦力は充実するだろう。

「……『一心不乱』と『未来予知』が手に入ったのはラッキーだったな」

この二つは前回のループでは手に入らなかったスキルだ。そもそも前回、『集中』と『予測』はLV10に上げていたのに、その上位スキルであるこの二つは取得できなかった。ひょっとしたら

ＳＰ《スキルポイント》ではなく、熟練度でＬＶ10まで上げることが上位スキル取得の条件だったのかもしれない。

今までＳＰ《スキルポイント》を使って上げてきたスキルの中にもそう言ったスキルがあったのだろうか？　だとすればちょっと惜しい事をしたかもしれない。まあ、無い物ねだりをしてもしょうがないけど。


「そう言えば、『巻き戻し』って一応はスキルなんですよね？」

「ええ、そうよ」

ある日の訓練が終わった後、俺はリベルさんに気になっていた事を聞いていた。

「スキルなのにどうして世界が崩壊した後でも発動するんですか？　世界そのものが無くなってしまえば、それに依存していたスキルだって使用できなくなるんじゃないんですか？」

「ああ、それはこのスキルが、この世界ができる前に用意したスキルだからよ。いうなればシステム外スキルってところかしら。カオス・フロンティアとは別個のシステムサーバーで作り上げ、異世界人《ワタシ》という別個のハードディスクに保管され、死というトリガーを通じ、私の魂をアダプターにして発現する超特殊スキル。この世界では再現しようとしても不可能でしょうね。ただどうしてアナタにも記憶が継承れたのかはいまだに分からないけど……」

俺が記憶を引き継いだ理由は未だに不明のままだ。

とはいえ、そろそろ訓練を初めて二か月が経《た》つ。時期で言えばそろそろのはずだ。

すると次の瞬間――――世界が静止した。

「……！」

俺以外、全ての時が止まっているような光景だった。色も消えた灰色の静止した世界。

これは――もしかして……、

「以前よりも成長しているようね。安心したわ」

声が、聞こえた。ずっと聴きたかった彼女の声だ。振り向くと、そこには一人の少女が居た。白一色で染め上げげられた雪のような少女が。

「久しぶりね、クドウカズト」

ユキがそこに居た。待ちに待った彼女がようやく会う事ができた。俺は前のループ同様、思わずユキの元へと駆け出す。

「ユキ、もう体は大丈夫なのか?」

「ええ……本調子、とまではいかないけど、こうして限定的にアナタたちの世界にアクセスできるまでには回復したわ」

「そうか。よかった……」

「な、なによ? ずいぶん大げさなリアクションじゃない……?」

安心すると、色々と聞きたいことが出てくる。

「ユキ、実は――」

「分かってるわよ。そこの異世界人の事でしょ?」

ユキは灰色の世界で制止しているリベルさんに眼を向ける。

「それもある。それもあるけど、他にも聞きたいことがあるんだ」

「……？　聞きたいこと？」

　予想外の反応にユキは首を傾げる。俺は彼女にこれまでの事を話した。


「――にわかには信じがたいわね」

「でも事実だ。提示できる証拠はないが、信じてほしい」

「別に否定するつもりはないわよ。ただ驚いただけ」

　そう言って、ユキは口に手を当て考え込む。

「……気になるわね。いくら『巻き戻し』が、彼女の言う通りシステム外スキルだとしても、あまりに効果が規格外だわ。なんのリスクも代償もなくそんな事ができるとは思えないけど……」

「……『巻き戻し』には何らかのリスクがあるって事か？　それならさっき説明した通り、俺たちに信じてもらえない、システムに関係する記憶は継承できないって事じゃないのか？」

「確かにそれはそうだけど……」

　ユキはどこか納得がいってないようで首をひねる。その姿を見ていると、俺は唐突にある事を思い出した。

「あ、そうだ。ようやく思い出した！」

「な、なに……？　どうかしたの？」

　テンションの上った俺に、ちょっと引き気味のユキ。

「ようやく思い出したんだよ！　前のループで、俺が死ぬ寸前に誰かが手を引っ張ってくれた。それがユキみたいな白い手をしてたんだよ」

そうだ。あの時、黒い空間に飲み込まれようとしていた俺を誰かが引き上げてくれた。どうして今まで忘れていたんだろうか。

「……死ぬ寸前に私が助けたって事？　それは考えにくいと思うけど……」

「どうしてだ？」

「だって考えても見なさい。私はシステムの一部なのよ。アナタが言うようにカオス・フロンティアが世界を崩壊させたのなら、システムだって崩壊してる。いや、正確には崩壊直前のはず。そんな瀬戸際《せとぎわ》でどうやってアナタを助けるのよ？」

……確かに言われてみればその通りだ。

「でもそれならアレは誰の手だった？　ユキじゃないなら他に心当たりなんてないぞ？」

「そんなの私に聞かれても分からないわよ。ともかく事情は理解したから、私もできるだけ早く回復に努めるわ。そっちに行けるのは、おそらく決戦直前か、下手したら決戦の最中になるかもしれないけど」

「え、協力してくれるのか？」

「当たり前でしょう？　今回は世界そのものの存亡が掛かってるもの。そして世界とシステムを維持するのが私の役目であり――」

「いや、そうじゃなくて――」

俺はユキの言葉を遮《さえぎ》って言葉を続ける。

「……力の回復、間に合うのか？」

「ええ、さっきも言った通りギリギリにはなるけど間に合うと思うわ」

「……？」

どういう事だ？　前回のループではユキの回復は決戦までに間に合わなかった。だから俺たちも彼女を戦力としては数えずに戦った。なのにどうして今回は間に合うんだ？　ユキも俺の反応を見て何かを察したらしい。

「……何？　前回と違ったの？」

「ああ、前回はユキの回復は決戦までに間に合わなかった。ユキが参戦してくれるなら、明らかに前回とは違う戦いになると思う」

「……アナタは記憶を引き継いでいる事とも関係があるかもしれないわね」

「ああ、ひょっとしたら他にも何か違う事があるかもしれない。今後はその辺も注意深く観察してみるよ」

「ええ、気を付けなさい。ああ、それとシロや他の皆にも、一応は無事だって伝えておいて。その、一時的とはいえ、世話になったのだし……」

ユキはちょっとそっぽを向きながらそう言った。あ、これは前回の時と一緒だな。

「分かってるよ。ていうか、わざわざ言わなくても、ちゃんと伝えるに決まってるだろ」

「うるさい！　舐《な》めた口をきくんじゃないわよ！　力が戻ったら覚悟しなさい！」

そう言って、ユキは姿を消した。その瞬間、世界に色が戻る。静止していた世界が動き出す。

まさかここにきてまた前回のループとは違う点が出て来るとはな。リベルさんや他の皆にも伝えておかなきゃ。

●

「――なるほど、確かに私が今まで経験してきたループともまるで異なるわね……。そんな展開、今までなかったわ」

先ほどのユキとのやり取りをリベルさんや奈津さんたちに伝える。リベルさんは渋い顔をして腕を組んだ。

「断言できるんですか？」

「ええ、『巻き戻し』のリスク……システム関連の記憶の引き継ぎはできない。でもそのユキとかいう少女が参戦してくれるなら、私の記憶に何かしらの齟齬《そご》が生まれてるはずよ。それが無いって事は、今までのループでその子が参戦した事は無かったって事」

記憶がない事を逆手に取った確認方法か。やっぱ頭の回転速いな、この人。

「やっぱり『巻き戻し』のスキル自体に変化が起きてるとしか思えないわね……」

「とはいえ、調べようがないのが歯がゆいですね」

「仕方ないわよ。でも展開そのものは悪くないわ」

確かにリベルさんの言う通り、変化と言ってもこれは悪い変化ではない。

俺は記憶を引き継ぎ、ユキも決戦には参加できる。これは俺たちの明確な戦力アップだ。それにカオス・フロンティアに対しても対抗策が考え付いたんだ。

「勝ちましょう、今度こそ。勝ってこその世界を救ってちょうだい」

「ええ、勝ちましょう、必ず」

「わ、私も頑張ります」

拳《こぶし》を突き合わせる俺とリベルさんに奈津さんも参加してくる。

「あ、そうだ。作戦と言えば、もう一つ、前回の戦いを経験して思った事があるんですけど」

「なに？」

俺はある作戦を二人に伝える。もしこれができるなら、決戦の勝率は大きく上がるはずだ。

聞き終えた後、リベルさんは感心した様子で、奈津さんはちょっと嫌そうな表情を浮かべた。

「……その、作戦自体は凄く良いと思いますけど……、絶対あの人調子に乗りますよ？」

「まあ、それは仕方ないでしょう」

「むぅ……せっかくカズトさんとの距離が縮まったと思ったのに……むぅー」

……奈津さんはなぜこんなに起こっているのだろう？

「耐性スキルの性能も考えものねー……。いや、これは元からか」

「くぅーん……」

そして何故《なぜ》、リベルさんとモモはそんな呆《あき》れた表情を浮かべているのだろう。

別にそんな問題ないと思うんだけどなぁ……。訓練と、話し合いと、時間は過ぎ――その時は再びやってくる。

――二度目の異世界の残滓との決戦が。

●

決戦の前に異世界の残滓についてのおさらいだ。

現れる異世界の残滓は全部で五体。その全てがかつてリベルさんたちが居た世界で名を馳《は》せた猛者たちである。

最初に現れるのは三人。『忍神』シュリとその従魔ゴズとメズ、『炎帝』グレン、『水守』オリオン。

ゴズとメズは、リベルさんの召喚獣と同じ扱いなのでノーカウント。コイツらはシュリさえ倒せばそのまま一緒に消える。

その三人を倒すと本番、『大英雄』ランドルと最強のモンスター『破獣』の登場だ。

リベルさんの話では、過去のループでこの二体を倒したのは最初と前回のループのみ。一番最初はリベルさんがその命を犠牲にして、そして前回は俺たちの力でそれぞれこの二体を破っている。

そしてこの二体を倒すと、ラスボス『カオス・フロンティア』の登場だ。全ステータス無限、全スキル使用可能というこの世界における絶対存在。

その全てを突破した先に、俺たちの世界は存続する事ができる。

「……ホント、難易度おかしいよなぁ……」

「ですです。まあ、今更ですけどね」

「まあ、それを言ってしまえばそうなんですけどね。最初のハイ・オークから始まって、学校でのダーク・ウルフ、市役所でのティタン・アルパ戦……」

「ソラさんが仲間になったペオニーとの戦いに、『傲慢《ごうまん》』の固有スキルを持つアロガンツ戦。本当にここに来るまで色んな戦いを乗り越えてきましたね」

「わぉん」

俺と奈津さんの思い出話に、モモも「そうだねー」と頷く。本当に毎回毎回、とんでもない戦いを繰り広げてきたもんだ。

「でも、それも今回で最後です。終わらせましょう、今度こそ——全てを」

「はいっ！」『わぉん！』『……（ふるふる）！』『きゅー！』『がんばるー』『ふんっ』

全員が気合を入れる。

「準備はいいわね？　それじゃあ始めるわよ！」

俺たちの後方に控えたリベルさんが魔術陣を展開、力を放出する。

（……結局、ユキは決戦前までは間に合わなかったか……）

あの後、ユキが俺たちの前に現れる事はなかった。ギリギリになるとは言ってたから、本当に戦いの最中に現れる事になるのかもしれない。とはいえ、その場合の戦術やシミュレーションもちゃんと用意している。

とはいえ、ユキの事は、ユキが現れてから考えろ。まずは目の前の戦いに集中だ。

俺たちの眼前、そして東京と北海道。三か所に三体の異世界の残滓が出現する。

その刹那《せつな》──俺は固有スキルを発動させた。

「──『英雄賛歌』」

●

「──え？」

胸に突き刺さる忍刀を見て、『忍神』の少女シュリは疑問の声を上げ、

●

──同時刻、

「……はっ、やるじゃねぇか」

同じく自分の首を刎《は》ねた金髪の少女──六花《りっか》を、『炎帝』グレンは賞賛し、

●

──同時刻、

「……なるほど、素晴らしい作戦ですわ」

己の心臓を突き刺した少女サヤカを称《たた》えながら、『水守』オリオンはカズトたちの作戦を讃《たた》えた。

●

――上手くいった。

俺は自分の作戦が成功したことを確信した。

「……見事。まさか私たちが顕現した瞬間に致命傷を負わせるなんて……」

シュリは己の胸に手を当てる。その手にはべっとりと血が付着していた。

「賭《か》けでしたけどね。アナタたちの反応速度と防御、どちらか一つでも上回っていれば失敗してました」

「でもアナタたちは賭けに勝った。口ぶりからすると、他の二か所でも同じ事を？」

「ええ。どちらも成功したようです」

「……素晴らしい。その調子で次も頑張って」

そう言ってシュリは消えた。後ろに控えていたゴズとメズも消える。俺は後ろに控えていた五十嵐《いがらし》さんの方を見る。彼女は分かっていますと、頷いた。

「――『英雄賛歌』解除」

「ハァッ……ハァ、ハァ、ハァ……あぐ……おぇぇ……」

その瞬間、パ、ー、テ、ィ、ー、メ、ン、バ、ー、になっていた五十嵐さんが膝をついた。その顔には疲労の色がありありと浮かんでいる。

「お疲れ様です、五十嵐さん。おかげで上手くいきました。……立てますか？」

「……無理、です……。訓練の時にも味わいましたが、本当にキツイですね……『英雄賛歌』の負担を肩代わりするのは……」

俺の手を掴みながら五十嵐さんはふらふらと立ち上がる。だが、やはりキツかったのか、そのまま倒れ込むように俺に体を預けてきた。

「お疲れ様です。おかげで上手くいきました」

俺は『英雄賛歌』を一旦《いったん》、解除し、すぐにステータスを確認する。

「……インターバルの表示は無し。成功です」

「……はい」

俺の言葉に、五十嵐さんは安心したように気を失った。

本来、『英雄賛歌』は一度発動すれば、次の発動までに72時間のインターバルが発生する。だから発動するタイミングは十分に見極めなくてはいけない。だが五十嵐さんの固有スキル『比翼転輪』はパーティーメンバーの怪我や疲労、負担を五十嵐さん本人や別のメンバーに移し替える事ができる効果を持つ。それを使って、『英雄賛歌』のリスクを肩代わりしてもらったのだ。

シュリが言った通り、これは本来なら非常にリスクの高い作戦だ。なにせ『英雄賛歌』を発動させても、その攻撃が異世界の残滓の『殻』に通じるか分からないのだから。

だが俺は前回のループで彼らの強さがどの程度か理解している。だからこそ、本来であれば分の悪い作戦であっても取る事ができたのだ。

（……代わりに五十嵐さんはここで脱落だけどな）

『英雄賛歌』のリスクを肩代わりした五十嵐さんは、これから72時間、全てのスキルが使用不可能になる。とはいえ、それも『癒やしの宝珠』を使えば解除できる。できるけど、現状は必要ないはずだ。もう一回、『英雄賛歌』が使える以上、ランドルと破獣は俺たちの力だけでも十分に倒せるはず。


——それから二十分後、六花ちゃんやサヤちゃんたちが合流し、次の戦闘準備が整った。

「——じゃあ、行くわよ」

リベルさんが再び魔術陣に力を込める。

俺たちの目の前に異世界の残滓が出現する。前回と同じく、ランドルの殻を被《かぶ》って。

「——事情は理解している。……ふむ、どうやら会話は不要のようだな……」

俺たちがまったく動じていないのを見て、ランドルは何かを察したらしい。前回のように会話をせず、すぐに戦闘態勢に入った。

「んじゃ、戦おうか。俺と同じ顔をした異世界の英雄よ」

「ええ、絶対に勝たせてもらいます」

ランドルと二度目の戦いが幕を開けた。

（――今回は最初から大野君《おおの》の『嫉妬《しつと》』を使う）

前回の戦いで大野君の『嫉妬』はランドルに有効だという事が判明した。なので今回は出し惜しみをせずに最初からそれを使う。

「――『英雄賛歌』発動！」

まずは俺が英雄賛歌を発動させる。続いてパーティーメンバーを変更。奈津さんを一時的に離脱させ、大野君をパーティーメンバーに加える。

「……んぁ？　なんだこりゃ？」

ランドルの動きが鈍る。大野君の『嫉妬』の効果だ。大野君のスキルはシロの『白竜皇女』によって必中効果を得ている。

すぐにパーティーメンバーを大野君から奈津さんへ、『反射装甲』の支援《バフ》を掛けたキキを六花ちゃんへ変更。遠距離の奈津さんの狙撃で足を撃ち抜き機動力を削ぐ。

「ぐっ……!?」

ランドルの動きが更に鈍る。前回であれば、一瞬で再生していた傷も、大野君の『嫉妬』によってステータスも回復力も落ちているからすぐには治らない。

「相坂《あいさか》さん！　一気に畳み掛けますよ！」

「りょーかい！」

その隙《すき》に俺と六花ちゃんが、ランドルの前後から攻撃を仕掛ける。常にどちらかがランドルの死角から攻撃を加え続けられるようにだ。

「すげぇな……。どういう理由か知らねぇが、俺の動きが尽《ことごと》く読まれてる。こんな事は初めてだ」

「――卑怯《ひきょう》とは言わないで下さいね。俺たちは絶対にしくじるわけにはいかないんです！」

「分かってるさ」

攻める、攻める、攻める。

少しずつだが、確実にランドルは疲弊している。

（やっぱり一気に決めるのは難しいか……）

前回は集中攻撃を仕掛けた後に、最後の詰めとして大野君の『嫉妬』を使ったからな。序盤から使えばこういう展開になるのは読めていた。だが、戦況は確実にこちらが優勢。おそらくあと数手でランドルを倒せる。

そして、そこからが本当の戦いだ。

出現するであろうカオス・フロンティアに対して、俺たちは徹底的に対策を立ててきた。試す方法がないからぶっつけ本番にはなるが、前回と同じ轍《てつ》は踏まないはず。

「……俺を見てねぇとはな。油断したな、異世界人」

「ッ……！」

その刹那、ランドルが口を開く。

「戦いの最中に、それ以外の事を考えるのは下の下だぜ？　お前、今俺じゃなく別の事を考えてたろ？　俺じゃなく、俺を倒した後の事を。まだ倒す前から倒した後の心配なんざするんじゃねぇ」

図星を突かれる。同時に悪寒が走る。なんだ、この寒気は？　状況は俺たちが押している。ランドルの戦術も前回の戦いで覚えている。なのになんでこうも嫌な感じがする？

「残念だなクドウカズト。本当に残念だ。……戦いに集中してなかったお前の負けだ」

「え……？」

その瞬間、あり得ない事が起こった。

トンッと、俺の胸を真っ白な刃が貫いていたのだ。

「か……はっ……」

口から血を吐きだし、次いで焼けるような痛みが全身を襲う。なんだ？　何が起こった？

目の前に居るランドルは素手だ。武器は使っていない。じゃあ、この白い刃は誰のものだ？


「――すまんな、異世界人」


声が聞こえた。

後ろを向けば、そこには知らない女性が居た。長い黒髪を後ろで束《たば》ね、日本の武士のような服装をした女性だった。そして――彼女からは『異世界の残滓』の気配がした。

「新手、だと……？」

「剣聖ボア・レーベンヘルツ。向こうの世界ではそう名乗っていた」

……剣聖。それはあや姉が取得したという職業と同じだった。シュリの『忍神』といい、ひょっとして彼らが名乗っていた二つ名『炎帝』や『水守』も俺たちの最上級職なのか？　だとすればランドルの『大英雄』も職業……？　いや、今考えるべきはそこじゃない。どうして新たな異世界の残滓が顕現したのかという事だ。残滓の数は五つ……それは決まっているとリベルさんは言っていたはずなのに……。

「ぐっ……」

マズイ。体に刃が刺さっているこの状態は良くない。出血と痛みで考えがまとまらない。

「きゅー！」

すると俺の体が光り輝き、ランドルたちから離れた場所に転移する。……キキの瞬間移動か。

「……ありがとう、キキ。助かったよ」

「きゅー♪」

キキは「どういたしましてー」と俺の肩に飛び乗る。その瞬間、胸からブシュッと、大量の血が噴きだした。

「きゅー!?」

「か、カズトさん、大丈夫ですか？　『癒やしの宝珠』を使いますか？」

近くに居た奈津さんが急いで駆け寄ってくる。

「……いえ、距離さえ取れれば、この程度、問題ありません」

一瞬だけ、派手に出血したが既に服の内側を『影』で覆い止血は済ませた。その上で、『英雄賛歌』、『神力解放』で強化された肉体と肉体強化系・回復系のスキルがあれば、これだけに傷を負っても動きに支障はない。

「……えぇー」

奈津さんが信じられないモノを見るような目で俺を見る。

ますます人間離れしてますねーって顔だ。これくらい、今の奈津さんだってできるだろうに。

とはいえ、悠長に構えても居られない。これはあくまでも『英雄賛歌』の効果が切れるまでの応急処置だ。『英雄賛歌』の効果が切れれば、間違いなく命に係わる傷になる。早めにケリをつけて治療しないと。この後まだ、本命《カオス・フロンティア》も控えてるんだぞ。

「なんだ？　治療アイテムは使わないのか？　あるなら遠慮なく使え」

ボアと名乗った女性は、ランドルの傍《そば》で剣を持ったまま動かない。

「……不意打ちはするのに追撃は仕掛けないんですか？」

「文句《それ》は私じゃなく、私の核に言ってくれ。私は本来、そういうの性に合わんのに、勝手に体が動くんだ。謝罪はしただろう」

それに、と彼女は続ける。

「もし私やランドルが動けば、その瞬間、お前の仲間が私を殺していただろう？　鬼人《オニビト》は問題ないが、上空のドラゴンやそっちの銃の女は私とは相性が悪い。『必中』があるなら尚更《なおさら》だ」

「……！」

コイツ、シロの必中効果に気付いている……？　どういう事だ？

「油断したといっただろう、クドウカズト。お前は俺たちを効率的に倒そうとし過ぎたんだ」

俺の疑問に答えるように、ランドルが口を開く。

「何……？」

ランドルは己の胸に手を当てる。

「俺たちの核は異世界の残滓だ。コイツらはこの世界にこびりついて何としてでも存続しようと生き足掻《あが》いている。必死なんだよ。必死に知恵を働かせている。倒された残滓《なかま》の情報を、次に召喚される残滓に共有し、対策を講じるくらいするって事だ」

「ッ……！」

絶句する。連戦の負担を減らそうと、最初の戦いで『英雄賛歌』を使った事が仇《あだ》になったっていうのか？『英雄賛歌』の効果を、シロの『白竜皇女』の必中効果を知られてしまったというのか。

いや、だがその位のリスクはとらなければならなかった。そうでもしないと最後の戦いには――あのカオス・フロンティアには届かないんだ。それなのにこんな――。

「……どうして異世界の残滓がまだ残っているんですか？　アナタと破獣で最後のはずでしょう？」

ランドルは首を横に振る。

「そんなの俺も知らんよ。どうやって剣聖《コイツ》が顕現したのか、俺には分からん」

ちらりとランドルはボアの方へ視線を向ける。すると彼女も首を横に振った。

「……私にもどうやって私が顕現したのかは知らんよ。そっちの死にかけてる死王にでも聞いたらどうだ？」

そうだ、リベルさん！　リベルさんはどうしたんだ？　リベルさんの方を向くと、彼女は魔術陣の中心でうずくまっていた。

「リベルさんっ！」

「あがっ……なん、なのこれ？　あ、頭が割れる……ッ！」

『お父さん！　大変です！　この人、どんどん生命力が弱まってる！　このままじゃ死んじゃいます。僕もスキルを使ってるのに、全然効果がないです！』

俺の声も届いていないのか、リベルさんは頭を必死に押さえてうずくまっている。新しい異世界の残滓が顕現したことで彼女にも何か影響が出ているのか？　スイもいつものやり取りは鳴りを潜《ひそ》めて、必死にリベルさんの体を回復させようとしている。ペオニーだった頃《ころ》のスキルの中に、アンデッドを回復させるスキルもあったのだ。だがそれを使っても、リベルさんはずっと苦しそうなままだ。それどころかどんどん悪化している。

「おいおい、余所見《よそみ》をしている余裕があるのか？」

「しまっ――」

俺は即座に迎撃の構えを取るが、ランドルの攻撃は無かった。

「……？」

それどころかランドルは俺から更に距離を取った。もう一人はその場から動いていない。

「お前たちはもう一つ思い違いをしている。コイツは援軍として呼ばれた訳じゃねぇ。コイツが呼ばれたのは――ただの『時間稼ぎ』だよ」

「何だと……？」

それはどういう意味だ？　でも嫌な予感はひしひしと伝わってくる。背中を刺すような凄《すさ》まじい悪寒。駄目だ。何かとてつもなく嫌な何かが起こる予感がする。

「全員！　新たに出現した残滓へ一斉攻撃を！　早く！」

俺は即座に全員に指示を出す！　駄目だ。何が起きるか分からないが、とにかく何かが起こる前にコイツを倒さなければ！

「流石《さすが》に勘は良いな。ようやく俺たちの方を見たな。だが……もう遅いぜ。クドウカズト」

「残念だな。私としては、こっちの連中と戦ってみたかったのだが」

次の瞬間、ボアの体が激しく光り輝いた。

「アレは……」

俺はその光に見覚えがあった。先ほど、キキが俺にかけてくれた光と同じ。リベルさんが訓練の時に何度も使った、俺が前の世界でカオス・フロンティアに殺されそうになった時に召喚獣を身代わりにして助けてくれた――あの時の光と同じ。つまり――転移の光だ。

「まっ――」

俺が何か言うよりも先に、剣聖ボアは姿を消し、その直後――目の前に巨大なモンスターが姿を現した。

「ォォオオオオオオオオオオオオオオオオオオオオオオオオオオオオオオオオオオオッ！」

天を引き裂く大絶叫。そのモンスターはいくつものモンスターが混ざり合ったような異形の姿をしていた。獅子《しし》や竜、様々な生物の特徴がある九つの頭に、珊瑚《さんご》のような背びれと、魚のヒレや鳥のような翼が無数に生え、無数の巨大な腕と、種類の異なる無数の足、そして尻尾《しっぽ》は植物の根のような形状をしていた。

――『破獣』。東京であや姉たちが相手にしていたはずのモンスター。

ランドルが俺たちから距離を取ったのは、単純にコイツの転移に巻き込まれないようにするためだったのだ。

「どうやら俺たちの核は、お前たちを優先して片付けようとしたようだな。『対策』を取られたな。ボアは向こうの連中の足止めに徹するだろう。さあ、大英雄《オレ》と破獣、両方を相手にどう戦うか見せてくれ、クドウカズト」

「ッ……！」

どう戦うか……だって？　ふざけるな！　今の転移で一体何人の仲間が死んだと思ってるんだ。

破獣は山のような巨体のモンスターだ。それが一瞬にして現れれば、防御も回避もほぼ間に合わずに下に居る連中は潰《つぶ》されて死ぬ。俺ですら仮に真下に居たら避けきれなかっただろう。『影』への回避すら間に合わなかった。

六花ちゃんも、西野くんも、五所川原《ごしょがわら》さんも、周囲に居た仲間は一人残らず潰されて死んだ。

何が起こったのかも分からなかっただろう。

「くそぅ……畜生！　ふざけんな！　ふざけんなよ、畜生があああああああああ！」

残った仲間と共に、俺たちはランドルと破獣へと攻撃を仕掛ける。

それからおよそ二分十九秒後——俺たちは全滅した。

終章

「──じゃあ、名前っ」

「え？」

「その……ずっとパーティーを組んでるのに未《いま》だに私たち名字で呼び合ってるじゃないですか。だから、その……これを機に、名前で呼び合うってのはどうでしょう……か？」

最後の方は物凄《ものすご》い尻《しり》すぼみになっていた。もじもじしている一之瀬《いちのせ》さんを見つつ、俺《おれ》は己《おのれ》の現状を思い出す。

「……そうか、失敗したんだな……」

「え？」

どうやら俺はまた過去に戻って来たらしい。前回と同じように記憶は引き継いでいるようだが、とてもそれを喜ぶ気にはなれなかった。

「どうしたんですか？」

奈津《なつ》さんは不思議そうに首を傾《かし》げる横で、俺は両手で思いっきり地面を叩《たた》きつけた。地面が陥没し、土埃《つちぼこり》が舞う。俺の突然の行動に、奈津さんやモモたちが絶句しているが、そうでもしないところの感情を抑えきれなかった。耐性スキルでも抑えきれない程の激情が俺を支配する。

「ぁぁぁあああああああああああああああああああああああああっ！」

ふざけんな！　ふざけんな！　ふざけんな！

なんでだ？　なんでこうなるんだ！　なんで！　畜生！　畜生ッ！

前回の反省を生かして、今度はより成功率の高い作戦を取ったのに、まさかそれが裏目に出るなんて思いもしなかった。こんなのってありかよ……。

いや、それだけじゃない。最後に戦うカオス・フロンティアとの戦いだって、その作戦じゃなきゃうまく機能しないんだ。普通に戦えば、ランドルとの戦いで俺たちは相応に消耗する。効率を極めた戦い方じゃないと、カオス・フロンティアには届かない。

つまり普通に戦えば、ランドルたちには勝てるが、カオス・フロンティアには勝てない。逆にカオス・フロンティアに特化した作戦で戦えば、ランドルたちに対策を取られて負けてしまう。八方塞《ふさ》がりだ。

「どうすりゃいい……こんなのどうすりゃいいんだよ……？」

そもそも何でユキも来てくれなかったんだ？　俺たちに力を貸してくれるって言ってたじゃないか。ユキは最後の最後まで現れなかった。違う、ユキのせいじゃない。落ち着け……落ち着くんだ。

「か、く……クドウさん？　どうしたんですか、本当に？　どこか具合でも悪いんですか？」

「くぅーん？」

心配そうに見つめてくる奈津さんとモモたちを見て、ようやく俺は我に返る。奈津さんたちにしてみれば、今の俺はさぞかし奇怪に映っただろう。

「あ……、す、すいません、取り乱してしまって……」

「い、いえ、その……大丈夫ですか？」

「はい、もう大丈夫です」

俺は深呼吸を繰り返す。ともかく落ち着け。ともかくまた戻ってこれた事だけは確かだ。

それに記憶も引き継いでいる。前回、前々回の記憶がある。これは大きなアドバンテージだ。

そうだやり直せる。まだ諦《あきら》めるには早い。

「……奈津さん、これからちょっと驚く事が起こりますが、落ち着いて下さい」

「ふぁ、ふぁい！……。ていうか、クドウさんこそ、大丈夫ですか？　本当に落ち着いてます？

てか、名前！　今、名前で呼んでくれましたよね？」

「……」

大丈夫、大丈夫だ。落ち着いている。まだ大丈夫だ。

まずは前回と同じように、リベルさんと話し合って、現状を確認する。その後で奈津さんたちに
真相を話す。まずはそれからだ。

「……タイミング的にはそろそろですね」

「え？」

俺は後ろを向く。……誰も居ない。もう一度、前を向く。

――リベルさんが居た。今までと違い、ぺたんと地面に尻もちをついていた。

「え、だ、誰ですか？　一体どこから？」

「うぅ～……がるる！」

「奈津さん、安心して下さい。モモたちも落ち着け。彼女は敵ではありません。俺たちの味方です」

奈津さんたちを宥《なだ》めながら、俺はリベルさんに近づく。

「え……？　こ、これは……？」

するとリベルさんはこれまでと違い、酷《ひど》く困惑した表情を浮かべていた。どうやら彼女にとっても前回のループは完全に予想外の出来事だったらしい。

「リベルさん、大丈夫ですか？　立てますか？」

俺が近づいて手を差し出すと、彼女は酷く不審な目で俺を見た。

「は？　誰よ、アンタ？　馴《な》れ馴《な》れしいわね」

「……え？」

それはまるで初めて出会った人に対する態度に思えた。どういう事だ？　会話が嚙《か》み合ってない……？

「ここは……？　どういう事？　私はさっきまで研究所に居たはずじゃ……？」

「……？　あの……アナタはリベルさん、ですよね？」

「だから、アンタは誰なの？　初対面なのにどうして私の名前を知ってるのよ？」

「ッ……！」

その言葉に、俺は絶句した。

――記憶が無くなってる？

「そもそも、ここはどこ？　どこかに転移した？　いや、それにしては――」

ブツブツと独り言を呟《つぶや》くリベルさんの姿はとても演技には思えない。

――ループを繰り返すうちに、『巻き戻し』にも何か影響が出てるのかもしれないわね。

前回のループでリベルさんが言っていた台詞《せりふ》を思い出す。まさか、これも『巻き戻し』の影響だって言うのか？　前回はリベルさんと一緒に俺も記憶を引き継いだ。

だが今回はまさか、俺だけが記憶を継承しているとでもいうのか？

「嘘《うそ》だろ……どうすりゃいいんだよ、こんなの……？」

記憶を無くしたリベルさんを前に、俺はただ絶望するしかなかった。

あとがき

どうも、お久しぶりです、よっしゃあっ！です。

モンスターがあふれる世界になったので、好きに生きたいと思います六巻を読んで頂きありがとうございます。五巻から約一年ぶりの続巻となります。前回よりも更に三ヶ月ほど短くなりましたね。よしっ！（よくない）　はい、いつもいつも遅れてすいません。もう少しだけお付き合い頂ければ幸いです。

さて、ここからは本編のネタバレになるのでご注意を。

本作は「小説家になろう」にてウェブ掲載していた作品を大幅に加筆、修正したものになっております。というか、ほぼ完全に書き下ろしの内容となっております。九割くらいは書き下ろしになってると思います。前回よりもさらに数万字増えました。

そしてこの文章、前回のあとがきのほぼコピペです。あとがきって作家として憧れますが、実際に書くと本当になんにも思いつかないものですね。二巻の時点ですでにあとがきが思いつかないって言ってるんですよね。二回目です。ネタが思いつかず、こうしてせせこ文字数と行を稼ぐわけです。ではネタバレに戻りましょう。

今回は本作最大最悪のヤベー存在が登場しております。この存在、ウェブ版には影も形も存在しておりません。ユキと同じく完全な書籍オリジナルのキャラです。存在もステータスも全てがインフレの頂点です。海王様で既にステータスのインフレが起こっているのに、それを遥かに上回るとんでもない存在です。

他にも異世界組も登場しております。ですがリベルさんも含め、設定そのものがまるっと異なっています。彼らは書いててとても楽しい。実はランドル以外のメンバーもちゃんとキャラデザはありました。……が、そんな異世界残滓組の挿絵とスイの挿絵どっちがいいかと言われ、私はスイを選びました。人生とは常に選択肢の連続です。精々、後悔のしない方を選ばなければいけないのです。ちなみにオリオンのキャラデザはめっちゃエロかったです。

最後の謝辞を。

本作を執筆するにあたり毎回山のような誤字脱字の校正作業を頑張って下さった担当様、本作においても命ともいえるイラストをハイクオリティで実現してくださったこるせ様。表紙のリベルさんを見た瞬間、私はガッツポーズをしました。大きいは正義です。

コミカライズを担当してくださったラルサン様。いつもいつもネームが届く度にワクワクと感謝が止まりません。

あと現在、外伝と外伝のコミカライズ企画も進行中です。是非、そちらも楽しんで頂ければ幸いです。タイトルは『モンスターがあふれる世界になったけど、頼れる猫がいるから大丈夫です』になります。猫モフモフは正義。

それではまたどこかでお会いしましょう。

GAノベル

モンスターがあふれる世界になったので好きに生きたいと思います 6

2023年3月31日　初版第一刷発行

著者　よっしゃあっ!

発行人　小川 淳

発行所　SBクリエイティブ株式会社
〒106-0032　東京都港区六本木2-4-5
03-5549-1201　03-5549-1167（編集）

装丁　MusiDesiGN(ムシデザイン)

印刷・製本　中央精版印刷株式会社

定価はカバーに表示してあります。

ISBN978-4-8156-1999-2
Printed in Japan

ファンレター、作品のご感想をお待ちしております。

〒106-0032　東京都港区六本木2-4-5
SBクリエイティブ株式会社
GA文庫編集部 気付

「よっしゃあっ!先生」係
「こるせ先生」係

本書に関するご意見・ご感想は
下のQRコードよりお寄せください。
※アクセスの際や登録時に発生する通信費等はご負担ください。

https://ga.sbcr.jp/